In diesen aufschlußreichen und brillant formulierten Essays zu Werken von Stifter, Schnitzler, Hofmannsthal und Kafka, von Canetti, Bernhard, Handke, Ernst Herbeck und Gerhard Roth gelingt es dem Schriftsteller und Literaturwissenschaftler W. G. Sebald, einige bislang oft wenig beachtete Merkmale österreichischer Literatur ins Blickfeld zu rücken. Im Mittelpunkt seiner Analysen stehen die psychischen Voraussetzungen des Schreibens, insbesondere »das Unglück des schreibenden Subjekts«, mit dem Sebald die eigentümliche Schwermut in der österreichischen Literatur zu erklären versucht. Er erwähnt Stifters exzessive Eßgewohnheiten und pädophile Neigungen, vermutet bei Hofmannsthal eine latente Homosexualität und entdeckt auch in den Texten der übrigen Autoren Hinweise auf problematische Eigenheiten ihrer Urheber. Indizien auf Narzißmus, Melancholie und inzestuöse oder fetischistische Phantasien, auf »Komplexionen« wie Schizophrenie, Hysterie oder Paranoia werden von Sebald jedoch nie in denunziatorischer Absicht aufgelistet. Vielmehr geht er einfühlsam der Frage nach, inwiefern persönliche Existenznöte, aber auch historische und politische Kalamitäten das Schreiben dieser österreichischen Autoren jeweils beeinflußt haben, und folgert: »Die Beschreibung des Unglücks schließt in sich die Möglichkeit zu seiner Überwindung ein.«

W. G. Sebald, geboren 1944 in Wertach, lebte seit 1970 als Dozent in Norwich. Er starb am 14. Dezember 2001 bei einem Autounfall.
Im Fischer Taschenbuch Verlag liegen vor: ›Unheimliche Heimat‹ (Bd. 12150), ›Luftkrieg und Literatur‹ (Bd. 14863), ›Logis in einem Landhaus‹ (Bd. 14862), sein Elementargedicht ›Nach der Natur‹ (Bd. 12055) und die Prosabände ›Schwindel. Gefühle‹ (Bd. 12054), ›Die Ausgewanderten‹ (Bd. 12056), ›Die Ringe des Saturn‹ (Bd. 13655) und ›Austerlitz‹ (Bd. 14864). Sebalds Werke wurden mit mehreren Preisen ausgezeichnet, u. a. mit dem Mörike-Preis, dem Heinrich-Böll-Preis, dem Heinrich-Heine-Preis und dem Joseph-Breitbach-Preis.

Unsere Adresse im Internet: www.fischer-tb.de

W. G. SEBALD

Die Beschreibung des Unglücks

Zur österreichischen Literatur
von Stifter bis Handke

Fischer Taschenbuch Verlag

4. Auflage: November 2003

Veröffentlicht im Fischer Taschenbuch Verlag,
einem Unternehmen der S. Fischer Verlag GmbH,
Frankfurt am Main, August 1994

Lizenzausgabe mit freundlicher Genehmigung
des Residenz Verlags GmbH
© 1985 Residenz Verlag GmbH Salzburg und Wien
All rights reserved
Druck und Bindung: Clausen & Bosse, Leck
Printed in Germany
ISBN 3-596-12151-5

Inhalt

Der Mann mit dem Mantel
Gerhard Roths *Winterreise*

Der Lehrer läuft hinter die Schule – das Problem der Konzentration
der Prosa – Prosa und Pornographie: der unmögliche Übergang –
die pornographische Häresie – der Arktisforscher und die Frau
Welt – die braune österreichische Krankheit.

Helle Bilder und dunkle – Zur Dialektik der
Eschatologie bei Stifter und Handke

Ferne Schönheit, nahes Entsetzen – Ordnung der Dinge –
Einbrüche – Stifters Krankheit: die Freßsucht – pathologische
Farben – Farbenlehre – Prinzipien der Abbildung – Photographie
und Beschreibung – Schriftbild – Helligkeit – Fliegen und Gehen –
der Berg der Glückseligkeit – Virgil und Handke – Metaphysik der
Erlösung – was ist wirklich weiß? – der große Wald und die
Rückkehr von den Toten.

Vorwort

Mit den in diesem Buch vorgelegten Arbeiten soll weder eine neue Panoramaaussicht auf die österreichische Literatur eröffnet werden, noch geht es darum, möglichst ausnahmslos alles über irgendeinen kritischen Kamm zu scheren. Vielmehr sollen in mehreren Exkursen einige jener spezifischen Komplexionen ins Blickfeld gebracht werden, die in der österreichischen Literatur – wenn es eine solche überhaupt gibt – konstitutiv zu sein scheinen. Das fallweise Verfahren, das je nach den vor ihm auftauchenden Schwierigkeiten ohne viel Skrupel seine analytische Methode wechselt, stimmt selbst zu der vorbedachten Rücksichtslosigkeit, mit der in der österreichischen Literatur traditionelle Grenzlinien etwa zwischen ihrem eigenen Bereich und dem der Wissenschaft übergangen werden. So ist die österreichische Literatur nicht nur eine Vorschule der Psychologie; um die Jahrhundertwende und in den nachfolgenden Jahrzehnten ist sie in ihren psychologischen Erkenntnissen, auch wenn sie diese nicht auf den Begriff bringt, den Einsichten der Psychoanalyse in vielem gleichwertig und in manchem voraus. Was die Werke Schnitzlers und Hofmannsthals an Material zur Erforschung psychischer Formationen und Deformationen beitragen, das hat weit mehr als bloßen Illustrationswert und befördert die Differenzierung der psychologischen Erkenntnisse, die von dem für die Wissenschaft so bezeichnenden Hang zum Doktrinären leicht unterbunden wird. Wenn es richtig ist, daß man Schnitzler nicht ohne Freud lesen sollte, so stimmt das Umgekehrte nicht minder. Ähnlich gewichtig erscheint mir Canettis Beitrag zum Verständnis paranoider Strukturen, scheinen mir Peter Handkes mikroskopisch genaue Beschreibungen schizoider Krisenzustände. Die Präzision der Beobachtung und der Sprache, mit der hier verfahren wird, vermittelt eine derart durchleuchtete Vorstellung von der Natur menschlicher Derangements, daß die Schulweisheit der Psychologie, die in erster Linie doch stets an der Rubrizierung und Administration des Leidens ihr Teil hat, sich als ein vergleichsweise oberflächliches und indifferentes Geschäft ausnimmt.

Es ist schwer zu sagen, wo das in der österreichischen Literatur zum Ausdruck kommende Interesse an Grenzübergängen sich herschreibt und ob es vielleicht damit zu tun hat, daß das nach einem langwierigen historischen Debakel noch übriggebliebene Österreich, wie Herzmanovsky-Orlando in einer kryptischen Bemerkung versichert, »das einzige Nachbarland der Welt« ist, was man wohl dahin gehend verstehen muß, daß man in Österreich, wenn nur mit dem Denken einmal ein Anfang gemacht ist, bald auch schon auf den Punkt stößt, wo man über das vertraute Milieu hinaus und mit anderen Systemen sich auseinandersetzen muß. Möglicherweise provoziert das Winkelwesen der Heimat geradezu die Auswanderung in die entferntesten Länder, die in der österreichischen Literatur seit Charles Sealsfield mit einer gewissen Vorliebe thematisiert wird. Ob die Verschollenen dann am Jacinto, als Landschaftsmaler in den Anden oder als Statisten im Naturtheater von Oklahoma verbleiben oder ob sie nach einem Aufenthalt im höchsten Norden zu einer langsamen Heimkehr über den Süden von Frankreich sich anschicken, das steht dann auf einem anderen Blatt. In jedem Fall aber geht es schon beim ersten Überschreiten der Grenze um den unwiderruflichen Verlust der Familiarität.

In diesem Zusammenhang sollte auch erinnert werden, daß nach Österreich oder zumindest nach Wien lange Zeit viel eingewandert wurde, weil es als der erste Umschlagplatz galt auf dem Weg von der Provinz in die Welt. Und noch die assimilationswilligsten Zuwanderer brachten ein Quantum von jener schwerwiegenden Fremde und Ferne mit, die nirgends ganz aufgeht, dafür aber zum Ferment wird in einem in kontinuierlicher Umschichtung begriffenen und zugleich von archaischen Tabus durchsetzten sozialen und psychischen Wertsystem.

Die Familie Kafka bewohnte in den Jahren 1896 bis 1907 eine Wohnung in der Zeltnergasse in Prag. Durch eines der Fenster dieser Wohnung blickte man nicht nach draußen hinaus, sondern in den Innenraum der Teynkirche, in welcher, wie es hieß, ein jüdischer Knabe namens Simon

Abeles sein Grab hatte, der von seinem Vater ums Leben gebracht worden war, weil er zum Christentum hatte übertreten wollen. Wer versucht, sich die gemischten Gefühle zu vergegenwärtigen, mit denen der junge Franz Kafka von diesem eigenartigen Logenplatz herab beispielsweise das düstere Karfreitagsritual verfolgt haben mag, der kann vielleicht ermessen, wie akut das Gefühl der Fremdheit trotz unmittelbarster Nachbarschaft im Prozeß der Assimilation zu sein vermochte.

An Reibungsflächen dieser Art entstand sowohl die sogenannte österreichische Kultur als das Unbehagen in ihr, eine Kultur also, deren Kennzeichen darin bestand, daß sie die Kritik an sich selbst zu ihrem Prinzip erhob. Daraus ergab sich um die Jahrhundertwende ein ästhetisches und ethisches Kalkül von äußerster Komplexität, das das Defizit ausgleichen sollte, das man sich einhandelte, indem man der bürgerlichen Gesellschaft, ihrem Machtpotential, ihrem Wertsystem und ihren Kunstwerken sich anschloß. Wie schwierig die Anforderungen an die Protagonisten dieser Szene waren, das erhellt aus den kabbalistischen Verwicklungen des Kafkaschen Werks ebenso wie aus der Tatsache, daß nicht einmal Hofmannsthal, einiger gewichtiger Kompromisse zum Trotz, es wirklich zu nationaler Repräsentanz gebracht hat. Nicht anders als Kafka ist auch er, letzten Endes, draußen geblieben.

Nicht weit ab von dem hier umrissenen Problembereich liegt ein weiterer zentraler Gegenstand meiner Analysen: das Unglück des schreibenden Subjekts, das als ein charakteristischer Grundzug der österreichischen Literatur oft schon bemerkt worden ist. Nun rechnen diejenigen, die den Beruf des Schriftstellers ergreifen, in aller Regel nicht zu den unbeschwertesten Menschen. Wie kämen sie sonst dazu, sich auf das unmögliche Geschäft der Wahrheitsfindung einzulassen? Dennoch ist die Frequenz unglückseliger Lebensläufe in der Geschichte der österreichischen Literatur alles andere als geheuer. Raimunds vorzeitige Todespanik, Nestroys Angst, bei lebendigem Leib begraben zu werden, die Depressionen Grillparzers, der Fall Stifter, Schnitzlers fast auf jeder Tagebuchseite vermerkte melancholische Zustände, Hofmannsthals Fremdheitsanwandlungen, der Selbstmord des armen Weininger, Kafkas vierzigjähriges Rückzugsmanöver aus dem Leben, der Solipsismus Musils, die Trunksucht Roths, das so logisch wirkende Ende Horváths, das alles hat wiederholt Anlaß gegeben, die quasi naturgemäß negative Inklination der österreichischen Literatur herauszustreichen. Die Theorie, die schwermütige Disposition sei das Pendant eines allzu lang sich hinziehenden politischen Niedergangs und also identisch mit der Unfähigkeit, dem Wandel der Zeit stattzugeben, identisch mit dem Wunsch nach einer Verlängerung der Habsburger Herrschaft in einen Habsburger Mythos, ist zwar in vielem plausibel, aber doch auch etwas zu beckmesserisch.

Gewiß halten Autoren wie Grillparzer, Stifter, Hofmannsthal, Kafka und Bernhard den Fortschritt für ein Verlustgeschäft. Es ist aber verkehrt, ihnen daraus eine moralpolitische Rechnung zu machen. Kafkas Einsicht, daß all unsere Erfindungen im Absturz gemacht werden, ist ja inzwischen nicht mehr so leicht von der Hand zu weisen. Das Eingehen der uns nach wie vor am Leben erhaltenden Natur ist davon das stets deutlicher werdende Korrelat. Melancholie, das Überdenken des sich vollziehenden Unglücks, hat aber mit Todessucht nichts gemein. Sie ist eine Form des Widerstands. Und auf dem Niveau der Kunst vollends ist ihre Funktion alles andere als bloß reaktiv oder reaktionär. Wenn sie, starren Blicks, noch einmal nachrechnet, wie es nur so hat kommen können, dann zeigt es sich, daß die Motorik der Trostlosigkeit und diejenige der Erkenntnis identische Exekutiven sind. Die Beschreibung des Unglücks schließt in sich die Möglichkeit zu seiner Überwindung ein. Wo zeigte sich das deutlicher als an den beiden anscheinend so gegensätzlichen Autoren Bernhard und Handke: sie sind, ein jeder auf seine Art, guten Muts, trotz der genauesten Einsicht in die historia calamitatum. Weder der seltsame Humorismus Bernhards noch die Feierlichkeit Handkes wären als Gegengewichte zur Erfahrung des Unglücks zu erreichen ohne das Medium der Schrift. Dazu paßt die Geschichte vom Rabbi Chanoch, der sich erinnert, wie der Lehrer in der Kleinkinderschule einem Knaben, der in der

Lernstunde zu weinen begann, den Rat gab: »Sieh ins Buch! Wenn man hineinguckt, weint man nicht.«

Mit dieser Parabel von der Buchstabenbrücke zwischen Unglück und Trost sind wir bei dem in der literarischen Tradition Österreichs, im Gegensatz etwa zur reichsdeutschen, so wichtigen Kategorie der Lehre und des Lernens, auf die, soviel ich weiß, noch niemand verwiesen hat, wahrscheinlich, weil sie in eklatantem Widerspruch zu der um vieles auffälligeren und, allem Anschein nach, defätistischen Schwermut steht. Stifters pädagogische Provinz, Karl Kraus, der Korrepetitor der Nation, Kafkas didaktische Wissenschaft, die wunderbare Szene im *Schloß*-Roman, wo K. und der kleine Hans im Schulzimmer voneinander lernen, Canetti, der ein großer Lehrer geworden und ein kleiner Schüler geblieben ist, die Hoffnungen, die Wittgenstein in die Dorfschullehrerexistenz gesetzt hat, Bernhards Erinnerungen an die Philosophie seines Großvaters und die immer wieder um ein Stück verlängerte Lehrzeit Peter Handkes, das alles sind Facetten einer Haltung, die dafür einstehen kann, daß es einen Sinn hat, etwas weiterzugeben. Unter diesem Aspekt stellt die Erklärung unseres persönlichen und kollektiven Unglücks ein Erlebnis mit bei, über das das Gegenteil von Unglück, und sei es mit knapper Not, noch zu erreichen ist.

Bleibt mir – pénétré d'amitié et de reconnaissance – all denen zu danken, die am Entstehen dieses Buchs näheren oder ferneren Anteil genommen haben. Wer gemeint ist, wird es schon wissen. Ausdrücklich registrieren möchte ich meinen Dank an die *British Academy,* die mir mit diversen Zuwendungen die Arbeit an diesem Buch beträchtlich erleichtert hat.

Norwich, im Frühjahr 1985   W. G. Sebald

Bis an den Rand der Natur
Versuch über Stifter

> Sehen und Denken sind zwei Verrichtungen,
> deren eine nicht die andere erklärt.
>
> Franz von Baader

Über Adalbert Stifter ist viel geschrieben worden, Hagiographisches und Abfälliges, ohne daß deshalb die schwierige Schönheit seines Werks zugänglicher geworden wäre. Zunächst mochte es scheinen, als sollte Stifter als biedermeierlicher Käfer- und Blumenpoet in die Literaturgeschichte eingehen. Das jedenfalls war die Rolle, die die Wiener Salons des Vormärz ihm zugedacht hatten. Nirgends wird der Tonfall sentimentalischer Reverenz deutlicher als in dem Billett, das die schwedische Nachtigall Jenny Lind zum Frühlingsanfang des Jahrs 1847 an Stifter richtete. Sie spricht darin von »die herrliche Abende bei meine geliebte Frau Jager« und philosophiert ein bißchen theatralisch: »Merkwürdiges Schicksal, daß die Menschen sich kennen und erkennen lernen müssen, sich verstehen und schätzen – und unmittelbar darauf für immer und ewig – scheiden! Bester Herr von Stifter! in mein ganzes Leben werd' ich Sie nicht vergeßen.«[1]

Ob es dem somit geadelten Herrn von Stifter beim Lesen dieser feinsinnigen Deklaration etwas anders ums Herz wurde, mag dahingestellt bleiben. Jedenfalls entsprach das Gefühl der gesellschaftlichen Unvereinbarkeit, das die Zeilen Jenny Linds indirekt zum Ausdruck bringen, recht genau der inferioren Selbsteinschätzung Stifters, dem es in den Salons der gebildeten Stände nach eigenem Zeugnis immer leicht bang wurde. »So wie ich in den Kreis der vornehmen Leute trete, wiederholt sich in mir regelmäßig die Empfindung des Schulknaben, wenn der Direktor, der Pfarrer oder etwa der Bischof vor ihm steht.«[2] Die Beklemmung, die Stifter hier beschreibt, wird ein Grund gewesen sein, weshalb er in den besseren Kreisen nicht vollends zu reüssieren vermochte; sie war aber auch die Voraussetzung für den weiteren Entwurf eines Werks, das die Menschen als fremd nicht nur in der Gesellschaft, sondern selbst in ihrer früheren Heimat, der Natur, vorstellt.

Die Seriosität des Stifterschen Werks ergab sich aus der graduellen Rückzugsbewegung eines Autors, der aufgrund seiner sozialen und psychischen Konstitution den Ansprüchen der Sozietät nicht genügen konnte. Bereits während seiner Zeit in Wien und erst recht später in Linz, im bairischen Wald und auf dem Berg bei Kirchschlag arbeitet Stifter in einer Art Exil, und von daher fallen die langen Schatten in seine Prosa, schreibt sich die Trübsinnigkeit, die ihn über das Niveau der Goldschnittkunst der anhebenden spätbürgerlichen Ära so weit hinaustrug. Die affirmativen Gesten Stifters verschlugen nichts gegen das Mißtrauensvotum, das seine Erzählungen sonst beinhalten. Wenn Stifter schon gegen Ende seines Lebens und bis um die Zeit des Ersten Weltkriegs zunehmend in Vergessenheit geriet, so lag das an der Isolation, die weniger die Gesellschaft, die ihn ja gern kultiviert hätte, als er selber sich auferlegte.

Die Wiederentdeckung Stifters geschah im Zeichen eines vom eigenen Sendungsbewußtsein erfüllten Dichtertums, das den stillen Prosaisten als Heiligenfigur reklamierte. Karl Kraus machte damit 1916 – in invertierter Form, wie es sich für ihn gehörte – den Anfang, indem er den »Romansöldnern und Freibeutern der Gesinnung und des Worts« anriet, sie möchten sich auf dem Grab Stifters »auf dem angezündeten Stoß ihrer schmutzigen Papiere und Federstiele« ums Leben bringen. Bahr rückte Stifter in die Nachfolge Goethes, Hesse spricht 1923 von einer »glühenden Seele«, vom »Wesen wahrer Menschlichkeit«, vom »Suchen und Finden« und dem »Geist wahrer Ehrfurcht«; Hofmannsthal, zwei Jahre später, von »der spiegelreinen Bildung« der »zartumrissenen Gestalten« Stifters und von der »geheimen Spirale des europäischen Geisteslebens«. Der George-Schüler Bertram handelt in einer 1928 gehaltenen Rede von »Einfalt und Kraft«, »Treue und Traum«, »bäuerlich und benediktinisch«, »volkstümlich und adlig«, »stammestreu und gesamtdeutsch« und einer langen Reihe weiterer Adjektivkonjekturen.[3]

Damit ist die Rezeption Stifters eingeleitet und auf lange

Sicht festgelegt. Mit ihrem sprichwörtlichen Fleiß arbeiteten die Philologen von nun an an der Kolportierung der konservativen Heiligenlegende, ein Prozeß, der sich bis in die sechziger Jahre fortsetzte und in Walter Rehms und Emil Staigers frommsinnigen Stifter-Paraphrasen letzte zweifelhafte Höhepunkte fand. Wie Peter Stern gezeigt hat[4], besteht das Paradoxe der Usurpierung Stifters durch die affirmative Kritik darin, daß sie sein Werk mit dem Anstrich der Zeitlosigkeit versieht, während sie selber dem jeweiligen Zeitgeist nur allzu hörig bleibt. Die fast schon ins Aschgraue gediehene Sekundärliteratur enthält darum auch nur wenig, das Aufschluß gäbe über das, was sich in der intentionalen Ordnung der Prosa Stifters an Konflikten zuträgt.[5] So kommt es, daß Stifter nach Jahrzehnten des Vergessenseins, nach seiner Requirierung für den Geist des deutschen Schrifttums und der deutschen Nation, nach seiner Zurichtung zum österreichischen Heimatdichter und Kronzeugen einer Kultur der Entsagung vielleicht jetzt zum erstenmal richtig gelesen werden kann.

Eine Reinterpretation Stifters wird zunächst von den ebenso irritierenden wie unumgänglichen Sinnkonstruktionen erschwert, die dieser Autor seinen ins Hermetische tendierenden Texten mit naiver Insistenz aufgesetzt hat. Auffällig dabei ist allerdings, daß die positiven Konstruktionen Stifters, also etwa seine vielzitierte christliche Demut, sein weltfrommer Pantheismus, die Behauptung der sanften Gesetzmäßigkeit des natürlichen Lebens sowie der rigide Moralismus der von ihm erzählten Geschichten, nirgends in seinem Werk entwickelt oder reflektiert werden. Letzte Rudimente einer Natur und Geschichte einbegreifenden Philosophie des Heils, sind sie vor der Desintegration nur dadurch zu bewahren, daß sie einmal ums andere invariant behauptet werden. Aber der damit explizit verkündete Sinn hat wenig mit dem Wahrheitsgehalt eines Werks zu schaffen, das ganz im Gegenteil seinen eigentlichen Schwerpunkt in einem profunden Agnostizismus und bis ins Kosmische ausgeweiteten Pessimismus hat. Von Anfang an rumort in der Weltbeschreibung Stifters der ungute Verdacht, den später der von Kafka erfundene, von einem perversen

Forschungsdrang umgetriebene Hund aussprechen sollte: daß nämlich »seit jeher etwas nicht stimmte, daß eine kleine Bruchstelle vorhanden war«[6] und daß an dieser Bruchstelle der ganze Irrsinn des natürlichen und gesellschaftlichen Lebens offenbar werde. Und wenn Kafkas rastloser Protagonist gesteht, daß er noch »inmitten der ehrwürdigsten volklichen Veranstaltungen«[6] von Unbehagen befallen werde, so gilt das nicht minder für den Autor des *Witiko,* dem die großartige Inszenierung kollektiver Geschichte zum leersten und fremdesten aller seiner Werke geriet. Von der in den barocken Haupt- und Staatsaktionen theatralisch vorgeführten Konkordanz von Geschichte und Heilsgeschichte kann hier nicht mehr die Rede sein. Stifter schreibt zu einem Zeitpunkt, da der Versuch durchgängiger Sinngebung in die atrophische Phase überzugehen beginnt. Und sollte Stifter wirklich, wie Emil Staiger gemeint hat, ein Priester gewesen sein, der noch einmal die Liturgie einer absoluten Ordnung zelebrierte, so war er insgeheim doch schon, ähnlich dem armen Pfarrer in Kafkas *Landarzt,* mit dem Zerzupfen seiner Meßgewänder beschäftigt.

Der Auflösung der metaphysischen Ordnung entspricht der Stifters gesamtes Werk durchziehende erschütternde Materialismus, in dem vielleicht das bloße Anschauen der Welt etwas von ihrer früheren Bedeutung noch retten soll. Die skrupulöse Registrierung winzigster Details, die schier endlosen Aufzählungen dessen, was – seltsamerweise – tatsächlich da ist, tragen alle Anzeichen des Unglaubens und markieren den Punkt, an dem auch die bürgerliche Heilslehre von der sukzessiven Entfaltung des Weltgeistes nicht länger aufrechtzuerhalten war. Der eigenartige Objektivismus der Stifterschen Prosa, der im zeitgenössischen Werk Flauberts ein selbstbewußteres Pendant hat, verschreibt sich den Dingen in der Hoffnung auf Dauer und macht doch gerade durch solche Identifikation in ihnen den Zerfall der Zeit sichtbar. Die Häuser, das Mobiliar, die Gerätschaften, die Kleider, die vergilbten Briefe, all diese beschriebenen Dinge, die aus der kompakten Monotonie der Erzählungen Stifters herausragen, bezeugen zuletzt nichts als ihr eigenes Dasein. Und wie wenig darauf Verlaß ist, zeigt sich in der Geschichte

Das alte Siegel, als Hugo, nachdem er viele Wochen hintereinander täglich die so außerordentlich schöne Frau in dem von Linden umstandenen weißen Häuschen besucht hat, den Ort seiner erotischen Traumvorstellung auf einmal verlassen vorfindet und leer. Alles steht offen, aber nichts mehr ist da. Auf der Treppe liegt Staub und Kehricht, und »durch die Zimmer . . . wehte die Luft des Himmels; . . . und die Wände, an denen sonst die Geräthe, der Marmortisch, der Spiegel und anderes gewesen waren, standen nackt«[7]. Die Allegorie der ausgeräumten Innenwelt, die nichts übrig läßt als die Bitterkeit der Enttäuschung, ist die abgewandte Seite des Stifterschen Materialismus, der in der prosaischen Beschreibung der sichtbaren Wirklichkeit die Angst mitschwingen läßt, es könne schon morgen alles verloren sein – nicht nur die Liebe zu einem anderen Menschen, sondern auch das, was wir um uns hergestellt haben, ja selbst die grüne Natur und die Berge »in ihrer alten Pracht und Herrlichkeit« und »vielleicht auch die schöne freundliche Erde, die uns jetzt so fest gegründet und für Ewigkeiten gebaut scheint«[8].
Zweifellos hatte die extreme affektive Besetzung, die Stifter schreibend an dem vornahm, was er einzubüßen fürchtete, ihren Grund in der von ihm anscheinend kaum überdachten psychischen und sozialen Vorprägung seiner Persönlichkeit. Bezeichnenderweise ist er über Ansätze zum Autobiographischen kaum hinausgekommen. Die merkwürdige Erinnerung an die Eindrücke der frühen Kindheit bleibt eine selber fragmentarische Ausnahme. Auch zu seinen immer wieder gescheiterten Versuchen, in der bürgerlichen Gesellschaft Fuß zu fassen, hat er weder kritisch, die soziale Reglementierung betreffend, noch selbstkritisch Stellung genommen. Obschon es zeitweilig scheinen mochte, als habe er sich von den Beschränkungen seiner im Verhältnis zu den kulturtragenden Schichten unterprivilegierten Herkunft emanzipiert, gelang es ihm nie, das Gespenst der Verarmung und Deklassierung zu bannen, das ihm durch die Umstände, die der frühzeitige Tod seines Vaters mit sich brachte, seit dem zwölften Lebensjahr anhing. Schwer durchschaubar ist vor allem, weshalb der ambitiöse, in vieler Hinsicht ausgesprochen talentierte und anpassungswillige junge Akademi-

ker sein Studium zu keinem geregelten Abschluß bringen kann und weshalb er seine eigenen angestrengten Versuche, sich in der Gesellschaft zu akkreditieren, im entscheidenden Augenblick immer wieder durchkreuzt. Bis in sein fünfundvierzigstes Lebensjahr, in dem er zum Schulrat für Oberösterreich ernannt wird, blieb seine wirtschaftliche Situation derart prekär, daß er fortwährend von Gläubigern bedrängt und mehrmals gepfändet wurde. Die Dienstleistungen als Hauslehrer, die er während seiner Wiener Jahre notgedrungen verrichten mußte, werden sein Selbstgefühl nachhaltig beeinträchtigt und zugleich dafür gesorgt haben, daß er, wie so viele Literaten aus dem Kleinbürgertum, durch erlittene Demütigung und Neid an eine Schicht fixiert blieb, der er selber nicht angehörte. Stifters Ernennung zum Schulrat änderte an seiner Malaise nur wenig, hatte er doch, wie er bald schon erkannte, die Zulassung zu Amt und Würde mit einer Verbannung in die Provinz erkauft. Auch gelang es ihm wegen der jetzt nötigen größeren Aufwendungen weiterhin nicht, finanziell auf halbwegs sicheren Boden zu kommen. Die Hoffnungen, die er zeitweise in die Staatslotterie setzte, waren ebenso wie seine schlecht beratenen und verlustreichen Aktienspekulationen Zeichen einer tief verunsicherten, der Sicherheit aber bedürftigen Existenz. Bittbriefe an den Verleger und auch an Verwandte bleiben bis zuletzt ein fester Bestandteil der Korrespondenz Stifters. Daß Geld als Handlungsmotiv in seinem Werk, im Gegensatz zur bürgerlichen Erzählliteratur sonst, so gut wie keine Rolle spielt, zeigt an, wie peinlich nah ihm das mit seinem Mangel verbundene Gefühl der Inadäquatheit gegangen sein muß.

Veranschlagt man dazu noch das ganz persönliche Unglück Stifters – den tödlichen Unfall des Vaters, die Erziehung im Internat, die unerwiderte Liebe zu Fanny Greipl, die langjährige Ehe mit der fast analphabetischen Amalie, den frühzeitigen Tod der ersten Ziehtochter und den Selbstmord der zweiten, Juliane, die mit achtzehn Jahren in die Donau ging, die Frustrationen des Beamtenlebens, den endlosen Frondienst an der Kunst und die nach und nach ihn zermürbende Krankheit – veranschlagt man all das, so liegt es eigentlich in der Linie der Konsequenz, daß der Dreiundsechzigjährige schließlich Hand an sich legte. Zu lange hatte er schon versucht, den Anschein der Selbstbeherrschtheit zu wahren. Die von ihm erhaltenen Photographien zeigen einen in zunehmendem Maße melancholischen und morosen Menschen, der sich, aller Wahrscheinlichkeit nach, emotional systematisch zugrunde gerichtet hat. Die längst überfällige pathographische Darstellung Stifters ist freilich nicht leicht zu leisten, weil er sich ja bis zuletzt treu an seine positiven Präzepte gehalten hat und von seinen Alpträumen kaum etwas laut werden ließ. Fest steht immerhin, daß Stifter sich – ein anderer Hungerkünstler! – durch Mahlzeiten von tatsächlich grotesker Reichhaltigkeit, deren Beschreibung und Antizipation in seiner Korrespondenz schließlich beinah ebenso viel Raum einnimmt wie die Registrierung der sich häufenden Krankheitssymptome, unbarmherzig an den Tod herangegessen hat. Welcher genaue Zusammenhang bestand zwischen diesem anscheinend unüberwindlichen Freßzwang und der Intention des zwölfjährigen Knaben, die Nahrungsaufnahme zu verweigern, als er vom Tod seines Vaters erfuhr, braucht hier nicht erörtert zu werden. Daß es sich bei Stifters exzessiven Eßgewohnheiten um eine pathologische Disposition handelte, ist sicher unabweisbar. Pathologisch aber ist ein Verhalten, das, im Versuch der Selbstheilung, die lädierten Stellen in genau denselben Umrissen immer wieder verletzt, den Entzug oder die Entfernung einer geliebten Person oder eines anderen geliebten Objekts stets neuerdings nachvollzieht und ritualisiert. Wie das im Werk Stifters literarisch sich niederschlägt, soll gezeigt werden, nachdem wir seinen Versuch einer programmatischen Transzendierung des eigenen Unglücks im Aufriß wenigstens vorgeführt haben.

In der Romanliteratur des 19. Jahrhunderts bilden Konflikte und Krisen, solche finanzieller, sozialer und psychischer Art, die dynamischen Zentren der narrativen Form; Krisen und Konflikte, die »im Laufe der Zeit« sich entwickelt haben, die in akute Zustände und schließlich ins Stadium der Dissolution, sei es sozialer Strukturen, sei es einzelner Individuen übergehen. Daß sich all das *in der Zeit* ereignet, dieser Bestimmung der Romanform arbeitet Stifter im *Nachsommer* entgegen[9]. Stifter nennt zwar den *Nachsommer* eine Erzählung, in Wirklichkeit aber handelt es sich hier um einen utopischen Entwurf, um ein jenseits der Zeit, im Transzendenten angesiedeltes und bis ins Detail harmonisiertes Modell. Da sich der Begriff der Zeit mit demjenigen der Utopie nicht verträgt, scheint Zeit, das Maß aller Dinge, im *Nachsommer* auch nicht zu vergehen. Stifter löst das Problem, das ihm als Erzähler daraus erwächst, bezeichnenderweise dadurch, daß er seine Figuren von einer Mahlzeit zur anderen fortschreiten läßt. Angaben wie »Nachdem man den Nachmittagstee . . . Nach dem Frühmahle . . . Als wir uns im Speisesaale getrennt hatten . . .« etc., die mit symptomatischer Frequenz auftreten, helfen uns über die Runde der an sich indifferenten Tage. Der Suspendierung der Zeit entspricht das mit großer Akkuratesse ins Werk gesetzte Bedürfnis nach Verräumlichung, das sich im *Nachsommer* durchgängig bemerkbar macht. Von den immobilen Seelen der Protagonisten über die merkwürdige Vorliebe für kalte, subjektlose Interieurs, das Museale des Marmorsaals und die scheinbar unwandelbare Innenform des Hauses bis zur Parzellierung der Natur und zu der in der Aussicht sich selber stets gleichenden Bildlichkeit fernerer Gegenden paßt alles zu der im utopischen Prospekt regelmäßig zum Ausdruck kommenden radikalen und windstillen Räumlichkeit, was natürlich die leicht paranoide Atmosphäre dieses extrem rationalistischen Erzählwerks erklärt. Nirgends im *Nachsommer* begegnet man einem Wesen, das nicht im Gesamtplan dieses *orbis pictus* seine präordinierte Form hätte. Störenfriede wie der Rotschwanz werden ausgemerzt, und in der umliegenden Landschaft scheint es so wenig Menschen und Tiere zu geben wie in den riesigen Wäldern um Hauenstein in Bernhards Erzählung *Verstörung,* in denen der exzentrische Industrielle, der sich in das Saurausche Jagdhaus zum Denken zurückgezogen hat, alle Tiere abschießen läßt, damit sie nicht mehr die Stille unterbrechen. Auch auf der Insel der Seligen, die Stifter für die Gestalten des *Nachsommer* geschaffen hat, lebt das Leben nicht mehr. Die reine Idealität kann sich nur in einem hermetischen Stil übertragen, der geeignet ist, den schönen Entwurf eines homöostatischen Gleichgewichts in den menschlichen Beziehungen sowie im Verhältnis von Mensch und Natur ontologisch ein für allemal zu fixieren. Das spezifische Stiläquivalent dieses Programms ist das Stilleben, also die *nature morte,* in der die Abbildungstechnik Stifters ihren Inbegriff hat.

In der liebevollen Beschreibung eines Toten liegt, wie noch genauer zu zeigen sein wird, das affektive Zentrum der Stifterschen Phantasie. In ihr entzieht sie sich dem Leiden in und an der Zeit, das vom frequentativen Imperfekt der erzählerischen Literatur ja nur perpetuiert wird. Der von Arno Schmidt und, mit Einschränkungen, auch von Claudio Magris erhobene Vorwurf, Stifter habe mit dem *Nachsommer* ein quietistisches Werk verfaßt, dem politisch die finstere Reaktion entspreche, zielt in Anbetracht der hier umrissenen Komplexion insofern zu kurz, als die bewußte Utopie »von der Bejahung des Bestehenden soweit entfernt ist, wie ihre hilflose Gestalt von dessen realer Aufhebung[10]«. Es ist also schon so gesehen nicht sehr sinnvoll, Stifters Prosa-Idylle mit resignativem Eskapismus gleichzusetzen, und erst recht nicht, wenn man bedenkt, daß der *Nachsommer* nicht bloß die sogenannte Realität, sondern sogar die Intentionen und das Verfahren des utopischen Genres hinter sich läßt. Hier soll nicht allein die bestmögliche Verfassung der Gesellschaft als Gegenstück zu ihrer tatsächlichen Korrumpiertheit bestimmt werden, vielmehr wird, weit radikaler, eine Auslösung aus der Unheimlichkeit der Zeit überhaupt angestrebt. Stifters Bilderbogen einer beruhigten domestischen Seligkeit trägt durchaus – was bisher kaum erkannt worden ist – eschatologische Züge. Die Prosa des *Nachsommers* liest sich wie ein Katalog letzter Dinge, denn alles erscheint in ihr unterm Aspekt des Todes beziehungsweise der Ewigkeit.

Die Kritik hat verschiedentlich auf die apokalyptische Dimension, die Wendungen ins Fürchterliche und die schlagartigen Einbrüche des Ungeheuren im Werk Stifters hingewiesen. Auf einmal verfinstert sich alles, verschwindet die Sonne, tut ein schwarzer Abgrund, eine entsetzliche Leere sich auf, fährt ein Blitzstrahl hervor aus heiterem Himmel. Solche dem ultramontanen Bewußtsein Stifters widersprechenden, um nicht zu sagen häretischen Szenarien, in denen eine indifferente, zerstörerische Gewalt beschworen wird, gehören in der spezifischen Form atmosphärischer Schilderungen zum Arsenal der erzählerischen Literatur des 19. Jahrhunderts. Für Stifter aber ist bezeichnend, daß er die damit ins Spiel kommende Ungeheuerlichkeit – etwa des Wetters – ins Prinzipielle vorantreibt, wie die bengalisch ausgeleuchteten Erzählungen *Der Condor* und *Abdias* demonstrieren, wo innerhalb einer kaum noch tragfähigen positiven Konvention ein geradezu antinomisches Weltbild geliefert wird.

Aber nicht allein der damit in der Literatur erstmals wirksam werdende radikale Indifferentismus ist charakteristisch für Stifters Position; nicht weniger ausschlaggebend ist sein Versuch, gegenläufig, in ganz hellen Farben, die ins lichtvolle Monochrom, ja ins absolut Weiße hineinziehen, eine Dematerialisierung der Welt zu betreiben.[11] Der *Nachsommer* ist die Vision eines säkularisierten Himmels und somit eines der raren Beispiele für eine mit langem Atem durchgehaltene literarische Versinnbildlichung einer ohne Apokalypse auskommenden endzeitlichen Spekulation. Weil Angst um vieles leichter zu machen ist als Freude, war eine überzeugende Repräsentation des Himmels auch in der Theologie immer das schwierigste Geschäft. Und in der bürgerlichen Literatur vollends führen die Darstellungen der überirdischen Schönheit der Seele unweigerlich an den Rand des Kitschs. Stifter entgeht dieser Gefahr, indem er seine Farbenlehre weder kanonisch festlegt noch sie ins bloß Ornamentale absinken läßt. Die Kolorierungen, die er mit großer Umsicht und Strenge ins kalligraphische Schwarzweiß seiner Prosa einträgt, sind die abstrakten Äquivalente einer extrem subjektiven Emotionalität, die sich, unverstellt, erst in einem neuen Leben äußern könnte.

Vielleicht ist Stifters Bemühen um eine Verewigung der Schönheit am ehesten faßbar in seinen Beschreibungen der Natur. Im Landschaftsbild, das zum Betreten einlädt, verschwimmen die Grenzen zwischen objektiver Wirklichkeit und subjektiver Phantasie, ist Natur nicht mehr nur das, was wildfremd um uns herumsteht, sondern ein größeres Leben, unserem eigenen analog.

In Weite und Breite ging das schöne Land von mir hinaus. Nicht nur sah ich im Mittage und Abende die blauen und immer blaueren Bänder des großen Waldes am Himmel dahin gehen, sondern in Morgen und Mitternacht sah ich Hügel und Lehnen und Ebenen und Felder und Wiesen und Wäldchen und Gehöfte und Dörfer und Ortschaften und Silberspiegel von Teichen im Dufte dahinziehen, bis wo etwa sogar die Gefilde der Stadt Prag sein mochten.[12]

Die Poetisierung der Natur im Blick des Betrachters vermittelt einen Begriff von Landschaft, in dem sich die Zivilisation schmerzlos arrangiert mit dem, worüber sie sich erhebt. Über die lyrische Stufenfolge der blauen und immer blaueren Bänder gelangen wir bis zu den Gefilden einer Stadt in der Ferne, die so gut wie eins ist mit dem himmlischen Jerusalem. Problematisch bleibt an solchem Ewigkeitszug, daß die Natur eben nur vom Standpunkt der Zivilisation aus wirklich als ›schön‹ erscheint. Die Beschreibung der Natur, auch die literarische, entwickelte sich erst mit der kommerziellen Erschließung der Welt, und es spricht einiges dafür, daß Stifter die Kunst der prosaischen Landschaftsmalerei von Autoren wie Cooper, Sealsfield und Irving, etwa auch von Alexander von Humboldt gelernt hat, von Autoren also, in deren Werk die Ästhetisierung der Topographie ideengeschichtlich bereits dem Kolonialismus beizuordnen wäre. Stifter war freilich alles andere als ein Expansionist. Er versuchte, sich in der engsten Heimat einzurichten, und paradoxerweise gelingt es ihm gerade durch die Beschränkung, der Technik der Naturbeschreibung, die bei seinen Vorbildern noch weitgehend unreflektiert und positivistisch ist, eine entscheidende moralische Komponente zu verleihen. Stifter schrieb schon in dem Bewußtsein, daß die Identifizierung der Schönheit der Natur den ersten Schritt nicht sowohl zu ihrer Errettung als zu ihrer Expropriation darstellt. Die ganze Fichtau, Inbild eines in die Natur eingebetteten Platzes, sei früher »ein einziger Wald« gewesen, erzählt der Wirt in der Geschichte des Prokopus. Jetzt aber ändere sich alles, sagt einer der Gäste, die Wälder träten zurück und »werden noch weiter zurückmüssen«[13].
Nirgends in der bürgerlichen Literatur vor Stifter findet sich

eine vergleichbare Skepsis in Anbetracht der Ausbreitung der Zivilisation. Worauf diese Skepsis zurückzuführen war, darüber lassen sich allenfalls Vermutungen anstellen. Abgesehen von einer für seine Zeit erstaunlichen Einsicht in den Funktionszusammenhang von Natur- und Wirtschaftsgeschichte, die – auch wenn sie zumeist an anachronistischen Beispielen erarbeitet wird – der Marxschen Analyse kaum nachsteht, dürfte Stifters Einstellung zur Natur tiefenpsychologisch bestimmt gewesen sein von dem ›Gefühl‹, daß es ein Verbrechen sei, sie auch nur anzuschauen. Zum einen, weil der ausgebreitet daliegende Leib der Natur den bewußtlosen Körper einer Frau evoziert, ein verborgener Topos bürgerlicher Naturbeschreibung[14], der an einer späten Bleistiftzeichnung Stifters sehr deutlich wird, einem fast ganz weißen Blatt, in das nur ein leicht geschwungener Waldrücken einschraffiert ist, eine jener »dunklen Stellen« eben, die auch dem Autor der autobiographischen Skizze aus seiner allerersten Kindheit erinnerlich sind.[15] Zum anderen, weil dem Auge als dem originären Organ der Besitzergreifung und Einverleibung[16] in dem extrem visuellen Werk Stifters eine besondere Bedeutung zukommt. Die Einverleibung und Verdauung der Natur aber war für den zwanghaften Esser Stifter, wie ich schon angedeutet habe, ein moralpsychologisches Dilemma, das er zeit seines Lebens nicht auflösen konnte. Gaston Bachelard hat die Verdauung, den Ursprung der gierigsten Habsucht, die stärkste Form des Realismus genannt.[17] Sein Urteil, der Realist sei ein Esser, trifft auf Stifters praktische Lebensführung zweifellos zu. Daß Stifter in seinem Werk die Übergriffe des Menschen auf die Natur beklagte, mochte ihm zur Erlösung dienen. Wie sehr er mit den von seiner pathogenen Disposition bestimmten Befürchtungen auch einen im objektiven Sinn neuralgischen Punkt getroffen hat, das können wir erst heute ermessen, da sich das Abnehmen der Natur um und in uns unwiderruflich zu vollziehen scheint. Stifters Waldlandschaften sind exemplarisch nicht als Dokumente sentimentalischer Naturbeschreibung, sondern als die auch dem wissenschaftlichen Kenntnisstand seiner Zeit weit vorausgreifenden Beispiele einer diagnostischen Einsicht in die entropische Tendenz aller natürlicher Systeme. Mit wahrhaft epischen Sätzen erinnert Ursula in der *Mappe meines Urgroß-vaters,* was sie den Doktor hat sagen hören: »Alles nimmt auf der Welt ab, der Vogel in der Luft und der Fisch im Wasser.« Und sie fährt fort: »Als ich ein Mädchen war, wimmelte die Glökelbergau von Kiebitzen und der Hinterhammerbach von Krebsen, und jetzt ist hie und da nur eine Feder auf der Au und ein Krebs in dem Bache. Man hört nicht mehr in den Losnächten in den Lüften über der Kehrau weinen und sieht nicht mehr den Mantel unter dem Heerwagen der Gestirne, höchstens daß auf den Mooswiesen ein Irrlicht scheint oder der Wassermann an der Moldau sitzt.«[18]

Wenn, bestimmt von einer solchen naturphilosophischen Klage über die eingehende Vielfalt und Substanz des organischen Lebens, Stifters große Erzählungen die Form restaurativ-konservativer Denkschriften angenommen haben, so ist das weniger ein Beispiel politischer Reaktion als eines paracelsischen Engagements, das sich der bloßen Vermes-sung, Quantifizierung und Ausbeutung der Natur entgegen-setzt. Mit der *Mappe meines Urgroßvaters* hat Stifter den fürs Zeitalter des Hochkapitalismus allerdings schon zu spät kommenden Leitfaden einer Mensch und Natur ins gleiche Recht setzenden Praxis verfaßt. Gemeinsam arbeiten der Arzt und der Obrist im Interesse der Gesellschaft an der Bewahrung der Natur. Auf dem Geröllbühel soll ein Wald angepflanzt werden für die nachfolgenden Generationen. »Wachsen die Pflanzen, so werden fort und fort Nadeln fallen, Erde erzeugen, und einst werde auf dem Bühel ein schöner, lieblicher und nützlicher Föhrenwald stehen.«[19] Das Gleichgewicht ästhetischer und wirtschaftlicher Maßgaben, um das es hier geht, war auch für Stifter ein realiter gefährdeter Zustand. Daß das Schöne sich nicht auszahlt, wird er jedenfalls gewußt haben. Tal ob Pirling lag auch für ihn weit in der Vergangenheit, um wieviel weiter für uns.

Wie wenig Stifter im übrigen seinen Hoffnungen auf eine friedliche Fortpflanzung des Lebens getraut haben mag, läßt sich daran ablesen, daß seine Sehnsucht letztlich hinauszielte ins Anorganische. Den wahren Horizont der Landschaften Stifters stellt doch immer das Hochgebirge, das man »gleichsam wie in einem sanften Rauch schwimmend«[20] am äußersten Bildrand sehen kann, dort, wo – wie Georg Simmel in seinem Essay »Die Alpen« vermerkte – eine unhistorische Weltgegend beginnt, »wo nur noch Eis und Schnee, aber kein Grünes, kein Tal, kein Pulsschlag des Lebens mehr besteht«, und wo »die Assoziationen mit dem werdenden und vergehenden Menschenschicksal abgebrochen sind, die alle Landschaften in irgendeinem Maße begleiten«[21]. In der hellweißen Transzendenz dieses Bereichs, der über alle Naturpanoramen Stifters hereinscheint, entfaltet sich die Ahnung, daß – nochmals Simmel – »das Leben sich mit seiner höchsten Steigerung an dem erlöst, was in seine Form nicht mehr eingeht«[22].

Dem durchgängigen Muster der bürgerlichen Literatur entsprechend, steht die Auffassung der Natur in den Erzählungen Stifters in genauem Bezug zur Porträtierung weiblicher Wesen. Stifters Ehrfurcht vor der unberührten Natur hat eine Parallele nicht nur in seiner erzählerischen Vorliebe für Kindergestalten, sondern deutlicher noch in seiner offenkundigen Präokkupation mit dem Zustand und mit der Verletzung der Jungfräulichkeit. Bürgerlicher Moralismus und bürgerliche Prüderie reichen als Erklärung für sein Interesse am Thema der Virginität nicht aus. Das auffällig Morbide, das Stifter in seine Liebesgeschichten einbringt, verweist vielmehr auf eine der bürgerlichen Moral entgegenstehende, aber vermittels komplizierter Vermeidungsregeln unterbundene Phantasie. Die in die eigene Subjektivität einbezogene Tabuierung erotischer Wunschbilder gehört, wie an den ›klassischen Fällen‹ Lenz und Hölderlin zu sehen ist, zur Ätiologie pathogener Strukturen, wobei der subjektiven Ausbildung innerer Deformationen stets ein objektives gesellschaftliches Korrelat zu- oder vorgeordnet ist.[23] Dieses objektive Korrelat war in der Situation Stifters, nicht anders als in der von Lenz oder Hölderlin, die Hauslehrerexistenz, aus der heraus sich die widersprüchliche Dynamik von Attraktion und Unberührbarkeit ergab. Stifter hat die Grenzlinien, die seine inferiore Stellung markierten, dem eigenen Selbstbewußtsein kommensurabel gemacht, indem er die Jungfräulichkeit, ja Kindlichkeit der für ihn unberührbaren jungen Damen zum Leitstern seiner undeklarierten Erotik erhob, was allerdings die libidinöse Bindung an die tabuisierten Wesen nur noch verstärkte.

Es ist bekannt, daß ein prononciertes pädagogisches Talent zumeist Hand in Hand geht mit unausgelebten pädophilen Wünschen. Das dürfte auch bei Stifter, der eben das zu sein schien oder zu sein hoffte, was man einen ›begnadeten Lehrer‹ nennt, nicht anders gewesen sein. Es liegt in der Natur dieser Problematik, daß Stifter sie explizit nicht gestalten konnte. Und doch steuert er immer wieder auf sie zu. Die Erzählung *Der Hochwald* beschreibt die zwanghafte Liebe Ronalds zu dem Kind Clarissa, eine Liebe, deren verborgene Gewalttätigkeit und Ruchlosigkeit auch der Lauf der Zeit nicht auszugleichen vermag. Stifter war, wie man weiß, kein Autor passionierter Liebesszenen. Umso bemerkenswerter, meine ich, daß seine seltene Passioniertheit ausgerechnet in der Passage zu Wort kommt, in der Ronald seine Gefühle für das Kind Clarissa zum Ausdruck bringt.

> Es ist wahr, Anfangs reizte mich bloß die ungewohnte Fülle und Macht, aufsprossend in dem Kinderherzen, daß ich prüfend und probend an sie trat, daß ich die Kinderlippen an mich riß – aber eine Seele, tief, wild, groß und dichterisch wie meine, wuchs aus dem Kinde an mich, daß ich erschrak, aber nun auch mich im Sturme an sie warf, namenlos, untrennbar Gluth um Gluth tauschend, Seligkeit um Seligkeit. – Weib! Du warst damals ein Kind, aber die Kinderlippen entzückten mich mehr, als später jede Freude der Welt, sie glühten sich in mein Wesen unauslöschlich – ein Königreich warf ich weg um diese Kinderlippen . . . – und nun bin ich hier . . . um nichts auf der ganzen Erde mehr bittend, als wieder um diese Kinderlippen.[24]

Der Entwicklungsgang der Erzählung macht deutlich, daß die tatsächlich ›im Augen-Blick‹ einander verfallenen Liebenden, aller Läuterungs- und Besserungsabsichten ungeachtet, nicht wirklich widerrufen können. »Sei wieder das Kind«, bittet Ronald, »das mich einst so selig machte – nicht wahr Clarissa, du liebst mich noch? . . . du mein schüchtern, mein glühend Kind.«[24] Bedenkt man recht, was genau Stifter hier schreibt, so wird die ganze Erzählung, einbegriffen der natürliche Hintergrund, zu einer insistenten Parabel von

Jungfräulichkeit und Schändung. Fortwährend ist die Rede von Undurchdringlichkeit, vom Vor- und Hineindringen, vom Eindringen in den Berg, einem immer beschwerlicheren Weiterdringen, tiefer und tiefer in das Tal hinein.[25] Das Unglück und der Ruin, von dem die Erzählung in ihrer Oberflächenstruktur berichtet, hat seinen Anfang in der Vergangenheit in einer gegen gesellschaftliche Tabus verstoßenden Liebe; an solcher Liebe erfahren alle Gestalten Stifters ihr Unglück, ihr Unglück *ist* die Liebe.

Vermutlich hat Stifter, um den zerstörerischen Turbulenzen einer Passion zu entgehen, die er weder vor sich noch vor der Gesellschaft verantworten konnte, das Bild der schönen jungen Frau in seinen Werken so weitgehend neutralisiert. Von Natalie im *Nachsommer* heißt es: »Sie hatte auch einen Schleier um den Hut, und hatte ihn auch zurückgeschlagen. Unter dem Hute sahen braune Locken hervor, das Antlitz war glatt und fein, sie war noch ein Mädchen. Unter der Stirne waren gleichfalls große schwarze Augen, der Mund war hold und unsäglich gütig, sie schien mir unermeßlich schön.«[26] Die beiden Töchter einer benachbarten Familie sehen seltsamerweise nicht viel anders aus:

> Sie hatte braune Haare, wie Natalie. Dieselben waren reich und schön um die Stirne geordnet. Die Augen waren braun, groß und blickten mild. Die Wangen waren fein und ebenmäßig, und der Mund war äußerst sanft und wohlwollend ... Die jüngere ... hatte gleichfalls braune, aber lichtere Haare, als die Schwester. Sie waren ebenso reich und, wo möglich, noch schöner geordnet. Die Stirne trat klar und deutlich von ihnen ab, und unter derselben blickten zwei blaue Augen nicht so groß, wie die braunen der Schwester, aber noch einfacher gütevoller und treuer hervor.[26]

Schon an diesen nach gleichem Schnittmuster gefertigten Vignetten läßt sich ablesen, daß Stifter sich beim Beschreiben weiblicher Schönheit ein Phantasieverbot auferlegt hat. Dem entspricht es, daß die Verhältnisse zwischen den Liebenden in den Erzählungen Stifters nach Möglichkeit in den gesellschaftlich gesicherten Bahnen von Werbung, Verlobung, Brautstand und Hochzeit abgewickelt werden. Idealerweise freilich sollten die Hochzeit und die damit verbundenen trostlosen Konsequenzen vermieden und die Braut, wie Margarita in der *Mappe meines Urgroßvaters,* als statueskes und heiliges Abbild ihrer selbst in einer eigens für diesen Zweck hergerichteten Kammer installiert werden. Wie sehr es Stifter vor dem Überschreiten der Schwelle gegraust haben mag, kann nachvollziehen, wer die Funktion der Kleidertrachten zu verstehen versucht, in denen Stifters weibliche Figuren auf der Szene seiner Erzählungen erscheinen. Die Gesichter der geliebten Frauen werden, wie das Porträt Natalies zeigt, nur notdürftig ausgeführt; dafür gilt das Augenmerk des Autors umso mehr dem, was sie anhaben. Gundel Mattenklott hat darauf hingewiesen, daß Stifters Lieblingsdamen meist in Kleidern einhergehen, die im zeitgenössischen Kontext unmodisch, wo nicht gar altmodisch wirken mußten. Schlicht und einfach geschnitten sind diese Kleider, schwarz oder weiß, aschgrau, veilchenblau, dunkelgrün oder braun, jedenfalls einfarben und undifferenziert auch in bezug auf die Anlässe, zu denen sie getragen werden. Durch die Kreierung einer solchen altmodischen Kollektion widersetzt sich Stifter bewußt dem nach Ansicht Simmels von aller Mode propagierten Recht auf Treulosigkeit[27], enthüllt aber zugleich unfreiwilligerweise die spezifischen Neigungen seiner erotischen Phantasie. In Benjamins *Passagen-Werk* findet sich in der Abteilung *Mode* folgende Notiz:

> Jede Generation erlebt die Moden der gerade verflossenen als das gründlichste Antiaphrodisiacum, das sich denken läßt. Mit diesem Urteil trifft sie nicht so sehr daneben wie man annehmen könnte. Es ist in jeder Mode etwas von bitterer Satire auf Liebe, in jeder sind Perversionen auf das rücksichtsloseste angelegt. Jede steht im Widerstreit mit dem Organischen. Jede verkuppelt den lebendigen Leib der anorganischen Welt. An dem Lebenden nimmt die Mode die Rechte der Leiche wahr. Der Fetischismus, der dem sex-appeal des Anorganischen unterliegt, ist ihr Lebensnerv.[28]

Benjamins Hypothesen vermitteln eine genaue Einsicht in die erotische Strategie Stifters, auch was deren insgeheime Zielpunkte betrifft. Eingraviert in fast alle Frauenbilder, denen der Autor sich wahlverwandt fühlt, sind die Chiffren des von Benjamin identifizierten Fetischismus. »Sie war wieder sehr schön gewesen«, heißt es in der Erzählung *Das alte Siegel,* »und in dem schlanken, zarten, dunkelgrünen, seidenen Kleide, das die kleinen Fältchen auf dem Busen hatte, sehr edel. Es war ihm, wie ein Räthsel, daß sich die Pracht dieser Glieder aus der unheimlichen Kleiderwolke gelöset habe, und daß sie vielleicht sein werden könne.«[29] Die kleinen Fältchen auf dem Busen – sehr edel! Und nicht etwa der Busen selbst. Noch hat sich ja, wenn der verwirrenden Zeitstruktur dieser Sätze zu trauen ist, die Pracht der Glieder nicht aus der ›unheimlichen‹ Kleiderwolke gelöst. Wie das vonstatten gehen wird, ist ein asyntaktisch zwischen zwei Kommas erscheinendes ›Räthsel‹. Ob die Frau dann noch dieselbe sein wird, die jetzt diese erregend schönen Kleider trägt? – »Vorzüglich liebte sie Seide«, fährt dann der Erzähler fort und leitet damit eine Beschreibung ein, in der die geheimnisvollsten Faszinationspunkte der Fetischsehnsucht dem Leser so gut wie preisgegeben werden.

> Jedes Kleid schloß sich am Halse. Dann war, wie wir oben sagten, das Haupt mit den großen glänzenden Augen. Ihr Sinn für Reinheit erstreckte sich auch auf den Körper; denn das Haar, das sie einfach geordnet, als einzige Zierde, um das Antlitz trug, war so gänzlich rein gehalten, wie man es selten finden wird. Auch die Hände und das Stückchen Arm, das etwa sichtbar wurde, waren rein und klar. Sie trug nie Handschuhe, an keinem Finger einen Ring, an dem schönen Arme, der sich, wenn die Ärmel weit waren, am Knöchel zeigte, kein Armband und auf dem ganzen Körper kein Stückchen Schmuck. Unter dem langen Schooße des Kleides, wie sie häufig die vornehmeren Stände haben, sah die Spitze eines sehr kleinen Fußes hervor.[29]

Die Linie, wo das Kleid sich um den Hals schließt; die Hände und »das Stückchen Arm, das etwa sichtbar wurde«; die Spitze des sehr kleinen Fußes, der »unter dem langen Schooße des Kleides« hervorsieht – es sind die Übergangsstellen zwischen Körper und Kleid, an denen sich die fetischistische Phantasie erregt. Die Trennungslinien, der goldene Schnitt, den der fetischistische Blick über den weiblichen Körper zieht, verursachen Lust und Schmerz und führen letztlich nach dem Grundsatz, daß erst die segmentierte Natur ihr Geheimnis entläßt, in den Anatomiesaal oder in die Pornographie.

Nun ist natürlich, wie Freud bereits betont hat, »ein gewisser Grad von Fetischismus dem normalen Leben regelmäßig eigen, besonders in jenen Stadien der Verliebtheit, in welchen das normale Sexualziel unerreichbar oder dessen Erfüllung aufgehoben scheint«[30]. Pathologisch würde demzufolge die fetischistische Neigung erst, wenn die erlangte Erfüllung des Sexualziels sich im Vergleich zu der voraufgegangenen imaginären Seligkeit als bittere Enttäuschung herausstellt. Das nun ist in der Erzählung *Das alte Siegel* genau der Fall. »Eines Abends«, lesen wir einige Absätze weiter, »da er (Hugo) zu lange geblieben war und spät in der Nacht unter einem gewitterzerrissenen Himmel nach Hause ging – schrie es in ihm auf: Das ist die Liebe nicht.«[31] Der Leser wird es sich selber ausdenken, was mit ›zu lange‹ gemeint ist. Der Gewitterhimmel läßt jedenfalls auf die Übertretung des entscheidenden Tabus schließen, ist doch die Erfüllung der Liebe für den Fetischisten das desperateste Erlebnis. Hugo, mit dem der Erzähler identifikatorisch verbunden ist, setzt in der Folge zwei, drei Tage mit seinen Besuchen aus, um am vierten das Haus leer und verlassen vorzufinden. Erinnern wir noch einmal die Passage, in der Hugos Desillusionierung an dem aller Dekoration beraubten Interieur des Lindenhäuschens allegorisch dargestellt wird. »Auf der Treppe hatte er Staub und Kehricht gefunden, durch die Zimmer ... wehte die Luft des Himmels ... und die Wände, an denen sonst die Geräthe, der Marmortisch, der Spiegel und Anderes gewesen waren, standen nackt.«[31] Das Schlüsselwort der zerstörten Illusion ist ›nackt‹, der Gegenbegriff zu allen Kleidern. Nichts von dem, woran Hugos Phantasien aufgingen, ist mehr vorhanden. Die Ausstaffierung ist verschwunden und damit auch das erotische Objekt. Das trostloseste für einen Fetischisten sei es, schrieb Karl Kraus, wenn er mit einer ganzen Frau vorliebnehmen müsse. Für Stifter war diese ganze Frau seine Amalie, die, als sie es sich halbwegs leisten konnten, im minderen bürgerlichen Geschmack aufgeschwanzt in Linz auf der Straße herumging, eine Karikatur der Liebe zu den schönen Kleidern, die den armen Stifter auf immer an die unerreichbaren Mädchen der höheren Stände gebunden hatte.

Wo das gesellschaftliche Ritual der Liebe der ganzen Grammatik der Verbote zum Trotz in der Heirat konfirmiert und ein Familienleben begründet wird, da geht es bei Stifter meist ungut aus. Erzählungen wie *Die Narrenburg* und *Prokopus* geben Einblick in eine korrespondierende Pathologie von Liebe und Lieblosigkeit, wie sie den heiligen Stand der Ehe auszumachen scheint. Die von der kaum zu ermessenden Fremdheit zwischen den miteinander lebenden Menschen ausgelösten Verstörungen werden nirgends dramatisch akzentuiert. Lautlos vollzieht sich der Prozeß der Korrosion. Der Brautzug, mit dem Prokopus Gertraud – auch sie zur Zeit der Vermählung noch ein Kind – zu sich auf den Rothenstein bringt, bewegt sich wie zum Abschied durch die freie Natur, und schon der Tag der Hochzeitsfeier endet ominös. Als unschuldige Eheleute sitzen die beiden am Abend noch auf dem Altan und schauen ins Land hinaus. Dann heißt es: »Die Gatten hoben sich und gingen wie zwei selig schüchterne Liebende in den Saal hinein.« Die Schwelle ist überschritten. Der hieran unmittelbar anschließende Abschnitt beginnt darum mit einer Metapher des Todes. »Die dunkle Tür schloß sich hinter ihnen.« Die Liebenden sind jetzt, gleichsam denaturiert, durch feste eicherne Bohlen »von der äußern Ruhe, Heiligkeit und Stille der Nacht abgeschlossen«[32].

Von jetzt an wird ihr Leben Tag um Tag wortloser werden, bis zuletzt das Unglück als ein ebenso unwiderruflicher Zustand erscheint wie sonst in der Literatur nur die Liebe. Die Erzählung *Prokopus* beeindruckt vor allem durch die stillschweigende Radikalität, mit der das Unglück nicht aus einem Verrat an der Liebe, wie das in der *Narrenburg* der Fall ist, sondern aus dieser selbst abgeleitet wird. Die Ehe als die soziale Zwangsanstalt, in der die Geschichte einer einmal imaginierten Liebe sich wirklich als die ihrer Zerstörung niederschlägt, ist erst im *Kalkwerk* Thomas Bernhards mit vergleichbarer Unerbittlichkeit beschrieben worden. Die grauenhaften Quälereien, mit denen Konrad und seine verkrüppelte Frau ihr Verhalten zueinander ritualisiert haben, sind nicht Manifestationen des Hasses, sondern solche der Liebe. Am Prosaischen des damit konstatierten Malheurs erfährt der ebenso wahre wie verlogene Diskurs über die Liebe, der in der bürgerlichen Kultur bis auf den heutigen Tag fortgeführt wird, eine bedeutungsvolle Korrektur, die die Unmöglichkeit einer kontinuierlichen Rekonstruktion der Intimität und somit eine, am früheren Ideal gemessen, geradezu entsetzliche Fremdheit zum Gegenstand hat.

Auf eigenartige Weise glücklich, und das heißt auf erträgliche Weise untröstlich, sind bei Stifter nur diejenigen Männer, die, wie Risach im *Nachsommer,* entweder gar nicht geheiratet oder, wie der Obrist in der *Mappe meines Urgroßvaters,* ihre Frau durch einen Un-Glücksfall verloren haben. Der Obrist hat sich, nach langen Jahren im Feld, die »blutjunge Nichte« zweier ältlicher Leute, bei denen er vor Jahren einquartiert war, nach Hause geholt. Ihr Bild, also tatsächlich das eines Kindes, hatte sich ihm unauslöschlich eingeprägt. »Nach der Vermählung«, erinnert sich der Obrist, als er dem Doktor seine Geschichte erzählt, »setzte ich sie in einen Wagen ... und fuhr mit ihr fast ohne Unterbrechung in mein Haus.«[33] Das Verhältnis zwischen dem Obristen und dem naiven Kind, das zunächst wie eine Fremde mit dem Hut auf dem Kopf in der großen Stube sitzt, ist das zwischen einem Lehrer und einer braven Schülerin. Im fünften Jahr ihrer Ehe, bald nachdem die Tochter Margarita geboren worden ist, kommt die junge Frau ums Leben. Die Szene, in der sie verunglückt, hebt sich von der Erzählung ab wie eine Traumsequenz von der Wirklichkeit. Auf einer ihrer vielen Gebirgswanderungen müssen der Obrist und seine Frau, die überall mit ihm mitgeht, einen tiefen Tobel auf einer geländerlosen Riese überqueren. Der Obrist erzählt:

> Ich betrat zuerst die Riese mit meinen groben Schuhen und hielt den Stock mit der linken Hand. Dann kam meine Gattin, sie hielt sich mit der linken Hand an dem Stocke, und im rechten Arme trug sie das Hündchen. Dann ging der Holzknecht und trug das Ende des Stockes ebenfalls in seiner linken Hand. Wie wir auf dem Holze weiterkamen, tiefte sich der Abgrund immer mehr unter uns hinab. Ich hörte seine Tritte mit den eisenbeschlagenen Schuhen, die ihrigen nicht. Da wir noch ein kleines vor dem Ende

der Riese waren, hörte ich den Holzknecht leise sagen: Sitzt nieder. Ich empfand, daß der Stock in meiner Hand leichter werde. Ich sah um, und sah nur ihn allein. Es kam mir ein entsetzlicher Gedanke. Aber ich wußte weiter nichts. Meine Füße hörten auf, den Boden unter mir zu empfinden. Die Tannen wogten wie Kerzen auf einem Hängeleuchter auf und nieder, dann wußte ich nichts mehr.[34]

Erst am anderen Morgen kann man in den Tobel hinabsteigen. Dort findet der Obrist dann – seltsame Dissoziation – »ein Häufchen lichter Kleidung und darunter die zerschmetterten Glieder«[35]. Das Hündchen ist am Leben geblieben, doch ist es über Nacht wahnsinnig geworden, und der Obrist muß es, ehe er sich der Leiche nähern kann, erschießen lassen. Darauf folgt ein im Werk Stifters fast einmaliger Augenblick der Intimität. »Ich beugte mich nieder«, erzählt der Obrist, »das Angesicht war kalt, ich riß das Kleid auf, die Schulter war kalt, und die Brust war kalt wie Eis. O Herr, das könnt Ihr nicht ermessen«, sagt er zu dem Arzt, »nein, Ihr wisset es jetzt noch nicht, wie es ist, wenn das Weib Eures Herzens noch die Kleider anhat, die Ihr am Morgen selber darreichen halfet, und jetzt tot ist und nichts mehr kann als in Unschuld bitten, daß Ihr sie begrabet.«[35] Über der Toten erst begreift der Obrist seine Liebe, weiß er mit Sicherheit, daß _diese_ Tochter ihn wirklich geliebt hat, so wie Lear, dessen Tragödie im _Nachsommer_ mehrmals zitiert wird, die Antwort auf seine Frage erst von der toten Cordelia bekommt. In einer Geste der Zärtlichkeit – Pray thee undo this button! – überwindet die Melancholie zuletzt noch ihr kaltes Herz. Das ist die Stunde der wahren Empfindung, da einem Schwermütigen aufgeht, was er ums Leben gebracht hat.

Wie alle idealen Frauenbilder Stifters ist auch dieses für ein ewiges Andenken bestimmte Bildnis einer Toten eine Muse des Zölibats. Der unzeitige Tod der jungen Frau führt zur Restitution einer zölibatären Existenz, wie sie im Werk Stifters wiederholt dargestellt wird. Junggesellentum und Witwerschaft scheint dabei der gleiche Stellenwert zuzukommen. In der Figur des Obristen und der des jungen Arztes wird der Verlust der Frau die Voraussetzung für ein wahrhaft tätiges Leben. Der ledige Zustand repräsentiert den positiven Gegensatz zu den Verkrampftheiten der Ehe. Die mit solchen Alternativen verbundene Problematik hat Stifter zwar mehrfach beschrieben, aber nie als sein persönliches Unglück in der Weise agnostiziert, wie Kafka das später getan hat. »Zölibat und Selbstmord stehen auf einer ähnlichen Erkenntnisstufe«, heißt es im 3. Oktavheft, »Selbstmord und Märtyrertod keineswegs, vielleicht Ehe und Märtyrertod.«[36] Daß das von Kafka umrissene Dilemma auch für Stifter von zentraler Bedeutung war, liegt auf der Hand. Ebenso, daß die besondere Schwierigkeit ihres Lebens in dem einen Fall nicht durch eine Ehe, in dem andern nicht durch die Restitution der zölibatären Existenz zu erleichtern gewesen wäre. Kafka hat das gewußt, Stifter scheint es unklar gewesen zu sein. Darum hat Kafka die Ehe nirgends als einen so schön beruhigten Zustand ausgemalt, wie Stifter das in seinen detaillierten Beschreibungen der Lebensführung einschichtiger Männer getan hat. Stifter setzte also zumindest seine unterbewußten Hoffnungen in ein zölibatäres Dasein.

Vielleicht hat deshalb der traumhafte Tod der Frau des Obristen etwas von einem Wunschtod an sich. Wunschtod aber, heißt es, stirbt nicht. Dazu stimmt, daß Amalie Stifter ihren Mann überlebte und daß dieser seine zölibatäre Sehnsucht nur verwirklichen konnte, indem er Hand an sich legte.

Das Schrecknis der Liebe
Zu Schnitzlers *Traumnovelle*

Tuer le temps ... Quand le Bourgeois s'amuse,
on entre dans l'éternité. Les amusements du
Bourgeois sont comme la mort.

Léon Bloy

Mehr als mit jedem anderen Thema beschäftigt sich die
Literatur des bürgerlichen Zeitalters mit den Verschlingungen der Liebe. In einem durch die Jahrhunderte sich
hinziehenden Diskurs wird die Zuneigung der Geschlechter
zueinander mit einer Intensität und Insistenz umschrieben,
daß es fast scheint, als hätte die literarische Phantasie ohne die
von ihr entwickelten Permutationen des Liebesideals kein
Auskommen finden können. Literatur und Liebe sind
weitgehend kongruente, tautologisch vermittelte Bereiche.
Darum gerät die Geschichtlichkeit der aus dem Schreiben an
und für andere hervorgehenden Liebesidee, in der Lust und
Schmerz in ein wechselseitig parasitäres Verhältnis gesetzt
werden, im Verlauf ihrer Ausformung zunehmend außer
acht.

In den Werken des Klassizismus wird die Liebe verabsolu-
tiert, soll an der Wahrheit dieser säkularisierten Metaphysik
kein Zweifel mehr sein. Der Turnus der Leidenschaften wird
verordnet als Voraussetzung jeder Individuation wie auch als
das Mittel der Erlösung aus einem vereinzelten Dasein. Da
die bürgerliche Gesellschaft sich im gleichen Zeitraum nach
den Grundsätzen des Utilitarismus, des Eigennutzes und des
Desinteresses am Schicksal des jeweils anderen formiert,
werden Tragik und Trostlosigkeit die adäquaten Ausdrucks-
formen einer auf die Erfahrung persönlichen Liebesglücks
angelegten Heilslehre. Die Idee der Liebe beruht, wie Gert
Mattenklott am Beispiel des Rousseauschen Briefromans
gezeigt hat[1], auf einer Trennung der Körper. Das Paradoxe
dieses Zusammenhangs erscheint auch im realistischen Roman des 19. Jahrhunderts nur ganz ausnahmsweise als
kritischer Widerspruch zu einer mit komplizierten Strategien

der Täuschung und Selbsttäuschung arbeitenden Ideologie. Im allgemeinen wird die Unvereinbarkeit von Liebesideal und Lebenspraxis geradezu zum Beweis der Authentizität der Gefühle. Erst in der Retrospektive eröffnen sich uns jetzt Einsichten in die Dialektik einer gegenläufigen Entwicklung, in der eine zweifellos nicht nur irreale Regung in dem Maß an Glaubwürdigkeit verliert, in dem von ihr die Rede ist.

Das literarische Werk Schnitzlers entstand auf dem Punkt, an dem der bürgerliche Begriff von der Liebe ins Stadium der Dissolution einzutreten begann. Es hat seine nachhaltige Faszinationskraft daran, daß es mit Bedauern zwar, aber ohne Pathos die Kalamitäten beschreibt, die von einem zur fixen Idee gewordenen Ideal ausgelöst werden, und daß es solchermaßen den wirklichen gesellschaftlichen und seelischen Zuständen genauer Rechnung trägt als die weiterhin an der Hypostasierung der Liebe arbeitenden Werke vieler Zeitgenossen. Der These vom Zerfall des monogamen Liebesideals im ausgehenden bürgerlichen Zeitalter ließe sich freilich einiges entgegenhalten. Kaum je hat der Diskurs über die Liebe weitere Kreise gezogen, auf entferntere und symbolischere Momente des Erotischen sich erstreckt als gerade um die Jahrhundertwende.[2] Zu den in der Literatur propagierten lyrischen, prosaischen und theatralischen Leitbildern der Liebe tritt die Psychologie, die Soziologie, die Philosophie und die Mythologie der Geschlechter, deren einschlägige Instanzen hier nicht extra bemüht werden müssen. Eine diffuse Erotik verschafft sich – wie Benjamins *Passagen-Werk* an zahllosen Beispielen demonstriert –, vermittelt über die Distribution der Waren, eine Präsenz in allen Lebensbereichen und vollendet mit dieser stillschweigenden Usurpation eigentlich erst die historische Evolution der Liebe.

Niklas Luhmann weist darauf hin, daß das Ideal wortloser Intimität aus fortwährender Verbalisierung entsteht, und Foucault erläuterte die grundsätzliche Ambivalenz im Diskurs über die Liebe, der ihr in der literarischen Ausmalung der Sentimente nicht nur zur Emanzipation verhilft, sondern sie im gleichen Zug durch die Anmeldung pastoralen, psychologischen, juristischen und psychiatrischen Interesses unter genauere gesellschaftliche Kontrolle bringt.[3] Die bis auf den heutigen Tag stets weiter auseinanderlaufende Dichotomie in der historischen Entwicklung unseres Begriffs von Liebe ist der Grund für die in der Literatur nach und nach sich bemerkbar machende Skepsis gegenüber der Idee der Liebe selbst. In den Texten der hochbürgerlichen Ära läßt sich diese Skepsis allenfalls über seismographisch genaue Analysen erschließen.[4] Auch Baudelaire arbeitet noch an der Pathetisierung der Liebe, indem er ihre Epiphanie und ihr Erlöschen, seinen Glauben und seinen Agnostizismus in eins setzt. Desgleichen bringt das fin de siècle das Unbehagen an der Liebe nur implizit zum Ausdruck in den extravagantesten Bemühungen um die Wiederbelebung eines schon von der Schwindsucht angegriffenen Ideals. Und selbst Karl Kraus, der sich bekanntlich von der Masturbation mehr versprach als von der physischen Präsenz der Frauen, denen er doch so zugetan war, postuliert noch einmal ›die Liebe‹, quand même.[5]

Erst bei Schnitzler – darin liegt über die von ihm gegebenen Sittenbilder hinaus die besondere Bedeutung seines Oeuvres – tritt die Skepsis gegenüber den habituellen Veranstaltungen um die Liebe bis an die Schwelle der Explizität. Aus Schnitzlers Tagebüchern und Briefen läßt sich ablesen, daß er sich in Liebesgeschichten und Heiratssachen, was seine eigene Einstellung betrifft, durchaus innerhalb der von der Gesellschaft gesetzten Grenzen bewegte und die konventionellen patriarchalischen Reaktionen oft völlig unreflektiert reproduzierte. In seinen literarischen Texten aber ging er weit über den bürgerlichen Erwartungshorizont hinaus. Aus der ironisch-melancholischen Struktur seiner erzählerischen Untersuchungen des Liebesleids ergibt sich ein Detachement, das dem klinischer Fallstudien kaum nachsteht. Es spricht einiges dafür, daß der Scharfblick des Literaten Schnitzler dem Wissenschaftler Freud lange Zeit nicht recht geheuer war – bekanntlich hat Freud sich erst sehr spät dazu verstanden, Schnitzler ein Zeichen seiner Wertschätzung und Bewunderung zu übermitteln.[6] Die unausgesprochene Schwierigkeit in ihrem Verhältnis lag unter anderem wohl darin, daß Schnitzler, im Gegensatz etwa zu Hofmannsthal, nicht mehr versucht, das Phänomen Liebe zu retten, sondern, ähnlich wie Freud, einen Beitrag leistet zu ihrer Kritik. Foucault hat diese Kritik der erotischen Sehnsucht, die sich im Verlauf des bürgerlichen Zeitalters als korrektives Gegenstück zur stets weiteren Verbreitung der Liebesidee entwickelte, an vier spezifischen Figuren festgemacht. Die hysterische Frau, das masturbierende Kind, das malthusische Paar und der perverse Erwachsene sind die Konzentrationspunkte des wissenschaftlichen Interesses an der Regulierung der Sexualität. Schnitzler teilt dieses Interesse und assoziiert sich damit anscheinend mit denjenigen Kräften in der Gesellschaft, denen weniger am Protestpotential der großen Liebe als am Entwurf eines Kanons der erotischen Vernunft gelegen ist. Anders aber als die wissenschaftliche Kritik der reinen Liebe, die letzten Endes affirmative, wo nicht gar repressive Zielsetzungen beinhaltet, schlägt Schnitzlers ausgesprochen differenzierte Kritik des Liebesideals immer wieder auch um in eine Kritik der Gesellschaft.

Das in gegenseitiger Nutznießung einander verbundene malthusische Paar, dem Hofmannsthal als Heiratsvermittler zwischen Helene Altenwyl und Kari Bühl, wenn auch auf sehr sublimem Niveau, noch einmal ein schönes Denkmal setzt, ist bei Schnitzler als Vorbild für ein erotisches Ideal- oder Normalverhalten fast restlos schon desavouiert. Wie die paarweisen Figuren Manets, deren auseinanderlaufende Blicke die unwiderrufliche innere Entfernung vom jeweiligen Partner erahnen lassen, leben die von Schnitzler porträtierten Gatten jedes in einer ganz anderen Welt. Ja der Stand der Ehe wird geradezu zu einem Paradigma für das ›weite Land‹, das sich in der von uns geschaffenen Sozietät zwischen den Menschen erstreckt. Die Sozialisierung des prokreativen Verhaltens im ehelichen Arrangement scheint damit an seine Belastungsgrenze gelangt, doch hält das System sich weiterhin aufrecht und werden Kinder angelernt, ihre dunkleren Wünsche vor sich selber ins rechte Licht zu rücken. Die Pädagogisierung der kindlichen Sexualität, die in einem fast zweihundertjährigen Feldzug gegen die Onanie zu den groteskesten Ausblühungen der regulativen

Vernunft geführt hat[7], geht zwar seit der Jahrhundertwende in einzelne Nachhutgefechte und Scharmützel über, aber vielleicht nur, weil inzwischen wirksamere Mittel gefunden wurden, die Aufmerksamkeit des Kindes vom eigenen Körper weg auf die quasi magische Anwesenheit eines anderen zu richten.

Im ersten Abschnitt der *Traumnovelle* hören Albertine und Fridolin ihrer kleinen Tochter zu, die kurz vor dem Schlafengehen noch ein bedeutungsvolles Gesetzchen aus einer wahrscheinlich extra zum frommen Gebrauch des heranwachsenden Weibergeschlechts präparierten Geschichte vorliest. »Vierundzwanzig braune Sklaven ruderten die prächtige Galeere, die den Prinzen Amgiad zu dem Palast des Kalifen bringen sollte. Der Prinz aber, in seinen Purpurmantel gehüllt, lag allein auf dem Verdeck unter dem dunkelblauen, sternbesäten Nachthimmel, und sein Blick –«[8] Der schöne letzte Satz, nach dem das Kind unwillkürlich abbricht, lenkt seine ganze Aufmerksamkeit auf den Prinzen, und eben wie der Blick der Märchengestalt es streift, fallen ihm die eigenen Augen zu, und es selbst versinkt in der Ohnmacht des Schlafes. Vor dem männlichen Blick senkt schon das Kind die Lider. Zu der Traumwelt, die sich ihm nun auftut, verstattet der Text uns keinen Zugang, wohl aber zu der im weiteren Verlauf der Erzählung durchmessenen Traumwelt der Eltern. Dort erweist es sich dann, daß unsere wahren Träume den Schönheiten, denen wir wachen Sinns nachhängen, nicht entsprechen und daß sie schrecklicherweise erfüllt sind von einem Drang zur Perversion, in welcher über die Agentur der Gewalt das Schöne verkehrt wird ins Häßliche. Schnitzler hat in der *Traumnovelle* den offensichtlich dezidierten Versuch gemacht, dem Funktionalismus der Perversion auf die Spur zu kommen. Es ist aber bezeichnend, daß der Chronist der Krankheiten der Liebe, der Schnitzler war, dem Thema der Perversionen sonst mit einigem Bedacht ausgewichen ist. Im übrigen versteht es sich – da die *Traumnovelle* weder der pornographischen Häresie noch der dieser entgegengesetzten Psychiatrisierung der Perversionen ohne weiteres zugeordnet werden kann –, daß der Stellenwert, den die sogenannten erotischen Aberrationen für Schnitzler hatten, sorgfältig nachgerechnet werden muß.

Unter den verschiedenen Verfahren zur Adaption des Sexus kommt der Hysterisierung des weiblichen Körpers eine offensichtlich zentrale Bedeutung zu. In einem seit der frühen Neuzeit sich vollziehenden, fast schon als naturhistorisch empfundenen Prozeß wird die Frau als ein von Sexualität restlos durchdrungenes Wesen qualifiziert und disqualifiziert zugleich. Im hochnotpeinlichen Malträtment, das jahrhundertelang den Hexen als Ausgeburten der Weiblichkeit zuteil wurde, wurde Hysterie – wohl die panische Reaktion des Mannes auf eine seinen Blick erwidernde Frau – nicht nur in die Körper der Opfer, sondern in alle weiblichen Körper hineingetragen, wo sie dann, von den Betroffenen adoptiert und verinnerlicht, in großen und kleinen Anfällen und Anfälligkeiten bis zum Ausgang des letzten Jahrhunderts als *die* klassische Form weiblichen Derangements erscheint. In den Arbeiten Charcots, Breuers und Freuds wurde Hysterie zum Ausgangspunkt aller späteren psychologischen Ermittlungen. Daß diese »Krankheit« zunächst oft hypnotisch, vermittels des männlichen Blicks und der männlichen Stimme also, »kuriert« wurde, ist ein besonders ironisches Moment in der Genese der Psychoanalyse. Auch Schnitzler konnte, wie wir wissen, mit hypnotischen Behandlungsformen als Arzt beträchtliche Erfolge verzeichnen. Als Assistent seines Vaters an der laryngologischen Abteilung der allgemeinen Poliklinik traf er wiederholt auf Fälle von hysterischer Heiserkeit und funktioneller Aphonie, die sich hypnotischer Behandlung zugänglich erwiesen, wobei es nicht wundernimmt, daß Schauspielerinnen und Sängerinnen unter den Patienten überproportional vertreten schienen. Extreme Beanspruchung der Stimmbänder reicht als Erklärung für dieses Phänomen schwerlich aus. Der Beruf der Actrice, wie ihn die bürgerliche Gesellschaft erst schuf, ist vielmehr ein direktes Korrelat der Hysterisierung der Frau. Im deklamatorischen Pathos der großen Tragödin und vollends in dem im 19. Jahrhundert kultivierten, wahrhaft atemberaubenden Arienstil wird die hysterische Exaltation der Frau auf bzw. in den Leib hineingeschrieben als das genaue Äquivalent ihrer sonstigen Stimmlosigkeit. Die herzzerreißenden Ausbrüche der exemplarischen bürgerlichen Heroinen Aida, Mimi, Manon, Madame Butterfly, Norma, Lucia und Ariadne, der Nachtwandlerinnen und Frauen ohne Schatten, verdienten es, einmal unter diesem Aspekt untersucht zu werden.

In den Texten Schnitzlers kommt der in der theatralischen Artikulation beförderte Mythos weiblicher Leidenschaft bezeichnenderweise kaum mehr zur Vorstellung. Schnitzler geht es, auch auf dem Theater, eher darum, wie die Hysterisierung der Frau im realen gesellschaftlichen Leben auf diese sich auswirkt, um das hoffnungslos stille Leidwesen der domestischen Hysterie. Im zweiten Teilstück der *Traumnovelle* wird der Arzt Fridolin spät abends noch ans Bett eines lang schon krank liegenden Hofraths geholt. Die anschließende Szene in der Wohnung in der Schreyvogelgasse ist in vieler Hinsicht aufschlußreich. Bisher hatten dem Hofrath stets drei Centi Morphin über seine Anfälle hinweggeholfen. Diesmal aber ist er beim Eintreffen des Arztes bereits tot, ein schmaler Körper, regungslos hingestreckt, das Antlitz überschattet, »hager, runzlig, hochgestirnt, mit dem weißen, kurzen Vollbart, den auffallend häßlichen weißbehaarten Ohren«[9]. Am Fußende des Bettes sitzt Marianne, die Tochter des Hofraths, »mit schlaff herabhängenden Armen wie in tiefster Ermüdung«[9]. Die Begegnung zwischen ihr und dem Arzt ist bestimmt von der Präsenz der sinistren Figur des toten Vaters. Fridolin verspürt eine Regung der Sympathie für das blasse Mädchen, »das noch jung war und seit Monaten, seit Jahren in schwerer häuslicher Arbeit, anstrengender Krankenpflege und Nachtwachen langsam verblühte«[9].

Freuds Schriften verzeichnen die Pflege von kranken Familienangehörigen wiederholt als einen in der Ätiologie der Hysterie wirksamen Faktor.[10] Die an den kranken Vater gebundene Tochter erlebt die pathogene double-bind-Situation in beispielhafter Form und wird sogar von dem Toten noch zur Unfreiheit verurteilt. Daß sie sich am Bett des leblosen Haustyrannen zu einer tränenreichen, verzweifelten Liebeserklärung an den Arzt hinreißen läßt, liegt völlig in der

Konsequenz der beschriebenen Umstände. Fridolin stand Marianne nicht nur während der langen Krankheit des Hofraths zur Seite; er ist auch die Instanz, die den mit uneingestandener Sehnsucht erwarteten Tod des Vaters amtlich bescheinigen wird. Insofern ist er in der unbewußten Perzeption Mariannes ihr Befreier und vielleicht gar verbunden mit ihr in einer Komplizenschaft zur Ermordung des Vaters, denn für das unbewußte Denken ist, wie Freud bemerkte, auch der ein Ermordeter, der eines natürlichen Todes gestorben ist.[11] Es ist darum nur allzu verständlich, und Fridolin »hatte es immer gewußt, daß sie in ihn verliebt war oder sich einbildete, es zu sein«[12]. Das Stichwort Hysterie geht ihm als mögliche Diagnose durch den Kopf, als sie, vom Sessel herabgeglitten, ihm zu Füßen liegt, seine Knie umschlingt und ihr Antlitz daran preßt. Zugleich aber regt sich in ihm ein schlechtes Gewissen. Er wirft einen Seitenblick auf den toten Vater und und fragt sich, ob der am Ende nicht alles hört und gar nur scheintot sei, eine für einen Arzt nicht eben rationale Konjektur. Auch erinnert sich Fridolin in diesem Augenblick eines Romans, »den er vor Jahren gelesen und in dem es geschah, daß ein ganz junger Mensch, ein Knabe fast, am Totenbett der Mutter von ihrer Freundin verführt, eigentlich vergewaltigt wurde«[12]. Diese abstruse Reminiszenz ist das traumhaft verrückte maskuline Pendant zum hysterischen Gebaren der armen Marianne, die Vorstellung eines Aktes blasphemischer Transgression, wie sie der weiblichen Phantasie, selbst in dem Zustand, in dem Marianne sich befindet, kaum beifallen dürfte. Dennoch ist das in Fridolins Gedanken einschießende Bild, obschon weit extremer als die Liebeshoffnungen Mariannes, mit der von der Leiche des Patriarchen repräsentierten bestehenden Ordnung eher vereinbar. Gelegentliche Exzesse sind praktikabler als die ewige Liebe. Fridolin kann deshalb auch die Wohnung verlassen, während Marianne in ihr zurückbleibt, von Fridolin, wie ihr scheinen muß, ausgeliefert an ihren Verlobten, den Dr. Roediger, einen korrekten Historiker in dunkelgrauem Havelock, mit Überschuhen und einem Regenschirm, dessen rechtzeitiges Eintreffen weitere Peinlichkeiten vermeiden hilft. Die stillschweigende Absprache der

Männer – »sie nickten einander zu, vertrauter als es ihren tatsächlichen Beziehungen entsprach«[13] – besiegelt das Schicksal der jungen Frau und erweist sich zugleich als der neuralgische Punkt ihrer Hysterie. Als wir zuletzt die Brautleute, die Hände ineinander verschlungen, am Bett des toten Vaters sitzen sehen, dämmert es uns, daß die hysterischen Manifestationen weiblicher Liebessehnsucht weniger konstitutionell sind als Symptombildungen eines von männlicher Ordnungswaltung determinierten Lebens.

In der Episode von der Hofrathstochter aus der Schreyvogelgasse wird Hysterie von einem ähnlichen Standpunkt aus beschrieben wie in den Studien Freuds. Und doch hat Schnitzlers erzählerische Präsentation, aus der sich eine Reihe von Aufschlüssen ergibt über die der hysterischen Disposition einbeschriebene soziale Dynamik, den Freudschen Analysen einiges voraus, nicht zuletzt einen höheren Grad an Empathie mit dem psychischen Zustand der von einer abstrakten Norm aus derangiert erscheinenden Frau. Das kann vor allem an den Idealbildern der Männlichkeit abgelesen werden, die Schnitzler als die Zufluchtspunkte weiblicher Sehnsucht in seine Frauenporträts wie zitatweise eingraviert.

Für die innere Struktur der *Traumnovelle,* wenn auch nicht für ihren Handlungsverlauf bedeutsam ist die Tatsache, daß die Hofrathstochter einen verschollenen Bruder hat, der jetzt »irgendwo im Ausland lebt«[14]. In Mariannes Kabinett hängt ein Bild, das er im Alter von fünfzehn Jahren gemalt hat. »Es stellte einen Offizier dar, der einen Hügel hinuntersprengt.«[14] Etwas weiter im Text wird es noch einmal hervorgehoben als »das Bildnis des weißuniformierten Offiziers, der mit geschwungenem Säbel den Hügel hinabsprengte, einem unsichtbaren Feind entgegen. Es war in einen altgoldenen schmalen Rahmen gespannt und wirkte nicht viel besser als ein bescheidener Öldruck.«[15] Der Hofrath hatte von dem naiven Kunstwerk des Sohns nie etwas gehalten, hatte immer getan, als sähe er es überhaupt nicht; aber für Marianne besitzt es offensichtlich einen ähnlich fetischistischen Wert wie das Bild der Dame im Pelz für Gregor Samsa. Es handelt sich im einen wie im andern Fall um ein

Geschwisterbild, hocherotisiert und tabubelegt zugleich, um ein Beispiel dafür, daß die größte Sehnsucht auch immer die unstatthafteste ist.

In der *Traumnovelle* ist dieses eigenartige Memento vor allem deshalb wichtig, weil es reflektiert wird in dem über die reine Potentialität nicht hinauskommenden Liebesabenteuer Albertines. »Ob er sich des jungen Mannes erinnere«, fragt sie eingangs der Erzählung ihren Gatten, »der im letztverflossenen Sommer am dänischen Strand eines Abends mit zwei Offizieren am benachbarten Tisch gesessen, während des Abendessens ein Telegramm erhalten und sich daraufhin eilig von seinen Freunden verabschiedet hatte.«[16] Der mysteriöse Fremdling, dem Albertine dann nochmals begegnet, als er mit seiner gelben Handtasche eilig die Hoteltreppe hinaufsteigt, und dem sie alles – dich, Kind und Zukunft, wie sie sagt – hinzugeben bereit war, bleibt eine in jeder Hinsicht undifferenzierte Erscheinung.

Nur, daß er bei den Offizieren sitzt, wissen wir, und daß er ein Telegramm erhält mit einer anscheinend wichtigen Botschaft. Das freilich reicht hin, um ihn auszuweisen als den Repräsentanten eines chevaleresken Ideals, mit dem sich der bürgerliche Mann und der Ehemann insbesondere nicht messen kann: das Idealbild ist hors concours. Ähnlich absolut erscheint ja auch der uniformierte Graf der Marquise von O. im Augenblick äußerster Bedrängnis wie ein Engel des Himmels. Otto König hat in seiner Kulturethologie gezeigt, in welch erstaunlichem Ausmaß die Ausrüstung des kombattanten Mannes vom Kleiderschnitt und Farbkontrast bis zur Überhöhung der Gestalt durch Federbusch und Epauletten und zu Attraktionsmerkmalen wie Rangabzeichen und ornamentiertem Pallaschknauf auf die männliche Geschlechtspräsentation ausgerichtet war. Dieser Hinweis stimmt deshalb in unser Argument, weil die von Schnitzler beschriebenen bürgerlichen Frauen das Bild des uniformierten Mannes allem Anschein nach noch tief in sich tragen.

Die bürgerliche Gesellschaft ist ihrer eigenen Vorschrift nach nicht vereinbar mit Promiskuität. Daß sie, als eine in erster Linie von Männern verwaltete, diesen die Promiskuität dennoch eröffnete, bedarf inzwischen keiner Erörterung mehr.[17] Wohl auch nicht, daß die Promiskuität der Männer in den jeweils niedrigeren sozialen Bereichen ihr halb legales Betätigungsfeld fand. Weniger offenkundig ist schon, wie die erotischen Wunschvorstellungen der Frauen umgekehrt auf die jeweils höheren Schichten sich beziehen und so das System insgesamt ebenso bestätigen wie die Hypokrisie der Männer. Es soll im weiteren noch gezeigt werden, wie Schnitzler gerade in dieser Hinsicht ein Stück Kulturgeschichte geschrieben hat.

Bemerkenswert ist zunächst die Tatsache, daß das erotische Leitbild des Kavaliers, auf das die bürgerliche Frau ihre Wunschvorstellungen projiziert, für sie in der Regel gar nicht mehr erreichbar war, weil das ersehnte Wesen selber einer im Aussterben begriffenen Spezies angehörte beziehungsweise, wie der Fall des Leutnant Gustl zeigt, bloß als seine eigene leere Hülle noch herumparadierte. Wahrscheinlich wirken auch deshalb die in weißen, gelben, blauen und roten Kavalierstrachten auf der Szene der geheimen Gesellschaft auftretenden Herren, die sich mit ihren entkleideten Partnerinnen in einem choreographisch geregelten erotischen Ritual ergehen, so gänzlich abstrakt. Der Text hat hier nicht mehr die bei Schnitzler sonst überall spürbare Konsistenz des Wirklichen. Vielmehr bewegen wir uns jetzt in einem Bereich purer Fiktion, der durch die pornographischen Indizien dieser Sequenzen, über die noch zu reden sein wird, ausgewiesen ist. Der erotische Idealtypus der bürgerlichen Frau ist ein vom Geschichtsverlauf relegiertes männliches Wesen. Das gilt sowohl im phylogenetischen Sinn, insofern das Bild des Chevalier dem tatsächlich bereits vergangenen ancien régime entspricht, als auch in der Entwicklungsgeschichte des einzelnen männlichen Individuums, in der so oft die schöne Militärzeit – selbst K. im *Schloß*-Roman erinnert sich daran – als eine Phase heroischer Freizügigkeit erscheint. Es ist die Aura des uniformierten Mannes, die der Frau den Sinn verdreht. »In seine Uniform hatte sie sich dereinst verliebt«, sinniert voller Ressentiment der Eichmeister Eibenschütz in Joseph Roths Erzählung *Das falsche Gewicht,* und er weiß, daß von dieser Liebe jetzt, »nachdem sie ihn in vielen Nächten nackt und ohne

Uniform gesehen und besessen hatte«[18], nichts mehr übrig ist.

Als Surrogat und letzte zweifelhafte Vertreter des chevaleresken Ideals begegnen einem bei Schnitzler diverse Flaneure vom Schlag Anatols, die aufgrund ihrer wirtschaftlichen und sozialen Unabhängigkeit noch ein wenig vom Glanz des fahrenden Ritters an sich haben mögen, ohne doch dadurch das Unechte ihrer Existenz verbergen zu können, zumal sie bloß mit einem Spazierstock ausgerüstet sind, was, genaugenommen, nicht viel eindrucksvoller ist als der Regenschirm des Dr. Roediger. Die von bürgerlichen Kontrahenten am Rand Schnitzlerscher Werke ausgetragenen Duelle tragen deshalb, ähnlich wie bei Tschechow, die Zeichen einer theatralischen Farce. Fridolin, der auf seiner nächtlichen Wanderung von einem korporierten Studenten angerempelt wird, läßt sich auf diese Herausforderung freilich nicht mehr ein. Es steht ihm nicht mehr dafür. »Wegen einer solchen dummen Rempelei einen Hieb in den Arm? Und für ein paar Wochen berufsunfähig? – Oder ein Auge heraus?«[19] Das wäre natürlich das Ärgste. Aber die Vermeidung der Kastrationsdrohung bietet auch keinen Ausweg aus dem Dilemma, weil andererseits gerade die einäugigen Helden, die Husaren mit der schwarzen Augenklappe und die Monokellöwen den stechendsten männlichen Blick haben. Konkret geht es also um die dem bürgerlichen Mann prinzipiell mangelnde Satisfaktionsfähigkeit. Der langwierige Traum, den Albertine ihrem Gatten erzählt, ist davon die Illustration. Sie beschreibt, wie sie Fridolin von Kaufmannsladen zu Kaufmannsladen hetzen und die schönsten Dinge für sie besorgen sieht, die nur aufzutreiben sind – Kleider, Wäsche, Schuhe, Schmuck –, lauter Gegenstände *seiner* fetischistischen Phantasie. Er gibt das alles in eine kleine gelblederne Handtasche, ohne sie doch ausfüllen zu können. Zugleich taucht in diesem Traum, eingerahmt von einer idealen Waldlandschaft, der junge Däne auf, dem, wie wir wissen, die mysteriöse Handtasche tatsächlich gehört. Wieder und wieder kommt er aus dem Wald hervor, wieder und wieder verschwindet er darin. »Das wiederholte sich«, sagt Albertine, »zwei-, drei- oder hundertmal.«[20] Mit diesem

Wunschtraum der Erfüllung kann der bürgerliche Held schlecht mithalten. Darum setzt er seine Libido einerseits um in die Mühewaltung tagtäglicher Arbeit und exterritorialisiert sie zum andern in einem außerehelichen Geschlechtsleben, das er, wie die nächtlichen Traversen Fridolins zeigen, als ein Abenteuer empfindet, bei dem auch er dem Tod ins Auge sieht.

Die im vorigen gemachten Anmerkungen zu dem Mangel an Befriedigung und Satisfaktionsfähigkeit, welcher der fortwährenden Präokkupation mit erotischen Wunschbildern im Werk Schnitzlers zugrunde liegt, stehen im Gegensatz zu der eingangs der *Traumnovelle* eigens hervorgehobenen erotischen Konkordanz zwischen Albertine und Fridolin. Von der Redoute nach einer raschen Wagenfahrt durch die schneeweiße Winternacht nach Hause gekommen, sinken sie einander »daheim zu einem schon lange Zeit nicht mehr so heiß erlebten Liebesglück in die Arme«[21]. Als Ausgangspunkt einer Erzählung, die sich in erster Linie mit den zentrifugalen Kräften in der Liebe befaßt, wirkt das eher paradox, wofern man nicht die von der Psychoanalyse bezeichnenderweise erst relativ spät konzessionierte Einsicht veranschlagt, »daß die genitale Sexualität stets und sogar im günstigsten Fall einen Rückstand von Unbefriedigung übrigläßt«[22]. Aus diesem Rückstand speisen sich die Bedürfnisse, die auf den Markt der Prostitution getragen werden. Die Praxis der Prostitution, der Schnitzler mehr und differenziertere Aufmerksamkeit geschenkt hat als sonst ein zeitgenössischer Autor, ist das in der bürgerlichen Ära in den komplexesten Formen sich ausbildende Gegenteil zu dem von der Gesellschaft verordneten monogamen Modell. Der seit dem Hochkapitalismus immer rückhaltloser werdenden Einbeziehung der Frau in den Prozeß der Warenproduktion und -verteilung entspricht eine Ausbreitung der Prostitution, von der sich heute allenfalls der Leser einschlägiger soziologischer Studien zur bürgerlichen Subkultur einen ungefähren Begriff machen kann.[23] Aus der Literatur aber blieb die Prostitution, die, wie Benjamins *Passagen-Werk* zeigt, das Leben der Metropolen bis in die verborgensten Nischen durchdrang, weitgehend ausgeklammert. Auch das naturalistische Interesse an der bête humaine änderte daran nur wenig. Wie sehr die Liebe zur Prostituierten, abgesehen einmal von den offenkundigeren Zwängen, zu einer »Apotheose der Einfühlung in die Ware«[24] wurde, das erschließt im Bereich der akkreditierten Literatur eigentlich nur das Werk Schnitzlers, in dem das weitgefächerte Spektrum der Liebe als Gegenstand kontinuierlichen Handels und Wandels ausgebreitet wird und fast so etwas wie eine Taxonomie der ganzen Fauna der Weiblichkeit als die den Texten einbeschriebene Intention erscheint. Von der ehelichen Treue, von harmloser Koketterie, vom beiläufigen Seitensprung und tragischen Ehebruchdrama über die gelegentliche Prostitution der Hausangestellten, der zeitweise ausgehaltenen Näherinnen, Modistinnen, Soubretten und Balletteusen bis zum professionellen Liebesdienst des polizeilich überwachten Volks der Straßenmädchen und Bordellinsassinnen ist ziemlich alles vertreten, was auf dem Marktplatz der Liebe eine Rolle spielt.

Die Nutznießer des unablässigen Umtriebs sind fast ausschließlich die bürgerlichen Männer, und Schnitzlers Verdienst liegt darin, daß er dieser einseitigen Relation in seinen Werken, die sich zu einer Art Verdikt summieren, Rechnung trägt. Der Autobiographie *Jugend in Wien* kommt dabei der Charakter einer Konfession zu, in der Schnitzler von seinen eigenen Liebschaften handelt, während die literarischen Texte vielleicht den Versuch einer Läuterung repräsentieren. Bezeichnend bleibt jedenfalls, wie die Empathie, die Schnitzler seinen Frauengestalten entgegenbringt, in der autobiographischen Schrift, wo es um *seine* Freundinnen geht, leicht ins Zynische schillert.

Jugend in Wien enthält das mit einiger sozialhistorischer Akribie verfaßte Porträt eines Mädchens aus den niedrigeren Ständen, dem Schnitzler zugetan war. Der Autor erzählt da, daß Jeanette »aus einem Stricksalon, wo sie für eine mühselige Arbeit von acht bis eins und drei bis sieben einen Monatsgehalt von zwanzig Gulden bezogen hatte ..., wegen Herzbeschwerden, Blutspucken, Kopfweh und Rückenschmerzen« entlassen worden sei und daß sie nunmehr zu Hause sticke und häkle und ihre Arbeiten an Geschäfte abliefere, wo sie »das ausbedungene Honorar meistens nur unter Schwierigkeiten oder gar nicht ausbezahlt« bekommt.[25] Das familiäre Milieu ist aufs äußerste bedrückend, Arztbesuche werden erwähnt und finanzielle Notlagen – das Gesamtbild ist somit alles andere als das der unbeschwerten Natur, das die Schnitzlerschen jungen Herren wie Fritz und Theodor in der *Liebelei* sonst gern mit ihren Freundinnen aus der Vorstadt assoziieren. Die briefliche Korrespondenz ist seitens Jeanettes von Versicherungen der Liebe und Treue erfüllt, wenngleich der Liebhaber eine Heirat von vornherein ausgeschlossen hat und den Verdacht hegt, daß neben den schönen schriftlichen Beteuerungen »allerhand andere Erlebnisse«[25] einhergehen. Trotz eines beträchtlichen Maßes an Aufrichtigkeit gelingt es Schnitzler nicht, seine bürgerliche Kälte abzulegen. Der Ton der Harmlosigkeit wird entgegen den eindeutigen Aussagen durchgehalten, und der Autor wiegt sich kommod in der Illusion einer ›natürlicheren‹ Liebe, als eine standesgemäße es ihm sein könnte. Der diagnostische Scharfblick des Arztes vermag nichts gegen die auch in ihm dominante bürgerliche Ideologie, die sich im süßen Mädel, in welcher Armut und Sauberkeit zu kleinbürgerlicher Bescheidung zusammentraten, ein Alibi erfand für die tatsächlich oft desperate Situation der jungen Arbeiterinnen.

Als Selbstrechtfertigung für den Verkehr mit den in welcher Form auch immer käuflichen Mädchen mochte dem bürgerlichen Flaneur das Bewußtsein dienen, daß er in seinen Liebesabenteuern einmal ums andere ein nicht unbeträchtliches Risiko für Leib und Leben einging, ja daß er in einer Art von heroischer Selbstbewährung in der Lust mit dem Tod kokettierte. In der Retrospektive auf seine Jünglingserlebnisse kann Fridolin, der, der eifersüchtigen Neugier Albertines nachgebend, einiges aus seinem Vorleben erzählt hat, wie ein Held sich fühlen, der nach großen Fährnissen in einen sicheren Hafen eingelaufen ist. Wie unberechenbar der Lohn der Liebe für den vazierenden Mann bleibt, zeigt sich, als Fridolin einem siebzehnjährigen Straßenmädchen auf ihr Zimmer folgt, wo er sich ihr gegenüber sehr reserviert verhält. »›Du fürchtest dich halt‹«, sagt die Mizzi, »und dann vor sich hin, kaum vernehmlich, ›schad'!‹« – »Dieses letzte Wort«, geht der Text weiter, »jagte eine heiße Welle durch sein Blut. Er trat zu ihr hin, wollte sie umfassen, erklärte ihr, daß sie ihm völliges Vertrauen einflöße, und sprach damit sogar die Wahrheit. Er zog sie an sich, er warb um sie, wie um ein Mädchen, wie um eine geliebte Frau. Sie widerstand, er schämte sich und ließ endlich ab.«[26] Nicht nur Mizzis unmittelbare Zuneigung zu ihm, auch der in ihren Worten mitklingende Vorwurf, es mangle ihm – verständlicherweise, wie sie ihm versichert – am Mut, mit ihr zu schlafen, macht ihm die Kindfrau zum point d'honneur, zur ephemeren Geliebten. Wenn er letztlich verschont bleibt, verdankt er das weniger seiner eigenen Umsicht als dem Schamgefühl der erst halb erwachsenen Prostituierten, die auf seine Avancen nicht mehr eingeht und ihm so die Krankheit erspart, deren Symptome sich – wie wir später erfahren – bereits am nächsten Tag an ihrem Körper auftun.

Die im Werk Schnitzlers überall latente und manifeste Todessymbolik ist das Anzeichen einer zwischen Gesetz und Illegitimität operierenden Praxis der Liebe, in der die Söhne des Bürgertums über eine Art von Hasard zur Mannbarkeit gebracht werden. Deutlicher noch als in den literarischen Werken steht das Gespenst der Syphilis im Zentrum der Jugenderinnerungen Schnitzlers, wo er beispielsweise beschreibt, wie ihn sein Vater im Zuge der bürgerlichen Erziehung mit drastischer Eindringlichkeit vor den Auswirkungen einer Infektion warnt. »Zum Beschluß«, heißt es da, »nahm mich mein Vater ins Ordinationszimmer und gab mir die drei großen gelben kaposischen Atlanten der Syphilis und der Hautkrankheiten zu durchblättern.«[27] Fast möchte man sagen, die Stelle rekapituliere eine sechshundert Jahre ältere, in welcher Heinrich von Melk den grauenhaften Inhalt einer Gruft als die Kehrseite der hoffärtigen Liebe aufdeckt. Das *memento mori* der kaposischen Atlanten soll dem Sohn das biblische Diktum ins Gedächtnis rufen, daß, was außen hübsch erscheint, inwendig voller Totengebeins ist und Unflat. Umso verständlicher natürlich der Wunsch nach Gesundheit und den ›sauberen‹ Mädchen aus dem unteren Kleinbürgertum, denen Schnitzlers Herren mit besonderer

Vorliebe ihre Aufmerksamkeit zukehren. Sie verkörpern eine gewisse sexualhygienische Garantie gegen die Gefahr der Ansteckung, die auch im nächsten Bekanntenkreis Schnitzlers immer wieder auftaucht. Einen Jugendfreund betreffend erinnert Schnitzler sich: »Am Tag darauf nahm ihn mein Bruder zur Behebung eines gleichfalls von einem verflossenen Liebesabenteuer herrührenden Leidens auf seine chirurgische Spitalsabteilung auf, und ohne daß ich (ihn) wiedergesehen hätte, ein halbes Jahr später, starb er im Irrenhaus.«[28]

Gerade weil die Medizin der Syphilis weitgehend machtlos gegenüberstand, nimmt sie im Bewußtsein des schreibenden Arztes etwas von einer höheren Rache für die ungesetzliche Promiskuität der Gesellschaft an. Die Krankheit geht um, und wie vom Tod, so weiß man es nicht von ihr, wen sie als nächsten sich greift. Ihr Schrecknis ist im voraus schon die Rechtfertigung für das amoralische Verhalten des Liebhabers, setzt er sich in der Verfolgung seines Ziels doch selbst der Strafe aus. Der jahre- und jahrzehntelange Zerfallsprozeß, der aus dem eleganten Kavalier einen lallenden Paralytiker macht, die Höhe des Einsatzes also, war angetan, Aufregungen des Gewissens zu beschwichtigen, denn wo der Bußzettel nicht ausbleibt, läßt es sich besser sündigen. Was die Überlebenschancen unter solchen Verhältnissen betraf, hatte der Arzt der üblichen männlichen Konkurrenz einiges voraus, wie die nachstehende Episode aus *Jugend in Wien* deutlich belegt:

> So begegnete es mir kurz nach Beendigung meines Militärjahres an einem Novembernachmittag, daß ich mit Richard eine sehr hübsche Choristin des Wiedener Theaters in ihre Wohnung begleitete und daß wir um die Gunst der durchaus nicht spröden, nur unentschiedenen jungen Dame zu losen oder vielmehr zu zipfeln beschlossen. Aber da sie uns vorher den Namen ihres Liebhabers genannt, eines ungarischen Aristokraten, über dessen Gesundheitszustand ich durch die Indiskretion seines Arztes zufällig genau unterrichtet war, und ich außerdem, meinen Arm um ihren Nacken schlingend, eine meinem medizinischen Verständnis sehr verdächtige Drüse betastet hatte, verzichtete ich edelmütig auf den Preis und überließ ihn meinem Freund.[29]

Die zynische Leichtfertigkeit, mit der hier nicht etwa die Warnung, sondern die luetische Infektion weitergegeben wird, gehört zu einem System, das das Eigeninteresse allen anderen Erwägungen voranstellt. Wie den schwarzen Peter, so schiebt man die Krankheit einander zu, ein kontinuierlicher Vorgang, der den wahren Tauschwert der Liebe bestimmt und aus dem ein Reigen sich bildet, dem gegenüber der von Schnitzler szenisch arrangierte wie ein Kinderspiel wirkt, es sei denn, man sieht ihn als Totentanz.

Die Syphilis fungiert als eine Art Schibboleth, das nie ausgesprochen, aber fortlaufend von der einen Hand in die andere gedrückt wird. Wer die Wege kennt, auf denen sie zur Zeit wandert, darf sich zu den wahrhaft Eingeweihten zählen.

Die im literarischen Werk Schnitzlers, vielleicht aufgrund solcher zynischen Erfahrenheit, zum Ausdruck kommende profunde Skepsis gegenüber dem Absolutheitsanspruch des Liebesideals versteht sich als ein kritischer Kommentar zu einer Gesellschaftsordnung, in der die Erfüllung der Liebe die in sie investierten Hoffnungen nicht mehr aufzuwiegen vermag. Schnitzler zeigt immer wieder, wie die reflexive Erwartungsstruktur der Liebenden, die gleiche Neigung zur Überinterpretation, die den Aufbau einer Beziehung trug, auch deren Abbau beschleunigt. Die einmal eingegangenen Verbindungen sind ihrer eigenen Zeitlichkeit nicht gewachsen und lösen sich auf. Niklas Luhmann, dessen Gedankengänge ich hier übernehme, hat darauf verwiesen, daß dieser Prozeß der Korrosion schneller sich vollzieht, als es der natürliche Verfall der Schönheit und all dessen, was sonst die Imagination der Liebenden beflügelt, bewirken würde. »Dadurch, daß sie Zeit in Anspruch nimmt, zerstört die Liebe sich selbst.«[30] Übrig bleibt die Konvention des Spiels, der Versuch, den idealen Ewigkeitszug der Liebe zu ersetzen durch eine möglichst hohe Frequenz diverser Liebeserlebnisse. Aus der Aufkündigung der Einmaligkeit und Unwiederholbarkeit der Liebe ergibt sich ein Schema, in dem Abwechslung und Identität in eins fallen und das entsprechend der ihm inhärenten Logik letztlich auf die Handlungsstruktur der Pornographie zusteuert und damit auf die Beschreibung eines Akts der Transgression.

Als Fridolin, nachdem er lange Zeit kreuz und quer durch die nächtlichen Gassen gegangen ist, »endlich, entschlossenen Schritts, als wäre er nun an ein langgesuchtes Ziel gelangt«[31], ein minderes Kaffeehaus betritt, betritt er einen anderen Bereich als den von der Gesellschaft sanktionierten. Bewegten sich seine bisherigen Erlebnisse noch innerhalb beziehungsweise am Rande der Legalität, so kommt er jetzt an eine entscheidende Grenze. Von einem gegenüberliegenden Tisch sieht er zwei Augen auf sich gerichtet. Es ist Nachtigall, ein inzwischen zum dubiosen Kaffeehauspianisten avancierter früherer Studienkollege, der als ein verrückter Vogel dazu prädestiniert ist, Fridolin zum Seelenführer zu werden, ihm mit flatterndem Frack vorauszufliegen in »die geheime Gesellschaft«, wo »es nämlich erst um zwei (anfangt)«[32]. Im folgenden entfaltet Schnitzler eine Geschichte, deren accoutrements dem Leser nahelegen, daß es jetzt auf eine weniger harmlose Redoute geht, als die es war, von der Fridolin tags zuvor mit Albertine heimgekehrt ist. Vor dem Kaffeehaus steht schon ein geschlossener Wagen mit einem unbeweglichen Kutscher auf dem Bock, der ganz in Schwarz gekleidet ist und einen hohen Zylinder auf dem Kopf hat. Wie ein Trauergefährt kommt Fridolin dieses Vehikel vor, und im Magazin des Maskenverleihers Gibiser, wo er sich noch ein Kostüm holen muß, riecht es vollends nach pompes funèbres: Seide, Samt, Parfüms, Staub und trockenen Blumen. »Haben der Herr einen besonderen Wunsch? Louis Quatorze? Directoire? Altdeutsch?«[33] fragt Gibiser Fridolin ganz so wie die sprichwörtliche Schauspielerin den Bischof. Die Mönchskutte und die schwarze Larve, die Fridolin mitnimmt, die anschließende Fahrt durch die unnatürlich warme Luft der Nacht, die bald unterhalb im Dunst verschwimmende, von tausend Lichtern flimmernde Stadt, das Gartentor, vor dem man schließlich hält und durch das es in eine tiefe Schlucht hinabzugehen scheint, die livrierten, grau verlarvten Diener und die Parole »Dänemark«, die Fridolin von Nachtigall erhalten hat, all das deutet darauf hin, daß es jetzt in jene von der Gesellschaft ausgeschlossene

Welt hineingeht, in der sich die äußerste Profanität mit der Atmosphäre einer heiligen Veranstaltung umgibt. Fridolin hört Harmoniumklänge, sanft anschwellende italienische Kirchenmelodien, und meint, in die Versammlung irgendeiner religiösen Sekte geraten zu sein. Aus dem Dunkel heraus sieht er in der blendenden Helle eines gegenüberliegenden Raumes eine unbeweglich dastehende Gruppe von Frauen, »alle mit dunklen Schleiern um Haupt, Stirn und Nacken, schwarze Spitzenlarven über dem Antlitz, aber sonst völlig nackt«[34]. Seine Augen irren »durstig von üppigen zu schlanken, von zarten zu prangend erblühten Gestalten; – und daß jede dieser Unverhüllten doch ein Geheimnis blieb und aus den schwarzen Masken als unlöslichste Rätsel große Augen zu ihm herüberstrahlten, das wandelte ihm die unsägliche Lust des Schauens in eine fast unerträgliche Qual des Verlangens«[34].

An diesem Punkt der Erzählung, an dem sie ihrer inneren Konsequenz nach eigentlich umschlagen müßte ins Genre der Pornographie, lenkt Schnitzler ein, indem er eine der hohen Literatur kommensurable Liebesbegegnung zwischen Fridolin und einer der seine Sinne umnebelnden Damen arrangiert. Die beiden sind einander vom ersten Augen-Blick an bedeutungsvoll und widerrufen damit die dem Text bis dahin einbeschriebene Neigung zum erotischen Extremismus. Also gibt es auch in diesem ausländischen Haus kein Ausleben der männlichen Wunschträume. Die buntgekleideten Kavaliere, von denen Fridolin vermutet, es könnten Aristokraten sein oder gar Herren vom Hof, zelebrieren ein anscheinend rein masochistisches Ritual, derart, daß sie, in voller Ausrüstung den nackten Frauen gegenüberstehend, ihre Schaulust bis auf den Gipfel treiben, um dann ihre sexuelle Not, Pein und Verhaltung als wahrhaft katholische Liebesritter in einem kollektiven Tanzspiel geharnischter und wehrloser Leiber zu verlängern und zu suspendieren. Wie es dazu kommt, daß Fridolin der Kamarilla der Männer schließlich suspekt erscheint, ist dem Text nicht zu entnehmen. Vielleicht begeht er einen faux pas und wird deshalb zur Rede gestellt. Die Transgression, der er sich durch seine bloße Anwesenheit in diesen Kreisen schuldig macht, ist jedenfalls durch sein Angebot, Satisfaktion zu geben, nicht aufzuwiegen. Als Bürger ist er ohnehin nicht satisfaktionsfähig, und zudem handelt es sich hier, wie einer der Kavaliere ihm bedeutet, gar nicht um Satisfaktion, sondern um Sühne. Es scheint also, als solle er zum Opfer gebracht werden. Wie diese gewalttätige Aktion sich gestalten soll, läßt sich aber nicht absehen, weil im entscheidenden Augenblick die ideale Frau Fridolins, diesmal in Nonnentracht, vortritt und sich bereit erklärt, ihn auszulösen. Eh Fridolin aus dem Haus geschafft wird, hört er noch, wie sie sich den Kavalieren überantwortet, indem sie ausruft: »Hier bin ich, hier habt ihr mich – alle!«[35] Was das bedeuten mag, bleibt der Phantasie des entwürdigten Bürgers und des Lesers überlassen, der sich eine hinter der Bühne des Textes vollzogene mehrfache Vergewaltigung vorstellen kann. Klar ist jedenfalls, daß hier nicht, wie im Traum der Albertine, der *Mann* mit rückwärts gefesselten Händen in einen Burghof geführt und dort ausgepeitscht wird, bis das Blut wie in Bächen an ihm herabfließt, sondern daß das Exempel der Zerstörung der Schönheit durch Gewalt an der *Frau* statuiert wird.

Die soziale Provenienz der freiwillig sich zum Opfer bringenden Frau, die für den Text durchaus bedeutsam ist, läßt sich nicht ohne weiteres ausmachen. Ihr ganzer Habitus beweist, daß es sich nicht um eine reguläre Prostituierte handeln kann. Das bestätigt auch Nachtigall, als er Fridolins ursprüngliche Vermutung, es ginge vielleicht auf eine Orgie mit nackten Frauenzimmern, korrigiert mit der Bemerkung: »Sag' nicht Frauenzimmer, Fridolin … solche Weiber hast du nie gesehen.«[36] Die hier keineswegs pejorativ gebrauchte Bezeichnung ›Weiber‹ deutet auf die gewissermaßen verbriefte Qualität der in das Ritual einbezogenen Frauen. Andererseits zeigt der weitere Verlauf der Erzählung, daß die Baronin Dubieski, die sich, wie Fridolin am nächsten Tag aus der Zeitung erfährt, in einem vornehmen Hotel der inneren Stadt vergiftet hat und in der er sofort *seine* Frau von der voraufgegangenen Nacht vermutet, in Wirklichkeit keine Baronin war, weil es überhaupt keine Familie dieses Namens gab, jedenfalls keine adlige. Erinnert man ferner, daß die weibliche Promiskuität innerhalb der gesellschaftlichen

Hierarchie aszendent verläuft, so darf man vermuten, Fridolin habe die ihn erschütternde Aufwallung des Liebesgefühls dieser Frau gegenüber weniger aufgrund der spezifischen Umstände der Begegnung empfunden, als weil er in ihr, ganz im Sinn der gesellschaftlichen Spielregeln, seinesgleichen erkannt hatte. Liebe, so wie sie von der Gesellschaft verwaltet wird, ist nicht zuletzt ein Ausdruck der Klassensolidarität; das erweist sich im Werk Schnitzlers immer wieder als eine der ausschlaggebenden Determinanten in der Praxis einer anscheinend bedingungslosen Idee.

Der Epilog zu der traumhaften Exkursion Fridolins führt uns in die Totenkammer des Allgemeinen Krankenhauses. Nachdem Fridolin in der Zeitung auf die Notiz vom Selbstmordversuch der Baronin gestoßen ist, faßt er sofort den Entschluß, seiner Intuition betreffend der Identität der als auffallend hübsch beschriebenen jungen Dame nachzugehen. »In dem Augenblick, da man sie aufgefunden hatte, lebte sie noch. Und es war am Ende kein Grund, anzunehmen, daß sie nicht gerettet war. Jedenfalls, ob sie lebte oder tot war – er würde sie finden. Und er würde sie sehen – in jedem Fall – ob tot oder lebendig. Sehen würde er sie.«[37] Als Fridolin im Verlauf seiner Recherchen erfährt, die Baronin Dubieski sei nachmittags um fünf auf der Zweiten internen Klinik, ohne das Bewußtsein wiedererlangt zu haben, gestorben, dämmert es ihm, daß er sich das Gesicht der Selbstmörderin, von dem er ja nur die – jetzt gebrochenen – Augen kannte, mit den Zügen seiner Frau vorgestellt hatte. Aus dieser für Schnitzlers Kunst so bezeichnenden, mit beiläufiger Leichtigkeit vorgetragenen und doch ganz planvollen Koinzidenz läßt sich das weibliche Idealbild, das der bürgerliche Mann in sich trägt, als das einer bis in den Tod treuen, nur für ihn käuflichen Frau extrapolieren. Eben dieses Idealbild liegt dann auch vor ihm, im pathologisch-anatomischen Institut. Dort ist es wiederum ein Vogel, Dr. Adler, der Fridolin die Tür zum letzten Mysterium der Liebe auftut, welches in der Zuneigung zu einer Toten sein Geheimnis hat.

Ein weißes Antlitz mit halbgeschlossenen Lidern starrte ihm entgegen. Der Unterkiefer hing schlaff herab, die schmale, hinaufgezogene Oberlippe ließ das bläuliche Zahnfleisch und

eine Reihe weißer Zähne sehen ... Fridolin beugte sich unwillkürlich tiefer herab, als könnte sein bohrender Blick den starren
Zügen eine Antwort entreißen. Und er wußte doch zugleich,
auch wenn es wirklich *ihr* Antlitz wäre, *ihre* Augen, dieselben
Augen, die gestern so lebensheiß in die seinen geleuchtet, er
wüßte es nicht, könnte es – wollte es am Ende gar nicht wissen.
Und sanft legte er den Kopf wieder auf die Platte hin und ließ
seinen Blick den toten Körper entlang schweifen, vom wandernden Schein der elektrischen Lampe geleitet. War es ihr Leib? – der
wunderbare, blühende, gestern noch so qualvoll ersehnte? Er sah
einen gelblichen, faltigen Hals, er sah zwei kleine und doch etwas
schlaff gewordene Mädchenbrüste, zwischen denen, als wäre das
Werk der Verwesung schon vorgebildet, das Brustbein mit
grausamer Deutlichkeit sich unter der bleichen Haut abzeichnete,
er sah die Rundung des mattbraunen Unterleibs, er sah, wie von
einem dunklen, nun geheimnis- und sinnlos gewordenen Schatten aus wohlgeformte Schenkel sich gleichgültig öffneten, sah die
leise auswärts gedrehten Kniewölbungen, die scharfen Kanten
der Schienbeine und die schlanken Füße mit den einwärts
gekrümmten Zehen. All dies versank nacheinander rasch wieder
im Dunkel, da der Lichtkegel der elektrischen Lampe den Weg
zurück mit vielfacher Geschwindigkeit zurücklegte, bis er
endlich leicht zitternd über dem bleichen Antlitz ruhen blieb.
Unwillkürlich, ja wie von einer unsichtbaren Macht gezwungen
und geführt, berührte Fridolin mit beiden Händen die Stirne, die
Wangen, die Schultern, die Arme der toten Frau; dann schlang er
seine Finger wie zum Liebesspiel in die der Toten, und so starr sie
waren, es schien ihm, als versuchten sie sich zu regen, die seinen
zu ergreifen; ja ihm war, als irrte unter den halbgeschlossenen
Lidern ein ferner, farbloser Blick nach dem seinen; und wie
magisch angezogen beugte er sich herab.[38]

Der seine verlorene Liebe suchende Blick des überlebenden
Liebhabers ist identisch mit dem forschenden, sezierenden,
auf Wissenschaft um jeden Preis bedachten Blick des Arztes,
doch er ist auch erfüllt von einem nekrophilen désir. Und im
nekrophilen désir, das der Arzt Schnitzler seinem fiktionalen
Berufskollegen unterstellt, wie der gleichfalls aus einer
Arztfamilie stammende Flaubert dem Landarzt Charles
Bovary es unterstellte, zeigt sich die Nachtseite der bürgerlichen Liebesidee als eine »von Grauen unterlaufene Schaulust«[39], die weiß, daß sie sich ungestört nur betätigen kann an
einem toten Objekt.

Venezianisches Kryptogramm
Hofmannsthals *Andreas*

> Ich weiß nicht, was es für ein Sprung in
> meiner Natur ist.
>
> Hugo von Hofmannsthal

Zum Programm der bürgerlichen Kultur gehört seit ihrer
Entfaltung eine rigorose Verdrängung des Interesses an
erotischen Gegenständen aus dem Bewußtsein der Schreibenden wie der Lesenden. In paradoxem Einvernehmen
damit wird die Erforschung des Verbotenen in zunehmendem Maß zur zentralen Inspirationsquelle der literarischen
Imagination. Die Tabuisierung des Erotischen erst provo-
zierte jenen Zwang zur Explizität, der in der französischen
Literatur des 19. Jahrhunderts unter der Schirmherrschaft
des göttlichen Marquis das weite Feld der diversen Obsessio-
nen eröffnet. Von Chateaubriand über Baudelaire und
Flaubert bis zu Huysmans entwickelt sich vor dem Hintergrund der bürgerlichen Orthodoxie eine häretische Wissenschaft, die in der Eruierung und Beschreibung gerade des
Verfemten ihr Glück aufmacht und die von de Sade
entworfene Theorie des Exzesses ins Werk setzt.
In der deutschsprachigen Literatur des 19. Jahrhunderts trägt
sich Ähnliches, wenn auch in weit verschwiegeneren Bildern
zu. So hat beispielsweise das eigenartig Faszinierende der
Prosa Stifters seinen Grund in einer sowohl vom Autor als
auch von seiner Leserschaft nicht entdeckten Neigung zur
Perversion. Erst um die Jahrhundertwende, als in Frankreich
die erotische Passioniertheit bereits in ihre byzantinische
Phase eintritt, beginnt auch im deutschsprachigen Bereich,
vermittelt durch die verzögerte Rezeption der einschlägigen
französischen Texte, die Durchbrechung der von der bürgerlichen Erzählkunst gezogenen Grenzen. Die vorrangige
Bedeutung, die der Wiener Moderne in diesem Zusammenhang zukommt, muß inzwischen nicht mehr eigens herausge-
stellt werden. Nicht nur die theoretische Präokkupation mit
sämtlichen Modalitäten der Liebe, sondern auch, wie Nike

Wagner in ihrem hervorragenden Kraus-Buch gezeigt hat, praktische »Promiskuität und Frauentausch gehörten zu den erotischen Gepflogenheiten« der Ära.[1]

Nun gehörte Hofmannsthal zweifellos in den Kreis der Wiener Modernen. Die Sonderstellung jedoch, die ihm schon von seinen Zeitgenossen zuerkannt wurde, verdankte sich nicht nur der überragenden Qualität seines Werks, sondern von vornherein auch der Tatsache, daß das grassierende erotische Fieber ihn weniger unmittelbar, wenn auch nicht weniger gründlich affizierte. Zumindest hatte er keinen Teil an den komplizierten personellen Verwicklungen, die, ohngeachtet aller sonstigen Gegensätze, die kulturschaffende Männerwelt von Kraus, Schnitzler und Loos bis zu Altenberg, Mahler, Rilke, Blei und Albert Kiehtreiber alias Paris Gütersloh in verschiedenen Permutationen mit den panerotischen Musen Alma Mahler-Werfel, Lou Andreas-Salomé, Gina Kraus, Bessie Bruce und den Schwestern Wiesenthal und Sandrock verband. Weniger klar ist freilich, ob Hofmannsthals unzeitgemäße erotische Bescheidenheit damit erklärt werden kann, daß er, wie seine äußere Lebensführung und seine literarischen traitements der Idee der Liebe es nahelegen, den strikt monogamen Typus repräsentierte, der die Lehrjahre des Gefühls, vom Standpunkt der gesellschaftlichen Norm her gesehen, erfolgreich durchlaufen hatte. Wie schwierig Hofmannsthals erotische Dispositionen und Erlösungsversuche tatsächlich gewesen sind, darüber gibt das bezeichnenderweise fragmentarisch gebliebene und bezeichnenderweise von der Literaturwissenschaft auch nicht annähernd verstandene Projekt des *Andreas*-Romans weitreichende Aufschlüsse.

Fritz Martini vertrat die Ansicht, Hofmannsthal habe diesen Text »als Buch einer Bildung des Menschen zur vollkommenen Existenz geplant«, betonte aber zugleich, daß sich die intendierte Laufbahn des Helden »aus der Fülle der Nachlaßnotizen nur ungenau entziffern lasse«. Martinis Gedanken zur Bedeutung des Andreas bewegen sich denn auch völlig im Vagen. Es ist die Rede von »Ordnungen, in denen das Mensch-Sein und das Welt-Sein als eine innere dauernde und zu den Urbildern des Seins führende Einheit erlebt werden

könne« und ähnlichen hohlen Dingen mehr.[2] Auch Alewyns
weit kompetenterer Essay, der sich fast ausschließlich auf die
Doppelfigur Maria/Mariquita und die ihr zugrundeliegen-
den psychiatrischen Quellen bezieht, gelingt es nicht, den
Sinn des Fragments zu illuminieren. Das liegt wohl in erster
Linie daran, daß er wie Martini vom synthetisierenden
Konzept der Bildung, der Appropriierung und Vermittlung
dessen ausgeht, was man weiß, während Hofmannsthal den
Andreas, wie mir scheint, angelegt hat als eine Exploration
jener zentrifugalen Kräfte seines und unseres Lebens, die –
fremd und widerspenstig – nicht auf eine schöne Bildung,
sondern auf Deformation und Zerstörung hinauslaufen. Die
dem *Andreas*-Fragment einbeschriebenen extremen erotischen Tendenzen unterbinden die Kreierung von Identität,
haben die Verwirrung und Dissolution der Erzählfigur zum
Gegenstand und widersetzen sich so dem integrativen
Muster des Bildungsromans. Bereits eine der ersten, von 1907
datierenden Notizen konfrontiert Andreas bei der Ankunft
in Venedig sogleich mit einer Schauspielergesellschaft, mit
einem Milieu, in dem die Identitäten, und selbst diejenigen
des Geschlechts, gewechselt werden je nach der Szene, auf
der man sich befindet. Nicht die erhabenen Zielsetzungen
seines Bildungskonzepts haben, wie Martini meinte, den
Roman zum Fragment verurteilt, sondern das, daß Hofmannsthal bei der Skizzierung einer erotischen Aventiure in
tiefere Wasser geriet, als ihm selber geheuer sein mochte.

Hofmannsthal hat sich an die Ausführung des *Andreas*-
Romans gemacht, als er selber auf die Vierzig ging. Das
vierzigste Jahr verstand er, wie in einer der Notizen vermerkt
ist, als annus mirabilis[3], in welchem der Spieler anlangt an
dem prekären Wendepunkt, an dem er nichts mehr zu
gewinnen und alles zu verlieren hat.[4] In der dem Andreas
beigeordneten Figur des Maltesers hat Hofmannsthal versucht, der eigenen Panik, »dem völligen Zusammenbruch
des Mannes von vierzig Jahren«, der nicht mehr erwarten
kann, daß noch »rettende Offenbarungen kommen«[5], ein
Denkmal zu setzen. Die hypochondrisch gesteigerte Angst
vor der Desintegration und nicht die Verwirklichung einer
auch das Abwegigste noch umfassenden Synthese ist somit

der motivierende Grundzug der Geschichte, die Hofmannsthal hier erzählt. Zur Erkundung der Ätiologie des damit
umrissenen pathologischen Zustands erfand sich Hofmannsthal die Figur des Andreas; in der Beschreibung einer
Bildungsreise, die den Jüngling aus dem gewohnten sozialen
Umfeld heraus in die äußerste Künstlichkeit der venezianischen Dekadenz versetzt, wird eine spezifische Form konstitutioneller Labilität untersucht, eine ausgesprochen empathetische Veranlagung, die ihren Preis hat in dem Ich-
Defizit, das es Andreas zu seinem eigenen Entsetzen erlaubt,
die Alltagswelt zu verlassen und mit dem für ihn Fremdesten
und Abstrusesten eine symbiotische Beziehung einzugehen.
Nun ist diese Ich-Schwäche die Voraussetzung sowohl für
pathologische Zustände als auch für jede kreative Leistung.
Und die nicht vollends gelungene Ausbildung des Ich ist es
auch, die den Andreas das früher Erlebte nicht verwinden
läßt, so zwar, daß er »durch alle schiefen und queren
Situationen seines Kindes- und Knabenlebens«, durch all das
peinlich Verwickelte immer wieder hindurchmuß.[6]

Freud hat in seiner 1896 bereits verfaßten Studie zur
Ätiologie der Hysterie darauf verwiesen, daß die prototypischen hysterischen Reaktionen – Weinkrämpfe, Verzweiflungsausbrüche, dramatisch inszenierte Selbstmordversuche
– nicht auf die kleinen aktuellen Kränkungen zurückzuführen sind, die als Auslöser fungieren, sondern, nach dem
Gesetz der Proportionalität, auf schwere, nie verwundene
und immer wieder erinnerte Kränkungen im Kindesalter.[7]
Dieses Fortwirken unerledigter Erlebnisse wird in Andreas
vor allen, insbesondere aber vor sexuellen Bewährungsproben akut als ein Gefühl der absoluten Ohnmacht. Eine
Notiz aus dem Jahr 1912 schreibt auch der mysteriösen Figur
des Maltesers nebst der Glosse »Dero Hochunvermögen«
einen »rasenden Zorn der Impotenz«[8] zu, eine Anwandlung
hysterischer Art also, über deren Eignung als literarisches
Motiv sich schon Baudelaire in *L'art Romantique* spekulative
Gedanken machte. »L'hystérie! Pourquoi ce mystère physiologique ne ferait-il pas le fond . . . d'une oeuvre littéraire, ce
mystère . . . qui, s'exprimant dans les femmes par la sensation
d'une boule ascendante et asphyxiante . . . se traduit chez les

hommes nerveux par toutes les impuissances et aussi par l'aptitude à tous les excès.«[9]

In Hofmannsthals *Andreas* haben wir dieses Oeuvre, das Baudelaire vorschweben mochte, nicht nur, was die ›impuissance‹ betrifft, sondern auch in der ›aptitude à tous les excès‹. Walter Benjamin, der sich diese Stelle für sein *Passagen-Werk* herausgeschrieben hat, hat die »Impotenz … die Grundlage des Passionswegs der männlichen Sexualität« genannt.[10] Für einen durch und durch literarischen Menschen, wie Hofmannsthal es war, führt dieser Passionsweg hinein in die Pornographie. Und der *Andreas*-Roman ist in letzter Konsequenz angelegt als eine pornographische Etüde auf dem höchsten Niveau der Kunst, als der absolute Gegensatz also zum Konzept des Bildungsromans. Und er mußte Fragment bleiben, weil Hofmannsthals ›sense of decorum‹ es ihm nicht verstattete, das, worum es ihm hier tatsächlich ging, in seinem Bewußtsein vollends aufgehen zu lassen. Statt dessen wird es von einer offensichtlich sehr wirkungsvoll arbeitenden Kontrollinstanz so eingerichtet, daß das monogame Ideal, das Hofmannsthal im eigenen Leben so unverwandt vertrat, auch im Roman in der projektierten Schließung der Ehe zwischen Andreas und Romana konfirmiert wird. Dennoch war dieses Ideal wahrscheinlich nicht ganz so fest gegründet, wie Hofmannsthal selbst es gern wahrhaben mochte. Dafür spricht nicht nur seine ausgesprochen narzißtische Neigung. Eine Tagebuchaufzeichnung Schnitzlers aus dem Jahr 1892 vermerkt, Loris habe geäußert, er spüre »manchmal eine theoretische Angst, daß sich gar keine Sehnsucht nach Weibern in mir regen wird … Im übrigen, Eure Schriften machen mir Angst vor dem Weibe.«[11] Diesen horreur des femmes, den Hofmannsthal wohl trotz seiner Ehe mit Gerty Schlesinger nie ganz loswurde, ist bekanntlich eines der zentralen Motive der dekadenten Literatur. Man denke nur an den armen Swinburne, dem Rosetti zu allem Überfluß auch noch eine athletische Zirkusreiterin zu therapeutischen Zwecken verordnete. Daß das Schreckbild der medusenhaften Frau in Hofmannsthals Phantasien eine Rolle gespielt haben muß, das legt einem beispielsweise die Photographie nahe, die Anna Bahr-Mildenburg als Klytemnästra in der Elektra-Aufführung der Wiener Hofoper vom Jahr 1909 zeigt: eine mit metallenen Augenornamenten behängte, stabbewehrte, statueske und leicht schielende Matrone, offensichtlich im Vollbesitz ihrer Kräfte, die jeder sensiblen Männerseele das Grausen lehren kann.[12]

Eine der ausgeführten Passagen des *Andreas*-Romans enthält eine Traumsequenz, in der der junge Held, der ja ausgezogen ist, das Fürchten zu lernen, vor Abend noch an einer Jagd teilnimmt. »... und er der beste Schütz wo er hinhält fällt was. Die schöne Gräfin in seiner Näh, wie er schießt spielt ihr Blick so mit ihm wie er mit dem Leben der Waldtiere. Dann sind sie auf einmal allein. Klafterdicke Mauern, Todtenstille, ihm graust, daß es ein Weib ist und nicht mehr eine Gräfin... nichts Galantes u. Ehrbares mehr und nichts Schönes sondern ein wildes Tun, ein Morden im Dunkeln... da spürt er daß er sein Pferd pariert hat und zugleich stolpert dem Bedienten sein Gaul der flucht: Himmelsakrament als wär das vorn nicht sein Herr sondern einer mit dem er lebenslang die Säu gehütet hat. Andres verwehrt's ihm nicht, er ist jetzt zu schlaff, das breite Tal ist ihm öd und widerlich die Wolken hängen da wie Säcke, er möchte das wär alles längst vorüber älter sein und schon Kinder haben und das wär sein Sohn der da nach Venedig ritte, aber ganz ein anderer Kerl als er, ein rechter Mann und nichts als ein Mann...«[13] In ihrer ganzen Anlage verrät diese Passage, in der die Begegnung mit der schönen Gräfin jäh umschlägt in ein furchtbares Gefühl der Impotenz, eine ebenso unerfüllte wie ambivalente Sehnsucht nach einer anders gearteten Männlichkeit, die mit dem Kinderzeugen nichts mehr zu tun hat und trotzdem noch Söhne in die Welt bringt, die gestandene Männer sind und nichts als Männer.

In welcher Erlebnissphäre sich dieser Wunschtraum verwirklichen ließe, davon hat Andreas, wie es scheint, keinen Begriff. Wie ihm vor den Frauen graust, ängstigt er sich vor dem, was er in Venedig wird aufs Spiel setzen müssen. Bei seiner Ankunft in den frühesten Morgenstunden begegnet er zunächst bezeichnenderweise einem maskierten Herrn, der sich als ein Hasardeur herausstellt, den seine Spielleidenschaft sogar um seine Kleider gebracht hat. Als dieser

Unbekannte mit einer verbindlichen Gebärde näher tritt, geht ihm vorn der Mantel auf, und Andreas sieht, daß er darunter im bloßen Hemd ist, daß die Kniestrümpfe herabhängen und die Schuhe ohne Schnallen sind. Bei dem Gedanken, daß der andere nun wisse, er habe sein sonderbares négligé gesehen, wird es Andreas »ganz heiß so daß er unwillkürlich auch seinerseits den Reisemantel vorne auseinander(schlägt)«[14].

Es ist nicht ohne weiteres auszumachen, ob Hofmannsthal wußte, was für eine Begegnung er hier beschrieben hat. Nach der Psychologie des Hasards geht es in der Spielleidenschaft letzten Grundes um ein bisexuelles Ideal, »das der Narziß in sich selbst findet; es gilt der Kompromißbildung aus Mann und Frau, aktiv und passiv, Sadismus und Masochismus, und schließlich der unerledigten Entscheidung zwischen genitaler und analer Libido, um die der Spieler in den bekannten Symbolfarben rouge et noir ringt«[15]. Auf eben dieses Hasard hat Hofmannsthal sich im *Andreas*-Roman eingelassen, ohne zu wissen, zu welchen Häusern es hinausgehen würde. Es scheint jedoch, als sei die Bedrohung, die sich für ihn aus einer homosexuellen Konstellation ergab, womöglich noch furchtbarer gewesen als die Angst, von einer Frau verschlungen zu werden. Der Bediente Gotthelff, der sich im »Schwert« von Villach dem Andreas so rücksichtslos aufdrängt, daß er seiner Forderung, ihn aufzunehmen, zu Willen sein muß, ist der Protagonist eines sexuellen Alptraums, in dem der Jüngling sich in der Rolle des Opfers weiß. Homosexuelle Vergewaltigung und Totschlag erscheinen als Chimären am Horizont. Die späteren Notizen enthalten das Stichwort »cf. Winckelmanns Ermordung«[16]. Der Arcangeli, der dem deutschen Gelehrten in Triest den Garaus machte, war also wohl ein Bruder des Gotthelff. »Danken Sie Ihrem Schöpfer«, sagt der Finazzer zu Andreas, nachdem Gotthelff das Weite gesucht hat, »daß er sie davor bewahrt hat, mit diesem entsprungenen Mordbuben eine Nacht im Wald zu verbringen.«[17]

Vieles spricht dafür, daß die Eindringlichkeit, mit der Hofmannsthal die sonst eher erratisch wirkenden Gotthelff-Episoden ausgeführt hat, davon sich herschreibt, daß er als

Wunderkind und Objekt männlicher Adoration seine ersten Erfahrungen mit der Welt machen mußte. 1892 schrieb Schnitzler in einem Brief an Herzl über den jungen Hofmannsthal: »Von diesem merkwürdigen Achtzehnjährigen wird noch sehr viel gesprochen werden. Wenn Sie schon die Einleitungsverse vom Anatol ›zum Küssen‹ finden, so will ich Sie vor den unzüchtigen Gedanken warnen, die Ihnen beim Genuß seiner andern Sachen aufsteigen könnten.«[18] Die Anzüglichkeit, die aus diesen Zeilen spricht, wird dem kaum dem Knabenalter Entwachsenen aus der Atmosphäre der ihn hofierenden Männerwelt unter die Haut gegangen sein. Das führte dazu, daß er einerseits angewiesen blieb auf die Kultivierung platonischer Männerfreundschaften, die sich in seiner Korrespondenz mit Gleichgesinnten wie Eberhard von Bodenhausen nicht selten in geradezu schwärmerischen Tönen niederschlägt: »Deine Worte, Dein Gefühl ... diese Berührung Deiner Hand ... wie einsam sind wir, und wie schön, daß wir einander haben.«[19] Andererseits führte es zum Refus der Bemühungen um eine engere Zusammenarbeit, die von Stefan George ausgingen. Schon Werner Volke bemerkte, daß die Verkrampftheit und Verstörtheit Hofmannsthals nirgends so stark war wie in den Briefen an George.[20] Es ist darum nicht verwunderlich, wenn man in einer der Notizen zum Roman endlich auf den expliziten Vermerk stößt »Malteser = St.G.«[21]. Der Malteser, der Andreas in Venedig protegiert, gesteht ihm alsbald – so eine der frühesten Notizen –, »er habe nie eine Frau berührt. Andreas erwidert das Geständnis. Malteser beglückwünscht ihn.«[22]
Wie Hofmannsthal nicht wußte, wie er zu George sich stellen sollte, so weiß Andreas nicht recht, was von der fatalen Figur des Maltesers zu halten ist, die einen aus der romantischen Literatur vertrauten Typus verkörpert: »mysterious origin, but conjectured to be exalted, traces of burnt-out passions, suspicion of ghastly guilt, melancholy habits, pale face, unforgettable eyes«[23]. Der Verdacht regt sich, das vierzigjährige Gespenst könnte, wie eine der Notizen festhält, »nicht gelebt haben« und müsse sich darum »in dem andern neu erwecken«[24]. Der vampirische Zug in dieser Konstellation

bringt aber nicht nur Hofmannsthals fast instinktiven Abscheu vor Stefan George zum Ausdruck, sondern auch sein eigenes Verhältnis – der vierzigjährige Malteser vertritt nicht zuletzt Hofmannsthals Stelle – zu dem Jüngling Andreas, der er selber einmal war. Das narzißtische Inbild dieser ganz besonderen Komplikation findet sich in dem eigenartigen Notat, das einen Jüngling vorstellt, »dessen Leib sich durch den Harnisch durchbewegte«[25]. Die Konjunktion Andreas – Malteser steht also nicht sowohl im Zeichen der Angst vor der sexuellen Verletzung durch einen älteren Mann, die Hofmannsthal unter anderem durch den Hinweis auf Baron Charlus apostrophiert, als für den Wunsch, aus dem Panzer des vierzigjährigen Körpers heraus einen jüngeren Mann auf die Welt bringen zu können. Die Hoffnung, die dem Malteser in einem späten Notat zugeschrieben wird, »Andreas könnte ihm ein Sohn ohne Mutter werden«[26], ist davon die Paraphrase. Und die Konjektur der Selbstzeugung versteht sich als ein Abbild der poetischen Arbeit, deren eigentliches Gebiet, wie der Malteser gelegentlich Ariost bemerkt, das Unmögliche ist.[27]

Im Gegensatz zum Malteser steht der junge Ferschengelder erst am Anfang seiner Passion. Seine Ausbildung zum homosexuellen oder narzißtischen Typus ist keineswegs eine ausgemachte Sache. Was ihn allen, denen er auf seiner Reise begegnet, so attraktiv erscheinen läßt, ist sein reines erotisches Potential, in das auch der Autor seine retrospektiven Träume projiziert. Die heterosexuelle Bindung liegt für Andreas durchaus im Bereich des Wünschbaren, ja sie scheint, wenn man dem Plan des Erzählgangs glauben darf, das eigentliche Ziel seines Wegs. Das Mädchen Romana vom Finazzer-Hof weckt in ihm jene glückselige Sehnsucht nach dem Weiblichen, die als die einzig legitime Form der Erotik in unserer Kultur propagiert wird. Freilich ist auch hier nicht alles so einfach, wie es zunächst den Anschein hat. Die Zuneigung der beiden jungen Menschen, ihre gemeinsamen Ausflüge in die umliegende Natur, auch der Versuch des Andreas, in der Nacht auf Romanas Zimmer zu schleichen, wobei er dann allerdings die Tür verwechselt und bloß eine alte Ausgeberin mit weißsträhnigem Haar im Bett findet, all das ist harmlos genug. Gerade aber in den unschuldigen Tastversuchen der Kinder sind, wie Freud immer wieder betont, sämtliche Perversionen angelegt. Hofmannsthals Text trägt dem Rechnung in der Beschreibung dessen, was die Psychoanalyse als vikarierende Szenen versteht.

Als am Abend die Geißen heimkommen, legt sich Romana in einem offensichtlich oft schon geübten Ritual geschwind auf den Boden, und sogleich steht auch eine Geiß über ihr, »sie trinken zu lassen und wollte nicht ungesogen von ihr fort«[28]. Andreas ist der faszinierte Zeuge dieses Vorgangs, und als Romana ihn gleich darauf auf ihre Kammer führt und ihre leichten langen Glieder flink ins Bett schwingt, sieht Andreas, der über sie gebeugt steht, daß sie jetzt genauso »fröhlich und arglos . . . unter ihm (liegt), wie sie sich zuvor unter die Geiß hingestreckt hatte«[28]. Freud hat in seinen Explikationen der sogenannten perversen Einstellungen darauf verwiesen, daß man zwar in der Regel sage, es sei jemand pervers *geworden,* daß es richtiger aber heißen müsse, er sei pervers *geblieben.* Daraus läßt sich extrapolieren, daß die erotische Utopie des Menschen in der Möglichkeit beschlossen liegt, in aller Unschuld pervers bleiben zu können. Über diese Möglichkeit ist aber Andreas schon hinaus. Kaum hat er sich weiter zu Romana hinabgebeugt, da bewegt der Wind die Tür, und es ist ihm, als »habe ein bleigraues Gesicht hereingeschaut«[29].

Zur Problematik der verbotenen Liebe stimmt auch, wenn Andreas und Romana einander sind wie Bruder und Schwester. Wunderbar ist es für Andreas, »wie das Mädchen so ungehemmt alles zu ihm redete, als ob er ihr Bruder wäre«[30]. Die Finazzer sind ein bauernadliges Geschlecht, bei dem die Liebe in der Familie bleibt. Adlernester ausnehmen und schöne Frauen heiraten, das sei dem Großvater sein Sach gewesen, erzählt Romana. Viermal habe er das getan, »und nach jeder Tod allemal eine noch schönere und allemal aus der Blutsfreundschaft denn habe er gesagt über's Finazzerische Blut gehe ihm nichts«[31]. Auch die Eltern Romanas sind wie ein Geschwisterpaar, und Romana meint, akkurat so wolle auch sie einmal mit ihrem Mann zusammenleben, »anders wollte sies nicht«[31]. Das Motiv der Geschwisterliebe ist in der gesamten erzählerischen Literatur des 19. Jahrhunderts von zentraler Bedeutung, sowohl als Chiffre erotischer Utopie als auch als das Exempel für die durch nichts mehr gutzumachende Transgression. Im Bild des feudalistischen goldenen Zeitalters, das Hofmannsthal so sehr am Herzen lag, ist nicht zuletzt alles verbotene erotische Glück beschlossen, jenes Glück eben, das auch Chateaubriand mit der Trauer des Exilierten erinnert, wenn er in der *Atala* schreibt von den »marriages des permiers-nés des hommes, ces unions ineffables, alors que la soeur était l'épouse du frère, que l'amour et l'amitié fraternelle se confondaient dans le même coeur et que la pureté de l'une augmentait les délices de l'autre«[32].

Zum schönen Glanz solcher familiärer Verbundenheit gehören die Schrecknisse der Dekadenz, des Sterbens und des Todes. Sechs Geschwister Romanas, »die unschuldigen Knaben Aegydius, Achaz und Romuald Finazzer, das unschuldige Mädchen Sabina, und die unschuldigen Zwillingskinder Mansuet-Liberata«[33] liegen bereits unter der Erde. Das Komplement ihrer Himmelfahrt sind die Höllenstrafen, in denen Romana sich so gut auskennt. Sie zeigt Andreas ein dickes Buch, in dem sie sämtlich verzeichnet sind, »die Martern der Verdammten, angeordnet nach den sieben Todsünden und alles in Kupfern«[34]. Bereits an dieser Stelle könnte der Leser schließen auf die in den Text eingearbeitete Verbindung von Heiligenlegende und Pornographie, deren respektive antinomische Strukturen derselben Inspiration sich verdanken, auch wenn im einen Fall der Hintergrund goldfarben ist und im anderen schwarz.

Damit geht in eins, daß das Bild der weiblichen Natur, das Hofmannsthal in der Doppelfigur Maria/Mariquita entwirft, ein Vexierbild ist, in dem Reinheit und Laszivität ineinander changieren. Andreas begegnet dieser aus zwei gegeneinander agierenden Spanierinnen bestehenden Gestalt bald nach seiner Ankunft in Venedig. Maria oder M_1 ist eine hochgradig hysterische Person. Sie leidet, wie Hofmannsthal notiert, an einer vagen Ermüdung und hat ein »entsetzliches Wissen von der Sache. Sie ist Witwe. Ihr Mann war grausam.« Außerdem heißt es einmal, sie sei liiert gewesen »mit einem belgisch-böhmischen großen Herrn«[35], wohl so ziemlich das Schlimmste, was einer Frau in der Praxis passieren kann. Die Möglichkeiten des Märtyrertods und des Erstarrens in aristokratischer morgue gehören, so ein Vermerk, gleichermaßen zu ihrem Wesen. Sie trägt immer Halbhandschuhe, strebt nach Purifikation, Einäscherung des Herzens und repräsentiert die Verherrlichung der Abtötung.[36] Wie Herodias und Salammbô wird sie Tag für Tag weniger in der Erwartung einer ›chose inconnue‹. Dieses unbekannte, anonyme Traumziel hat sein Leben in Mariquita, der anderen Frau, die Maria in sich und aus sich verdrängt hat, so zwar, daß sie als eine ganz und gar separate Kreatur auf der Welt ist. Der Name Mariquita, der allein schon ein pornographisches Szenarium suggeriert, verbindet den *Andreas*-Roman indirekt mit Lewis' notorischer Erzählung *The Monk* (1796) über die diesen Text persiflierende Komödie *Une femme est un diable* von Prosper Mérimée, in der eine Mariquita die Verführung des Mönchs Ambrosio durch Matilda ins Komische hinüberrettet.[37] Mariquita jedenfalls ist die in jedem ihrer Körperteile verfügbare Frau. Alles an ihr ist einzig – »Das Knie. Die Hüfte. Das Lächeln.«[38] –, während Maria nur als Ganze, mit ihrem aus Gedanken, Ängsten und Aspirationen bestehenden Astralleib sich hingeben kann.[39] Zur Erlösung ihrer unterbundenen Leidenschaft aber kann Maria nicht gelangen, da sie ihre Erregung mit vervielfachter Anstrengung unterdrückt, wenn ihr beim Beten eine der stärksten Stellungen Mariquitas einfällt und wenn sie, wie es im Text heißt, sie in sich kommen fühlt. »Das sind«, so Mariquita, »meine widerwärtigsten Momente. Da haß ich· sie wie der ewig Verdammte Gott hassen muß.«[40] Die qualvolle Gespaltenheit der von der Sehnsucht nach Befreiung aus dem Kerker ihres eigenen Leibes umgetriebenen Frauengestalt kehrt sich für Andreas ins Paradoxe, denn *er* fühlt sich von der Nähe Marias beglückt, während Mariquita ihn finster und wild und, wie eine Notiz konstatiert, »nachher verdrossen« macht.[40] Verfallen aber ist er den beiden, die übrigens äußerlich miteinander verbunden sind »durch einen kleinen kurzathmigen King Charles Hund namens Fidèle«[41], der im Haus Marias immer versteckt ist, bis auf einmal.

Alewyn hat bekannt, er wisse mit diesem Hund und den vielen anderen Hunden, die im *Andreas*-Roman ihr Wesen treiben, nichts anzufangen.[42] Hätte der namhafte Barockforscher sich die Mühe gemacht, Benjamins Buch über den *Ursprung des deutschen Trauerspiels* zu lesen, dann wäre ihm vielleicht die Einsicht gekommen, daß dieser Hund mit dem bezeichnenden Namen Fidèle nichts anderes ist als eine Inkarnation eines uralten Schwermutssymbols für die melancholische Seele des Mannes, die in ihrem getreuen Attachement an das über ihr stehende Bildnis der Frau mit Eifer sucht, was Leiden schafft – und was schafft Leiden, wenn nicht die Grausamkeit. Die äußerste Perversion der dekadenten Phantasie besteht darin, daß sie das Relief des Schönen heraustreiben will vermittels des Martyriums der angebeteten Kreatur. Grausamkeit heißt auch die Erbsünde des Andreas, wie aus seiner schwersten Kindheitserinnerung zu schließen ist, jener furchtbaren Episode des Textes, in der er als zwölfjähriger Knabe dem ihm zugelaufenen und aufs treuste ergebenen Hündchen mit dem Absatz das Kreuz abtritt. Andreas weiß nicht, ob er dieses Verbrechen wider die Natur tatsächlich begangen hat oder ob es ihn nur immer wieder als eine Phantasmagorie ankommt. Was er weiß, ist, daß er die Fähigkeit zur Grausamkeit in sich trägt. Auch der Hund, den Gotthelff auf dem Finazzer-Hof vergiftet und der sich zuletzt »mitten im Licht ... den Kopf sonderbar ganz schief ... immerfort um sich selber (dreht)«[43], gemahnt ihn an die Schuld, die die Menschen einander vererben und die darin besteht, daß sie die Natur zugrund richten, auch ihre eigene. Als sich Andreas später verzweifelt auf den Platz hinwirft, wo der Finazzer Hofhund begraben liegt, geht ihm auf, daß etwas war zwischen ihm und dem toten Hund und zwischen ihm und Gotthelff, der schuld war an dem Tod des Tieres.

Das Etwas, das Andreas nicht weiter dingfest machen kann, von dem er aber weiß, daß daraus die Welt sich spinnt, ist das Interesse an der Grausamkeit, der komplementäre Aspekt des Leidens an der Schwermut. Denn die cruauté ist die Technik, die die Passion im Sinne von Leid, Leidenschaft und Mitleid herauszwingt aus einem Zustand profunder

Indifferenz. Im appassionnement steuert die ihrer selber nicht mächtige Sehnsucht nach dem andern Geschlecht auf jenen wahnwitzigen Paroxysmus zu, den der Text mit der perversen Anekdote vom Herzog von Camposagrado illustriert, der in einem Anfall von Wut und Eifersucht einen seltenen Vogel auffrißt, den tags zuvor ein jüdischer Verehrer seiner Geliebten geschickt hat. Die Goncourts, die in derlei Dingen Bescheid wußten, definierten das Phänomen der Passion als eines der Korrumpierung. »La passion des choses ne vient pas de la bonté ou de la beauté pure de ces choses, elle vient surtout de leur corruption. On aimera follement une femme, pour sa putinerie, pour la méchanceté de son esprit, pour la voyoucratie de sa tête, de son coeur, de ses sens; on aura le goût déréglé d'une mangeaille pour son odeur avancée et qui pue. Au fond, ce qui fait l'appassionnement: c'est le *faisandage* des êtres et des choses.«[44]

Worauf die Neigung, die erst am Korrumpierten ihr Genüge findet, zurückzuführen ist, das wird freilich auch hier nicht entdeckt. Ein Traum des Andreas, in dem ihm keine schreckliche Begegnung mit den Gespenstern seiner Kindheit erspart bleibt, assoziiert Grausamkeit, das, was auf Zerstörung und Korrumpierung aus ist, unmittelbar mit dem, wovor einem graust. Andreas fühlt im Traum auf sich den Blick seines ersten Katecheten, den er als Kind gefürchtet hatte wie keinen andern, und er spürt, wie »die gefürchtete kleine feiste Hand«[45] ihn anfaßt. Aus seiner Panik taucht das Bild auf einer Katze mit hündischem Gesicht, die er als Kind meint erschlagen zu haben und von der er erinnert, daß sie lang nicht hat sterben können, und die nun nach so vielen Jahren immer noch nicht gestorben ist. In der homosexuellen Verletzung der kindlichen Person liegt das ausschlaggebende Moment für die Genese einer Grausamkeit, die zerstört, was sie liebt, weil nur noch die drastischste Veranstaltung mit dem Körper des anderen Geschlechts die abgewürgte Sexualität zu bewegen vermag. Bezeichnenderweise beginnt dieser Traum damit, daß Andreas hinter der vor ihm fliehenden Romana her ist. Als er erwacht – er befindet sich zu diesem Zeitpunkt im Finazzer-Hof –, ist ihm zumut wie jemandem, der vom Pochen des Henkers geweckt wird. Ihm ist, als habe »er etwas Schweres begangen und nun komme alles ans Licht«[46]. Im Haus widerhallt das gräßlichste Geschrei. Bei dem Gedanken, es sei Romana, erstarrt ihm das Blut in den Adern. Aber dann sagt er sich, auch wenn sie als Märtyrerin auf dem Rost liege, könnten solche Töne nicht aus ihr herauskommen. Das Geschrei ist das einer Magd, die Gotthelff nackt an einen Bettpfosten gebunden, geknebelt und malträtiert hat. Um sie herum schwelt und kohlt alles. Ein Abbild, scheint es, aus dem Buch mit den Höllenstrafen. Wenn Romana, die entsetzt aus dem Hintergrund die Szene betrachtet, das Opfer wäre, dann hätten wir eine Tafel vor uns aus der vita sanctorum, was an der Substanz des beschriebenen Vorgangs jedoch nichts änderte. Das primäre Erzählmotiv bleibt die delectatio morosa, die dadurch, daß eine Unschuldige aufs Rad gebracht wird, jene spezifische Überhöhung erfährt, die ihr in de Sades *Justine* zuteil wird. Baudelaire, der gelehrige Schüler des Marquis, war der Auffassung, es sei die Natur, »qui pousse l'homme à tuer son semblable, à le manger, à le séquestrer, à le torturer«[47].

Zur Erkundung des häretischen Weltbilds, von dem ein derartiges Urteil Zeugnis gibt, hat Hofmannsthal sich die Figur der Andreas geschaffen. Weiter als hier hat er sich nirgends in den Hintergrund seiner Phantasie hineingewagt. Eine der seit dem Herbst des Jahres 1913 gemachten Notizen bezieht sich auf das Abenteuer mit der untröstlichen Witwe, der Andreas auf dem Weg nach Venedig begegnet. »Er setzt sich an die Stelle der unglücklichen Mörderin«, heißt es da, »Romana an Stelle des Mannes. Er ist hypochondrisch genug, sich das Herabstoßen vorzustellen. Aller Kleinheitswahn fließt hier zusammen; er malt sich aus, was in Romana er alles zerstört – er läßt sie nicht ganz todt sein, sondern als einen freudlosen Geist fortleben – dadurch erst wird ihm der Reichtum ihres Lebens klar – er fühlt sich mit ihr verbunden wie nie zuvor – der Gehalt des Lebens geht ihm auf – er ist selig.«[48] In der Einbildung sadistischer Allmächtigkeit und in der an der Person der Hingerichteten sichtbar werdenden Dissolution zergeht auch der Kleinheitswahn, das ansonsten prävalente Gefühl der Impotenz.

Es ist nicht ohne weiteres abzusehen, wie weit Hofmannsthal

ins Terrain der littérature maudite noch vorgedrungen wäre, hätte er, was unter den gegebenen Voraussetzungen kaum auszudenken ist, den *Andreas* vollendet. An Inspirationen für eine entsprechende venezianische Topographie nach den Mustern der Bleikammern aus dem *Casanova* und den *Carceri* des Piranesi hat es ihm jedenfalls nicht gemangelt. Als architektonischen Hintergrund für eine nicht weiter spezifizierte Episode vermerkt er eigens den »Folterkeller aus l'homme qui rit«[48]. Man kann sich des Eindrucks nicht erwehren, daß gerade die mit solchen Lokalitäten assoziierbare Schicht des Texts im Verlauf der langen Jahre, die Hofmannsthal dem *Andreas*-Projekt widmete, immer weiter an die Oberfläche tritt und das Konzept des Bildungsromans, an dem der Autor anscheinend aus einer Art Bußfertigkeit hartnäckig festhält, so gut wie völlig verdrängt. Möglicherweise gab Hofmannsthal der Faszination des Perversen so weit nach, weil ihm daraus eine Wissenschaft – auch über sich selbst – erwuchs, die ihm anders verschlossen geblieben wäre. Der pornographische Impuls ist ja bekanntlich auch einer der exacerbatio cerebri, Sehnsucht nach der verbotenen Frucht des Wissens um des reinen Wissens willen. Und das Wahre, wenn man es schon wissen will, ist nach den Worten Flauberts nirgends »plus clairement visible que dans les belles expositions de la misère humaine«[49]. Um Wissenschaft also geht es vor allem. Nicht umsonst gleitet Andreas in Venedig einmal beinah auf einem Paradiesapfel aus. Um Wissenschaft und um das Geheimnis der Kunst, das sich in diesem ultramontanen Romanprojekt, in dem man, wie Flaubert im Werk de Sades, das letzte Wort des Katholizismus erkennen mag, deutlicher und rückhaltloser preisgibt als in jedem anderen Werk Hofmannsthals. Denn das Glück der Kunst ist ein verbotenes. Dazu liefert eine Kindheitserinnerung des Andreas ein wahrhaft herzergreifendes Beispiel. Vor vielen Jahren, beginnt die hier in Rede stehende Passage ganz wie ein Märchen,

> »als er 10 oder 12 Jahre alt war, hatte er zwei Freunde, die im blauen Freihaus auf der Wieden wohnten, auf der gleichen Treppe im vierten Hof, wo in einer Scheuer das ›beständige Theater‹ errichtet war. Er erinnerte sich des Wunderbaren, bei

denen gegen Abend zu Besuch zu sein. Decorationen heraustragen zu sehen: eine Leinwand mit einem Zaubergarten, ein Stück von einer Dorfschenke. Drinnen, der Lichtputzer, das Summen der Menge, die Madorlettiverkäufer. Stärker als alles das Durcheinanderspielen aller Instrumente beim Stimmen: das ging ihm durchs Herz noch heute wie er sich erinnerte. Der Bühnenboden war uneben: der Vorhang an einigen Stellen zu kurz: zwischen den Lichtern durch Füße von Mohren oder von Löwen . . . einmal einen himmelblauen Schuh mit Flitter bestickt. Der himmelblaue Schuh war wunderbarer als alles – Später stand ein Wesen da, das diesen Schuh anhatte, er gehörte zu ihr, war eins mit ihrem blau und silber Gewand: sie war eine Prinzessin, Gefahren umgaben sie, dunkle Gestalten, Fackeln, ein Zauberwald nahm sie auf, Stimmen tönten aus den Zweigen, aus Früchten, die von Affen herangerollt wurden, sprangen holdselige Kinder, leuchteten, die Prinzessin sang, Hanswurst war ihr nahe und doch meilenfern alles das war schön aber es war nicht das zweischneidig Schwert von zartester Wollust und unseglicher Sehnsucht das durch die Seele ging bis zum Weinen, wenn der blaue Schuh allein unter dem Vorhang da war.«[50]

Abgesehen von den glückseligen Gefühlswallungen, die den Fetischisten beim Anblick des geliebten Objekts überkommen und die wohl nirgends so völlig gültig wie gerade hier beschrieben wurden, handelt diese Passage von der unverhofften Epiphanie der Bilder, deren Attraktionskraft Baudelaire agnostizierte mit dem Ausruf: »Les images, ma grande, ma primitive passion.«[51] Das lyrische Bild, die Inkunabel der kreativen Phantasie, operiert an der Grenze des eben noch Zugänglichen. Es ist der fetischistischen Neigung, die die Libido genau dort verbirgt, wo niemand sie vermuten möchte, zutiefst adäquat. In solchen Bildern allein restituiert sich – aufs schmerzlichste – das Glück jener besseren Zeit, aus der wir vermeinen gefallen zu sein. »Nessun maggior dolor«, auch das notierte sich Hofmannsthal für den *Andreas*-Roman, »che ricordarsi del tempo felice – nella miseria.«[52]

Das unentdeckte Land
Zur Motivstruktur in Kafkas *Schloß*

> Der Tod ist vor uns, etwa wie im Schulzim-
> mer an der Wand ein Bild der Alexander-
> schlacht.
>
> Franz Kafka

> Di fiss trogn, wo der kop sol run.
>
> Jiddisches Sprichwort

Gegen Ende des *Schloß*-Romans führt K. ein Gespräch mit
der Wirtin des Herrenhofs, das zuletzt folgende Wendung
nimmt: »»Hast Du nicht einmal Schneiderei gelernt?‹ fragte
die Wirtin. ›Nein, niemals‹, sagte K. ›Was bist Du denn
eigentlich?‹ ›Landvermesser.‹ ›Was ist denn das?‹ K. erklärte
es, die Erklärung machte sie gähnen. ›Du sagst nicht die
Wahrheit. Warum sagst Du denn nicht die Wahrheit?‹ ›Auch
Du sagst sie nicht.‹«[1] – K. ist also kein Landvermesser, er
besitzt nichts, was seinen Anspruch bestätigte. Er ist bloß ein
Wanderer, der eben, der eingangs auftritt mit einem »winzigen Rucksack« und einem »Knotenstock«[2]. Die Psychoanalyse verzeichnet Reise und Wanderschaft als Symbole des
Todes, und Adorno erinnerte in seinem Schubert-Essay
daran, wie in der *Winterreise* stets wieder »die Bilder des
Todes vor den Menschen sich stellen, der so klein zwischen
ihnen wandert wie nur Schubert im Dreimäderlhaus. Bach,
Mühle und schwarze winterliche Einöde, im Zwielicht der
Nebensonnen ohne Zeit wie im Traum sich erstreckend, sind
die Zeichen der Schubertschen Landschaft, trockene Blumen
ihr trauriger Schmuck.«[3] Braune böhmische Äcker, auf
denen früher bereits einmal ein Saazer Poet ein Gespräch mit
dem Tod führte, erstrecken sich, wie die von Klaus Wagen-
bach edierten Bilder von Wossek zeigen, auch um das
Schloß, und Kafka hat es angelegentlich vermieden, das
Grün der organischen Natur zum Trost in seine Welt zu
bringen. Sie ist befallen von Frost und Schnee, ein völliges
Stilleben fast, das eine Hoffnung auf Auferstehung umso
mehr verwehrt, als nach Pepis Worten der Winter in dieser

Gegend lang ist, so lang, daß ihr in der Erinnerung Frühjahr und Sommer so kurz erscheinen, »als wären es nicht
viel mehr als zwei Tage und selbst an diesen Tagen, auch
durch den allerschönsten Tag fällt dann noch manchmal
Schnee«[4].

Daß es schwer ist, in dieser Landschaft ein Fortkommen zu
finden, darüber klagt K. oft genug. Irritiert von der
Gleichförmigkeit, vertritt, wer sie durchqueren will, sich
stets selber den Weg. »Der exzentrische Bau jener Landschaft, darin jeder Punkt dem Mittelpunkt gleich nah liegt,
offenbart sich dem Wanderer, der sie durchkreist, ohne
fortzuschreiten: alle Entwicklung ist ihr vollkommenes
Widerspiel, der erste Schritt liegt so nahe beim Tod wie der
letzte, und kreisend werden die dissoziierten Punkte der
Landschaft abgesucht, nicht sie selber verlassen. Denn
Schuberts Themen wandern nicht anders als der Müller oder
der, den im Winter die Geliebte verließ. Nicht Geschichte
kennen sie, sondern perspektivische Umgehung: aller Wechsel an ihnen ist Wechsel des Lichtes.«[5] Wo wäre je die Art, in
welcher der nach eigenem Zeugnis unmusikalische Kafka
den geometrischen Ort seiner Sehnsucht umkreist, deutlicher beschrieben worden als in diesen Zeilen Adornos zur
Struktur des Schubertschen Werks. Müßig der in der
Sekundärliteratur zum *Schloß* ausgetragene Streit, ob K. eine
Entwicklung durchmache oder nicht, denn in dem Augenblick, da er, im ersten Abschnitt des Buches, auf der
hölzernen Brücke den Bach überquert und eindringt in den
Bereich des Schlosses, gleicht er schon jenen toten Seelen,
denen nichts fremder ist als die eigene Geschichte. Die im
Verlauf des Textes entwickelte Geschäftigkeit dieser spur-
losen Figuren, all das Hin und Her der Parteien und jeder
Versuch, in dem exterritorialen Amtsbezirk irgendein Ziel zu
erlangen, trägt die Zeichen der Vergeblichkeit, wie denn
auch dem Volksglauben zufolge hier als Regel gilt, daß man
jeweils »drei Schritte vor und drei Schritte zurückgehen
müsse«[6]. Das Ganze ist wie ein Hohn auf Sinn und Ende
unserer Existenz, Alptraum einer ewigen Wiederholung. Als
K. erstmals versucht, bis ins Schloß vorzudringen, nimmt
ihn »ein schmales Gäßchen ... auf, noch tieferer Schnee, das

Herausziehen der Füße war eine schwere Arbeit, Schweiß brach ihm aus, plötzlich stand er still und konnte nicht mehr weiter«[7].

Kierkegaard hat das heitere Äquivalent einer gegen die eigene Teleologie gerichteten Bewegung noch beschreiben können in einem Abschnitt, der vom alten Friedrichstädter Theater in Berlin und einem Komiker namens Beckmann handelt.

> Er kann nicht bloß gehen, sondern er kann gehend kommen. Das ist etwas ganz anderes, gehend zu kommen, und durch diese Genialität improvisiert er zugleich die ganze szenische Umgebung und kann nicht bloß einen wandernden Handwerksburschen vorstellen, sondern er kann wie ein solcher gehend kommen, und zwar so, daß man alles erlebt, daß man vom Staub der Landstraße aus das freundliche Dorf erblickt und seinen stillen Lärm hört, den Fußweg selber, der dort unten am Dorfteich geht, wenn man beim Schmied abbiegt – wo man Beckmann kommen sieht mit seinem kleinen Bündel auf dem Rücken, seinen Stock in der Hand, sorglos und unverdrossen. Er kann gehend auf die Bühne kommen mit Straßenjungen hinter sich, die man nicht sieht.[8]

Adorno zitiert diese Passage in einem Text, der der Erinnerung Chaplins gewidmet ist. Chaplin aber, der hie und da aus den Kulissen des Amerika-Romans herausblickt, und sogar aus einigen Bildern von Kafka selbst, war der Held einer modernen Veranstaltung, die Kafka gegenüber Janouch als »die laterna magica der versäumten Jugend«[9] bezeichnet hat, wie ihm wohl das Versäumen der Jugend zeitlebens erschienen ist als die Ursache der Krankheit zum Tod.

Nur wenig erfahren wir über das Schloß selbst, das imaginäre Zentrum in dieser jenseitigen Gegend. Aber die Gestalten, die während der Erzählung aus ihm hervortreten, geben einen gewissen, wenn auch nicht unwiderleglichen Aufschluß. Da ist zunächst Schwarzer, der den von der Reise ermüdeten K. aus dem Schlaf reißt, zu dem ihm die gräfliche Erlaubnis fehlt. Sein Name setzt die Farbe ins Bild, die im Schloß zu dominieren scheint, dessen Insassen fast sämtlich, wie die Gehilfen, schwarze, enganliegende Kleider als eine

Art Uniform tragen. Die Gehilfen selber, Inkarnationen antiker larvae, erwecken, trotz ihrer bisweilen aufdringlichen Lebendigkeit, den Eindruck, als seien sie nicht recht am Leben. Als Artur ins Schloß zurückgekehrt ist, um dort Klage zu führen gegen seinen Herrn, wird diesem zum erstenmal klar, was ihn an dem verbleibenden Jeremias derart abstößt; es ist »dieses Fleisch, das manchmal den Eindruck machte, als sei es nicht recht lebendig«[10]. Und nur wenig später bekräftigt die Erscheinung des Jeremias den unheimlichen Verdacht:

> wie er dort stand, das Haar zerrauft, den dünnen Bart wie verregnet, die Augen mühsam, bittend und vorwurfsvoll aufgerissen, die dunklen Wangen gerötet, aber wie aus allzu lockerem Fleisch bestehend, die nackten Beine zitternd vor Kälte, so daß die langen Fransen des Tuches mitzitterten, war er wie ein aus dem Spital entflohener Kranker, dem gegenüber man nichts anderes denken durfte, als ihn wieder ins Bett zurückzubringen.[11]

Jeremias befindet sich bereits im Zustand der Dekomposition, ist die aus dem Grab entflohene Leiche, scheintot oder scheinlebendig bleibt eine sophistische Frage, da Leben und Tod in diesem Roman nicht voneinander geschieden sind, sondern das eine die Allegorie des andern und umgekehrt.

Als Frieda K. durch das Guckloch ins Zimmer Klamms spähen läßt, sitzt dieser in völliger Starre an seinem Tisch. Das einzige Zeichen des Lebens ist die in seiner reglosen Hand rauchende Virginiazigarre und das Blinken des Zwickers, hinter dem sich der lebendigste Teil des Menschen, die Augen, verbergen. Gleich darauf verwundert sich K., ob Klamm nicht von dem Krawall der Dienerschaft gestört werde. »›Nein‹, sagte Frieda. ›Er schläft.‹ ›Wie!‹ rief K. ›Er schläft? Als ich ins Zimmer gesehen habe, war er doch noch wach und saß beim Tisch.‹ ›So sitzt er noch immer‹, sagte Frieda, ›auch als Sie ihn gesehen haben, hat er schon geschlafen. Hätte ich Sie denn sonst hineinsehn lassen? – das war seine Schlafstellung, die Herren schlafen sehr viel . . .‹«[12] Daß es mit Klamms Schlaf irgendeine seltsame Bewandtnis hat, liegt auf der Hand, und es nimmt nicht wunder, daß eine von Kafka wahrscheinlich wegen ihrer Explizität verworfene Variante dieser Szene mit dem Satz beginnt: »Ich war bei den Toten zu Gast.« Weiter heißt es:

> Es war eine große reinliche Gruft, einige Särge standen schon dort, es war aber noch viel Platz, zwei Särge waren offen, es sah in ihnen aus wie in zerwühlten Betten, die eben verlassen worden sind. Ein Schreibtisch stand ein wenig abseits, so daß ich ihn nicht gleich bemerkte, ein Mann mit mächtigem Körper saß hinter ihm. In der rechten Hand hielt er eine Feder, es war, als habe er geschrieben und gerade jetzt aufgehört, die linke Hand spielte an der Weste mit einer glänzenden Uhrkette und der Kopf war tief zu ihr hinabgeneigt.[13]

Die Analogie ist unübersehbar, wenn auch Klamm hier noch nicht als Klamm, sondern als ein französischer Adeliger namens de Poitin vorgestellt wird. Daß der Schlaf der Bruder des Todes ist, ist eine alte Geschichte[14]; ihm zu obliegen gehört also ganz naturgemäß zum Geschäft der Schloßbewohner. Wenn sie ihren Amtssitz verlassen, um Verhöre zu führen, so richten sie sich dazu gern im Bett ein, jenem Stammplatz einer regredierten Existenz, in die sich auch K. zurückwünscht. Im Bett verbringt der Beamte Bürgel einen Großteil seiner Tage, im Bett erledigt er seine Korrespondenz und vereinnahmt er die Parteien. Und vom Bett aus eröffnet er K. um ein Haar das Geheimnis des Schlosses. K. freilich, wie er, am Bettrand des Beamten sitzend und dessen Worten mit halbem Ohr lauschend, bei sich selber sagt: »Klappere Mühle klappere . . . Du klapperst nur für mich«[15], mag die Schubertsche Strophe durch den Kopf gehn: »Sind denn in diesem Hause die Kammern all besetzt? Bin matt zum Niedersinken, bin tödlich schwer verletzt.« Übermannt von einer unbändigen Müdigkeit, versäumt er den Augenblick der Offenbarung wie jener andere Gerechte, von dem eine jiddische Geschichte erzählt, daß er den jüngsten Tag verschlafen habe. »Es ist nicht abzusehen«, spekuliert Benjamin in seinem Essay *Zum Bilde Prousts,* »was für Begegnungen uns bestimmt wären, wenn wir weniger willfährig wären zu schlafen.«[16] Wie dieses Zitat, so apostrophiert auch Kafka immer wieder den Schlaf nicht bloß als eine konstitutionelle, sondern als eine moralische Schwäche, als den Totstellreflex einer Spezies, die, wie die Mehrzahl der übrigen Tiere auch, im Finstern panisch die Augen verschließt.

Zu den Botengängern des Todes gehört auch der Beamte Sortini, dem K. ja nur in der Erzählung Olgas begegnet. Olga beschreibt ihn als einen kleinen, schwachen, nachdenklichen Herrn, und sie betont besonders: ». . . etwas, was allen, die ihn überhaupt bemerkten, auffiel, war die Art, wie sich bei ihm die Stirn in Falten legte, alle Falten – und es war eine Menge, obwohl er gewiß nicht mehr als vierzig ist – zogen sich nämlich geradewegs fächerartig über die Stirn zur Nasenwurzel hin, ich habe etwas derartiges nie gesehn.«[17] Es scheint oft, als sei Kafka bestrebt gewesen, allzu offenkundige Hinweise auf den Sinngehalt seiner Texte nach Möglichkeit zu eliminieren. Die Art jedoch, in der Olga hier die gegen die Mitte des Gesichts eingezogene Physiognomie Sortinis beschreibt, weist ihn vielleicht hinlänglich aus als einen Agenten jenes transsylvanischen Geschlechts, das im Herrn des Schlosses, dem Grafen Westwest, seinen Meister hat. Kafka hat zwar die Identität dieser Figur im Text sorgsam verschlüsselt, doch verstattet uns ein fragmentarischer Szenenentwurf, in dem ein anonymer Wanderer in einem Schloß ankommt, einen ganz kurzen Einblick.

> Es war schon spät nachts, als ich am Tore läutete. Lange dauerte es, ehe, offenbar aus der Tiefe des Hofs, der Kastellan hervorkam und öffnete.
>
> »Der Herr läßt bitten«, sagte der Diener, sich verbeugend und öffnete mit geräuschlosem Ruck die hohe Glastür. Der Graf in halb fliegendem Schritt eilte mir von seinem Schreibtisch, der beim offenen Fenster stand, entgegen. Wir sahen einander in die Augen, der starre Blick des Grafen befremdete mich.[18]

Die eigenartige, um nicht zu sagen sinistre Atmosphäre, die in diesen paar Zeilen evoziert wird und die in dem befremdend starren Blick des Grafen ihren Brennpunkt hat, ruft die Ankunft des jungen Reisenden Jonathan Harper auf dem Schloß Nosferatus in Murnaus bekanntem Film ins Gedächtnis. Da Kafka mit Vorliebe ins Kino gegangen ist, steht zu vermuten, daß er dieses bizarre Kunstwerk, das 1922, also zur Zeit der Arbeit am *Schloß*-Roman, in die Lichtspielhäuser kam, sei es in Prag, sei es in Berlin gesehen hat. Das Schloß des Nosferatu, das wie das von Kafka uns vorgestellte von Krähenschwärmen umkreist wird, wäre also eines in der Reihe der zahlreichen Vorbilder zu dieser enigmatischsten aller literarischen Allegorien. Dazu stimmte dann auch die Geschichte von den jungfräulichen Opfern, auf die die Emissäre des Schlosses aus zu sein scheinen, eine Geschichte, die damit beginnt, daß der schrumpfköpfige Beamte mit seinen von der Schreibtischarbeit steifen Beinen über die Deichsel des Spritzenwagens setzt, um sich der brautmäßig ausstaffierten Amalia zu nähern.

Heinz Politzer hat das Feuerwehrfest, auf dem Sortini der Amalia begegnet, als Frühlingsweihe erkannt, nicht aber auf die Affinität verwiesen, in welcher der Archetyp dieses Rituals zu dem des Todes steht, obgleich die Todessymbolik, die das Opferfest der Magdschaft umgibt, nachweislich auch als Topos in der Literatur tradiert ist. Noch Adrian Leverkühn bedrückt es bei der Hochzeit seiner Schwester, daß »das weiße Sterbekleid der Jungfräulichkeit, die atlasnen Totenschuhe«[19] nicht vermieden wurden. Eben so wird auch Amalia zum Feuerwehrfest gerüstet; »besonders das Kleid ... war schön«, erinnert sich Olga, »die weiße Bluse vorn hoch aufgebauscht, eine Spitzenreihe über der anderen, die Mutter hatte alle ihre Spitzen dazu geborgt.«[20] Und weiter berichtet Olga von dem Halsband aus böhmischen Granaten und daß der Vater gesagt habe: »Heute, denkt an mich, bekommt Amalia einen Bräutigam.«[20] Doch Amalia schlägt das Anerbieten Sortinis aus, erschreckt wohl von dem grauenhaften Charakter des Initiationsritus und der gänzlichen Absenz versöhnlicherer Aspekte. Kein Zeichen natürlichen Lebens, nichts verspricht eine sorglose Prokreation. Von den Requisiten der freundlichen Jahreszeit ist einzig das kahle Datum des dritten Juli überliefert, und das Zentrum des Festes bildet das mechanische Monstrum der Feuerspritze, das Abbild einer perversen und tödlichen Männlichkeit. Darum weigert sich Amalia andern Tags, der Aufforderung Sortinis, einem nach Olgas Bericht in Schönschrift verfaßten, aber anscheinend äußerst anstößigen Dokument, Folge zu leisten, und deshalb wiederum zieht sie ihrer Familie das Schicksal der Ächtung zu.

Der Vater pilgert, in der Hoffnung auf Wiedergutmachung, nun jeden Tag hinauf zum Eingang des Schlosses als zu dem des Friedhofs, um dessen an ihm vorbeikutschierenden Bewohnern, zu denen er der Beschreibung Olgas nach selber schon rechnet, das traurige Los seiner Familie vor Augen zu führen. »In seinem besten Anzug, bald ist es sein einziger, zieht er jeden Morgen, von unseren Segenswünschen begleitet, aus dem Haus. Ein kleines Abzeichen der Feuerwehr, das er eigentlich zu Unrecht behalten hat, nimmt er mit, um es außerhalb des Dorfes anzustecken... Nicht weit vom Zugang zum Schloß ist eine Handelsgärtnerei, sie gehört einem gewissen Bertuch, er liefert Gemüse ins Schloß, dort auf dem schmalen Steinpostament des Gartengitters wählte sich der Vater seinen Platz.«[21] Der beste Anzug, bald der einzige, die Segenswünsche der Familie, das kleine Abzeichen, gleich einem Sterbekreuz letzter Ausweis des Toten, die Handelsgärtnerei, der seltsam sinnvolle Name des Gärtners und das schmale Steinpostament, all das verweist, wenn man das Phantastische solcher Erzählung zurückübersetzt in realistische Begriffe, auf Bestattung und Friedhof. Auch daß die Mutter dem Vater auf seinen Exkursionen bald schon nachfolgt, ergänzt das Bild vom Hinscheiden der alten Leute, und wenn Olga berichtet: »Wir waren oft bei ihnen, brachten Essen oder kamen nur zu Besuch oder wollten sie zur Rückkehr nach Hause überreden«, so ist auch hier die empirische Entsprechung der Gang auf den Friedhof, der Besuch bei den Gräbern, die Beistellung von Nahrung für die wandernden Seelen, an die ja der Brauch des Weihwassergebens noch erinnert; vollends ist der Versuch, die Toten zur Rückkehr nach Hause zu überreden, ein archaisches Residuum, von dem Döblin sich so betroffen fühlte, als er, auf seiner Reise in Polen, den jüdischen Friedhof von Warschau am Rüsttag des Versöhnungsfestes besuchte.[22]

Wenn K., wie zweimal zu Beginn seines Aufenthaltes im Dorf, zum Schloß zu gelangen sucht, so tauchen, während er sich ihm nähert, die Bilder seiner Heimat als *mémoire involontaire* vor ihm auf. Schon bei seinem ersten Versuch, der mit der Wiedergeburtsszene im Haus Lasemanns endet, betrifft ihn die Ähnlichkeit des Schlosses mit dem Städtchen, in dem er aufgewachsen war, und er fragt sich, ob es nicht am Ende besser gewesen wäre, die alte Heimat an Stelle des Schlosses wieder einmal aufzusuchen. Das andere Mal, da er am Arm des Barnabas vermeintlich dem Schloß zustrebt, ergibt sich erneut eine Vorstellung der Heimat.

> Sie gingen, aber K. wußte nicht, wohin; nichts konnte er erkennen. Nicht einmal, ob sie schon an der Kirche vorübergekommen waren, wußte er. Durch die Mühe, welche ihm das bloße Gehen verursachte, geschah es, daß er seine Gedanken nicht beherrschen konnte. Statt auf das Ziel gerichtet zu bleiben, verwirrten sie sich. Immer wieder tauchte die Heimat auf, und Erinnerungen an sie erfüllten ihn. Auch dort stand auf dem Hauptplatz eine Kirche, zum Teil war sie von einem alten Friedhof und dieser von einer hohen Mauer umgeben. Nur sehr wenige Jungen hatten diese Mauer schon erklettert, auch K. war es noch nicht gelungen. Nicht Neugier trieb sie dazu, der Friedhof hatte vor ihnen kein Geheimnis mehr. Durch seine Gittertür waren sie schon oft hineingekommen, nur die glatte, hohe Mauer wollten sie bezwingen. An einem Vormittag – der stille, leere Platz war von Licht überflutet, wann hatte K. ihn je früher oder später so gesehen? – gelang es ihm überraschend leicht; an einer Stelle, wo er schon oft abgewiesen worden war, erkletterte er, eine kleine Fahne zwischen den Zähnen, die Mauer im ersten Anlauf. Noch rieselte Geröll unter ihm ab, schon war er oben. Er rammte die Fahne ein, der Wind spannte das Tuch, er blickte hinunter und in die Runde, auch über die Schulter hinweg, auf die in der Erde versinkenden Kreuze; niemand war jetzt und hier größer als er.[23]

Weil der Tod stets als die andere Heimat des Menschen galt, durchziehen auf dem Weg ins Schloß deren Bilder die Imagination K.s. Und in Adornos *Minima Moralia* ist vermerkt, daß auch Schubert, »in dem Zyklus, in dessen Mittelpunkt die Worte ›Ich bin zu Ende mit allen Träumen‹ stehen, den Namen des Wirtshauses einzig noch dem Friedhof zubestimmt«[24]. Rätselhaft an der zitierten Episode bleibt vor allem das Erklettern der Mauer. Die erotische Konnotation dieses Abenteuers der Bezwingung hebt einen kurzen Augenblick des Triumphs hervor, da dem Knaben die Kreuze des Totenackers in der Erde zu versinken scheinen; der inzwischen um vieles älter gewordenen Erzählfigur mag die Erinnerung als der Ausdruck kurzlebiger Befangenheit im eigenen Glück erscheinen, denn das Versinken der Kreuze in der Stätte, in die er jetzt selber bald seine Einkehr halten wird, war ja doch bloß eine sehr ephemere Illusion. Die äußerste Ironie besteht allerdings darin, daß das, was der Liebessehnsucht versagt wird, zuletzt auch dem Todestrieb nicht verstattet werden kann, denn auch dieser zielt nach der These Freuds auf die Auflösung der individuierten Existenz, jenseits derer, zumindest in unseren Begriffen und Vorstellungen, nichts erfahrbar ist. Kafka hat die Identität von Eros und Thanatos als trostreich und trostlos zugleich beschrieben in den Passagen, in denen K. und Frieda auf dem Boden der Wirtschaft glückselig beieinander liegen und die äußerste Entfernung von sich selber erfahren. Aber dieser Abglanz der Erlösung wird durch die nicht viel spätere Szene aufgehoben, in der K. und Frieda sich nochmals – und diesmal vergeblich – bemühen, die glatte, hohe Mauer hinaufzukommen.

> Dort lagen sie, aber nicht so hingegeben wie damals in der Nacht. Sie suchte etwas, und er suchte etwas, wütend, Grimassen schneidend, sich mit dem Kopf einbohrend in die Brust des anderen, suchten sie, und ihre Umarmungen und ihre sich aufwerfenden Körper machten sie nicht vergessen, sondern erinnerten sie an die Pflicht, zu suchen; wie Hunde verzweifelt im Boden scharren, so scharrten sie an ihren Körpern; und hilflos enttäuscht, um noch ein letztes Glück zu holen, fuhren manchmal ihre Zungen breit über des anderen Gesicht. Erst die Müdigkeit ließ sie still und einander dankbar werden. Die Mägde kamen dann auch herauf. »Sieh, wie die hier liegen«, sagte eine und warf aus Mitleid ein Tuch über sie.[25]

Wie so oft bei Kafka scheint auch hier zum Schluß der Szene eine einzige isolierte Geste deren Bedeutung zusammenzufassen. Es wird ein Tuch über die entstellten Körper der Opfer der Liebe gebreitet. Nullique ea tristis imago – das Spiel der Liebe nicht sowohl als eine bürgerliche Phantasie denn als ein sich selber perpetuierendes naturhistorisches Debakel, das im Werk Kafkas über das hetärische Wesen seiner Frauengestalten vermittelt wird. Die aufgedunsene Brunelda im *Verschollenen,* das Fräulein Bürstner und Leni, der sich eine Art von Schwimmhaut zum Zeichen ihrer amphibischen Herkunft zwischen Mittel- und Ringfinger spannt, das blasse lichtscheue Geschöpf Frieda, die aus der Tiefe des Brückenhofs aufgestiegene Pepi und die in ihrem Bett vor sich hin vegetierende Gardena, sie alle repräsentieren Traum und Alptraum der Männer. Eben wie die Buchstabenchiffre h-e-a-e-es das kompositorische Werk Adrian Leverkühns durchgeistert, seit ihn in der Umarmung Esmeraldas der Hauch des Todes angerührt hat, so sind die Romane Kafkas durchdrungen von der Düsternis einer Welt, in der die abgründige Kraft matriarchalischer Figuren das Geschlecht der an ihrer eigenen Rolle irre gewordenen Männer ums Leben bringt. Die paradoxe Todessüchtigkeit der Liebe hat ihr Pendant in dem doppeldeutigen Versprechen, das K. im Geläute einer Glocke zu vernehmen meint, als Gerstäcker ihn auf seinem flachen Schlitten von seiner ersten erfolglosen Exkursion zum Brückenhof retourführt. »Das Schloß dort oben«, heißt es da, »merkwürdig dunkel schon, das K. heute noch zu erreichen gehofft hatte, entfernte sich wieder. Als sollte ihm aber noch zum vorläufigen Abschied ein Zeichen gegeben werden, erklang dort ein Glockenton, fröhlich beschwingt, eine Glocke, die wenigstens einen Augenblick lang das Herz erbeben ließ, so als drohe ihm – denn auch schmerzlich war der Klang – die Erfüllung dessen, wonach es sich unsicher sehnte.«[26] Das vielversprechende Läuten der Glocke enthält im Nachklang eine Ankündigung des Todes. Darum wird diese Glocke auch bald schon abgelöst »von einem schwachen, eintönigen Glöckchen... Dieses Geklingel paßte freilich besser zu der langsamen Fahrt und dem jämmerlichen aber unerbittlichen Fuhrmann.«[26]

Auch sonst finden sich noch Wegzeichen des Todes in der Landschaft, die Kafka um das Schloß ausgebreitet hat. Das Wirtshaus kennt der Volksglaube als ein altes Symbol der Unterwelt. Es ist der Ort, wo sich die Toten auf ein letztes Kartenspiel versammeln, eh sie zur Hölle fahren; dementsprechend ist in der Sage der Nobiskrug als unser letztes Reiseziel belegt.[27] Seine Etymologie führt zurück auf en obis, en âbis, in abyssum. Er gilt, gleich dem Brückenhof, »als das Grenzwirtshaus auf dem Paßübergang ins Jenseits«[27]. Auch die Architektur des Herrenhofs hat etwas von der subterranen Atmosphäre der domus exilis plutoniae, vor allem in jener Textstelle, in der ein Bedienter K. über den Hof führt,

> dann durch das Tor und in den niedrigen, ein wenig sich senkenden Gang ... Der Diener löschte seine Laterne aus, denn hier war helle elektrische Beleuchtung. Alles war hier klein aber zierlich gebaut. Der Raum war möglichst ausgenützt. Der Gang genügte knapp, aufrecht in ihm zu gehn. An den Seiten war eine Tür fast neben der andern. Die Seitenwände reichten nicht bis zur Decke; dies war wahrscheinlich aus Ventilationsrücksichten, denn die Zimmerchen hatten wohl hier in dem tiefen kellerartigen Gang keine Fenster.[28]

Dann wird noch die dort herrschende Unruhe beschrieben, das von diktierenden und sich unterhaltenden Stimmen, von Gläserklirren und Hammerschlägen hervorgerufene Chaos der Geräusche, das dem bekanntlich an einer milden Lärmphobie laborierenden Kafka wahrscheinlich als die überzeugendste Repräsentation höllischer Verhältnisse vorgekommen sein wird. Daß der Verkehr im Schloßbezirk in Kutschen vor sich geht, paßt über diese Indizien hinaus nicht minder in die Landschaft des Todes wie die inkongruente Präsenz eines Telefons, jenes mystagogischen Apparats, über den Proust und Benjamin so aufschlußreich Zeugnis gegeben haben.[29] Einer der deutlichsten Belege dafür aber, daß es sich bei der enormen Verwaltungsarbeit, die im Schloß vorgenommen wird, tatsächlich um die unübersehbare Registratur aller Verstorbenen handelt, ist die paradoxe Behauptung einer trotz der in ihr herrschenden Verwirrung und Widersprüche absoluten »Lückenlosigkeit der amtlichen Organisation«[30], denn auf den Algorithmus des Todes ist zwar noch niemand gekommen, aber so viel ist doch bekannt, daß er, wenn auch ohne Zahl und Ziel, »fein sauber alles raubt klaubt«[31]. Was in dem von Kafka imaginierten Herrschaftsbereich am trostlosesten stimmt, das ist, daß in ihm, wie einst im Leben, die Mächtigen und die Ohnmächtigen voneinander geschieden sind und daß, wie es wiederum der Volksglaube überliefert, »die Toten des Dorfes unter der Erde in einer Stube beisammen sitzen«, während die irdischen Herren »auch als Tote in einem Schloß hausen, wie sie es auf Erden getan haben«[32]. Auf diese Komplexion stimmte auch der dialektische Satz Kafkas »Unsere Rettung ist der Tod, aber nicht dieser«[33].

Einen der bündigsten Beweise für die Annäherung an den Tod, die K. seit dem Betreten des Dorfes vollzieht, verdanke ich dem schönen Buch, das Ronald Gray über *Das Schloß* geschrieben hat. Grays Interpretation der letzten Szene des Romans ordnet die Symbole des Todes allerdings nicht in den weiteren Zusammenhang ein, der hier umrissen wurde. In der Deutung Grays begegnet der Tod K. fast zufällig und erscheint als der Reflex einer erzählerischen Konvention eher als ein von langer Hand vorgezeichnetes Ereignis. Die Wirtin des Herrenhofs unterhält sich in dieser Passage mit K. über ihre seltsame Garderobe, die demodierten und überladenen Kleider, von denen sie ganze Kästen voll besitzt und an deren verstaubter Geschmacklosigkeit K. Anstoß genommen hat. »Wenn diese Kleider«, so schreibt Gray, »die Kostümierung der Wirtin sind, in der sie den Menschen den Zeitpunkt ihres Todes verkündet, dann wird vieles an seinen rechten Platz gerückt.«[34]

Die Wirtin als Frau Welt, als Schankmädchen eines Gasthauses, welches dem Tod und dem Teufel gehört, ist ein Topos der mittelalterlichen Literatur, der auch in der bürgerlichen Epoche bisweilen noch auftaucht. Erstaunlicherweise läßt es sich sogar mit einiger Sicherheit bestimmen, woher der im Spurenverwischen so versierte Kafka seine Inspiration für die Rekreation dieser allegorischen Figur bezog. Eine Tagebuchnotiz vom 22. Mai 1912 vermerkt: »Gestern ein wundervoll schöner Abend mit Max . . . Cabaret Lucerna. *Madame la Mort* von Rachilde.«[35] Zehn Jahre später taucht dieses formidable Wesen wieder auf in der fünften Duineser Elegie, die den fahrenden Akrobaten und Trapezkünstlern gewidmet ist, mit denen Kafka bekanntlich einiges gemein hatte. In der ironischen Reverenz, die Rilke hier dem Tod erweist, ist die Rede von einem »unendlichen Schauplatz / wo die Modistin, Madame Lamort, / die ruhlosen Wege der Erde, endlose Bänder, / schlingt und windet und neue aus ihnen / Schleifen erfindet, Rüschen, Blumen, Kokarden, künstliche Früchte –, alle / unwahr gefärbt, – für die billigen / Winterhüte des

Schicksals.«[36] Die Verwandtschaft der in diesen Zeilen beschriebenen Hutmacherin mit der Wirtin des Herrenhofs fällt ohne weiteres ins Auge, umso mehr als Kafka in einer fragmentarischen Passage festgehalten hat, daß mit einer solchermaßen ausstaffierten Frau immer auch ein Anfall der Ohnmacht kommt, ja daß diese die Ohnmacht ist in Person.

> Gestern kam eine Ohnmacht zu mir. Sie wohnt im Nachbarhaus, ich habe sie dort schon öfters abends im niedrigen Tor gebückt verschwinden sehn. Eine große Dame mit lang fließendem Kleid und breitem, mit Federn geschmücktem Hut. Eiligst kam sie rauschend durch meine Tür, wie ein Arzt, der fürchtet, zu spät zum auslöschenden Kranken gekommen zu sein.[37]

Der auslöschende Kranke, das ist natürlich das erzählende Subjekt, Franz Kafka, der sich, als er am *Schloß*-Roman arbeitet, in nächster Nähe zum Tod nicht nur wähnt, sondern weiß. Die Wirtin ist das Spiegelbild seiner Lebensmüdigkeit, ganz so wie später in Thomas Bernhards Erzählung *Amras* die Mutter der beiden unglückseligen Brüder diesen »in ihrem längst aus der Mode gekommenen grauen Chiffonkleid« wie der »Ausdruck der Melancholie eines alten, von Krankheit vergrämten Geschlechts« erscheint.[38] Die Eindeutigkeit dieses Topos läßt wenig Zweifel daran, daß Ronald Gray mit seiner Interpretation der letzten Einstellung des Romans nicht irreging. Den Abschluß des Kafkaschen Fragments, das nach allem, was gesagt wurde, ein genaueres Ende kaum hätte finden können, weshalb der fragmentarische Charakter des *Schloß*-Romans sich selber transzendiert, diesen Abschluß rekapituliert Gray folgendermaßen: »Die dem Charon ähnelnde Figur des Gerstäcker hat K. bereits am Ärmel, um ihn hinwegzuführen auf seinem flachen, sitzlosen Schlitten. Auf der vorhergehenden Seite scheint ihm die Wirtin Instruktionen gegeben zu haben über den Bestimmungsort K.s. Und nun schließt die Wirtin mit der möglicherweise zweideutigen Bemerkung: ›Ich bekomme morgen ein neues Kleid, vielleicht lasse ich Dich holen!‹«[39]
Daß K. am Vorabend seines Todes angelangt ist, gilt als Trost und Erlösung nur, wenn man dieses Schicksal jenem andern gegenübersieht, das ihn hätte ereilen können: ein

ewiger »frembdling und bilgram« auf Erden zu sein, wie es das Volksbuch von Ahasver berichtet[40]. Wohl auch um diesem Los zu entgehen, hat K. das Land des Todes aus freien Stücken aufgesucht, denn, so sagte er, das Ansinnen Friedas, nach Südfrankreich oder Spanien auszuwandern, von sich weisend: »Was hätte mich denn in dieses öde Land locken können, als das Verlangen hier zu bleiben.«[41] Die Sehnsucht nach unabänderlicher Ruhe, der in der Welt K.s allein der Tod eine mögliche Erfüllung verspricht, und die Angst vor dem Nichtsterbenkönnen und einem unabsehbaren Aufenthalt in dem Niemandsland zwischen Mensch und Ding, in welchem uns der geplagte Jäger Gracchus begegnet, diese Sehnsucht und diese Angst dürfen als die Motive gelten für diese Reise K.s in »das unentdeckte Land, von des Bezirk kein Wandrer wiederkehrt«[42].

Summa Scientiae
System und Systemkritik bei Elias Canetti

> As men abound in copiousness of language,
> so they become more wise, or more mad than
> ordinary.
>
> Thomas Hobbes,
> *Leviathan*

In den Aufzeichnungen Canettis wird wiederholt beklagt, daß Geschichte vom Standpunkt der Stärkeren geschrieben werde und daß die Historiker mit der Macht sich assoziierten, insofern sie diese als Axiom, Mittel und womöglich als Ziel aller gesellschaftlichen Entwicklung stillschweigend voraussetzten. In provokativem Gegensatz zum Weltbild der professionellen Geschichtswissenschaft, welche das Prinzip der Macht für normativ und naturgemäß hält, geht es Canetti in seinem Werk um eine Pathographie von Macht und Gewalt. In Übereinstimmung mit einer Reihe exemplarischer Autoren der Moderne von Jarry und Kafka bis zu Beckett, Genet und Bernhard beschreibt er die Prozesse der Macht als die eines geschlossenen Systems, das zu seiner Aufrechterhaltung kontinuierlich des Opfers der Außenstehenden bedarf.

Macht ist für Canetti nicht eine objektive Gegebenheit, sondern ein der subjektiven Imagination entsprungener, willkürlicher Begriff, der eine Welt zweiten Grades vertritt, welche sich erst durch Ausübung von Gewalt tautologisch als Wirklichkeit setzen kann. Die strukturelle Kongruenz von Macht- und Wahnsystemen hat Canetti beispielhaft aufgezeigt am Fall des Muhammad Tughlak, Sultans von Delhi, und an dem des Senatspräsidenten Daniel Paul Schreber. Neigt die historische Wissenschaft im allgemeinen dazu, den durch Gewalt zur Geschichte gewordenen Wahnsinn zu neutralisieren und in der urteilslosen Aufzeichnung der *res gestae* den Terror der Macht einzuüben, so erkennt Canetti in dem, was mittels Gewalt Historie wird, eine gesteigerte Form von paranoischer Äußerung. Die grundsätzliche Affinität zwischen Machtpolitik und Paranoia erläutert Canetti am Fall des Dresdner Senatspräsidenten, in dessen Wahnsystem charakteristische Elemente der wilhelminischen Ideologie und die in dieser schon enthaltene Androhung von Gewalt eingegangen sind.

Schrebers System basiert auf akuter Positionsangst, einer, sozusagen, privaten Wacht am Rhein, welche präventive Maßnahmen zur Vereitlung sämtlicher im feindlichen Ausland geschmiedeten Komplotte und Konspirationen erfordert. Die präventive Strategie besteht darin, daß man die Legion der Feinde durch auffälliges Verhalten und Provokation auf sich zieht und daß der Paranoiker, wie das rings umzingelte Deutschland ein einsamer Riese, die wimmelnde Masse, die es auf seine Zerstörung abgesehen hat, dem eigenen System assimiliert. So wächst der Paranoiker in seiner Vorstellung an Umfang und Substanz und dehnt sich aus in all jene Bereiche, in denen er die Scharen der Feinde durch Einverleibung dezimiert hat. Der wilhelminische Herrschaftstraum hat in Schrebers Expansionismus, der die Dimensionen von Zeit und Raum gleichermaßen beansprucht, sein genaues Abbild. Zuletzt soll nichts übrig bleiben als der Senatspräsident oder das deutsche Wesen. Auch zahlreiche andere Bestandteile der deutschen Reichsideologie, etwa der Antikatholizismus des Kulturkampfs, eine ausgesprochene Slawenphobie und die zunehmende Virulenz des politischen Antisemitismus, spiegeln sich im Schreberschen System. Zwanghaft imaginierte Feindgruppen wandern in langen Zügen in den Kopf des Paranoikers ein, wo sie ums Leben gebracht und als tote Seelen zu Ornamenten der Macht werden, bis schließlich der ›ideale‹ Machthaber allein »auf einem riesigen Leichenfeld lebend noch steht«[1]. Diese extreme Vision markiert den Indifferenzpunkt zwischen der chaotischen Heterogenität paranoischer beziehungsweise ideologischer Systeme und ihrem radikalen Bedürfnis nach Ruhe und Ordnung. Die *Denkwürdigkeiten eines Nervenkranken* belegen so gesehen wie kaum ein anderes Werk die Kontinuität der deutschen Ideologie von dem vergleichsweise noch naiven imperialen Traum bis in die äußersten Konsequenzen faschistischer Gewalt. Der Wahn des Paranoikers und der Anspruch auf Macht leben symbiotisch mit der Ideologie der Zeit und antizipieren süchtig das Ende.[2] Canettis Essay über die architektonische Wunschwelt, die Speer für Hitler entwarf, beschreibt, wie »Baulust und Zerstörung« in der Vorstellung des Paranoikers »nebeneinander akut vorhanden und wirksam« sind.[3] Die Pläne Speers, in die das soziale Leben der Gesellschaft nirgends mit einbezogen wurde, stellen die Kulissen für eine tote Zeit; sie repräsentieren den Sieg der Ideologie, welche im monumentalen Panorama erstarrt. Die Sehnsucht nach totaler Ordnung bedarf nicht des Lebens. Vielmehr ist sie, wie Canetti in seinen Aufzeichnungen bemerkt[4], ihrem Instinkt nach mörderisch. Das Reich als Wüste und die Behausung als Grabmal, in dem der Schöpfer der Ordnung auf ewig in selbstgewählter Pose und absoluter Sicherheit ausruhen darf, erweisen sich als die obersten Leitbilder paranoischer Phantasie. So hat Hitler an den Pyramiden sich begeistert, an der steinernen Verlängerung der Herrschaft und der Irreversibilität des Todes, den der Paranoiker emotional besetzt, weil der Tod, wie auch die Schloßverwaltung Kafkas weiß, das willkürlichste und zugleich lückenloseste aller Ordnungssysteme darstellt.

Die planmäßige Einteilung der Welt in Felder des Todes durch den paranoischen Machthaber wird in bescheidenerem Maßstab fortlaufend praktiziert als die Organisation des normalen Lebens. »Die Strenge der Fachdisziplinen«[5], von der Canetti wenig hält, ahndet Grenzverletzungen und zwingt die Wirklichkeit ins System ihrer Kategorien. Was nicht paßt, wird abgeschnitten. »Nichts soll da leben, wo man es nicht erlaubt hat. Die Ordnung ist eine kleine, selbstgeschaffene Wüste.«[6] Das geht, wie wir alle wissen, hinein bis in die Psychopathologie des Alltagslebens. »Arm fühlt sich der Mensch, der kein solches Wüstenreich besitzt, wo er das Recht hat, alles blindwütig zu ersticken.«[6] Wer das System seiner Ordnung erweitern kann, wer sein Fach beherrscht, dem kommt Macht zu und Autorität. Am deutlichsten zeigt sich das an Disziplinen, die ihrer Funktion nach offen regulativen Charakter haben. Foucaults *Histoire de la Folie* gibt einen umfassenden Begriff von der Unterwerfung des Wahnsinns durchs System der offiziellen Psychiatrie, deren

Vertreter, wie Canetti bereits in der *Blendung* vermerkt, ihre Thesen mit der Hartnäckigkeit von Irren vertreten.[7]

Die kategorischen Stimmen solcher Sachwalter der Ordnung sind omnipräsent, usurpieren, wie in Canettis Roman gezeigt wird, Bewußtsein und Sprache des Normalbürgers. Therese beklagt sich: »Jetzt heißt es immer: Alles für die Kinder. Es gibt keine Strenge mehr. Frech sind die Kinder, es ist nicht zum glauben. In der Schule spielen sie immerwährend und gehen mit dem Lehrer spazieren... Wo hat's das früher gegeben? Die sollen lieber was arbeiten.«[8] Und der Hausbesorger weiß es am besten: »Das Gesindel wird rasiert! Köpfen wär' gescheiter. Sie fallen zur Last... Der Staat zahlt... Ich vertilge die Wanzen! Jetzt ist die Katze zu Haus. Die Mäuse gehören ins Loch!«[9] Die Inflexion des Befehls, die Todesdrohung ist unüberhörbar. System muß sein. Wer sich nicht anpaßt, wird von den Stimmen verfolgt, die von den Instanzen der Ordnung ausgehen. Senatspräsident Schreber gelingt es nicht, sich ihnen zu entziehen. »Woran denken Sie jetzt?« wird er gefragt. Schweigt er selbst, so antworten die Stimmen für ihn: »An die Weltordnung sollte er denken!« – »Frage und Befehl«, kommentiert Canetti die inquisitorische Taktik, »waren gleichermaßen ein Eingriff in seine persönliche Freiheit. Als Mittel der Macht sind beide wohlbekannt; als Richter hatte er (Schreber) sie selbst ausführlich gehandhabt«. – »Bei den Prüfungen Schrebers«, schreibt Canetti weiter, »ging es abwechslungsreich und erfinderisch zu... man zwang ihm Gedanken auf; man machte einen Katechismus aus seinen eigenen Sätzen und Phrasen; man kontrollierte jeden seiner Gedanken und ließ keinen unbemerkt passieren; jedes Wort wurde daraufhin geprüft, was es für ihn bedeutete. Seine Geheimnislosigkeit den Stimmen gegenüber war vollkommen. Alles wurde untersucht, alles ans Licht gebracht. Er war der Gegenstand einer Macht, der es auf Allwissenheit ankam.«[10]

Das liest sich wie eine exakte Beschreibung der Behandlung, der Handkes Kaspar unterworfen wird. Die Stimmen repräsentieren Vernunft, Ordnung, Helle und Sauberkeit, fordern fraglose Anpassung ans System. Wem sie mißlingt, der fühlt sich verfolgt und umstellt von Regeln und Verboten. »Die

Welt ist eine einzige ungeheure Jurisprudenz. Die Welt ist ein Zuchthaus!« sagt ein sogenannter Verrückter bei Bernhard.[11] Er weiß Bescheid. Das Zuchthaus ist ein panoptischer Bau. Der Wärter im Turm hat die Insassen, ohne sich selbst von seinem Platz rühren zu müssen, stets im Blickfeld seines Auges. Die patente Gefängnisarchitektur versinnbildlicht, über die Kontrollfunktion hinaus, das System der überwachten Ordnung. Nichts empfinden die Gejagten so schmerzhaft wie die unablässige Observation. »Man sieht *Augen* überall«, schreibt Canetti, »auf allen Seiten, sie interessieren sich für nichts als für einen selbst, und ihr Interesse ist überaus bedrohlich.«[12] Kafkas *Prozeß* enthält in erstaunlicher Frequenz Verben wie blicken, sehen, gesehen werden, aufsehen, ansehen, sich umsehen, beobachten, Blicke auf sich lenken, mit Blicken verfolgen und andere der Art mehr. Joseph K. weiß sich überall ausgesetzt. Das Auge Gottes hat sich vervielfacht. Das Auge des Gesetzes schickt seine Agenten durch die Straßen, und im totalitären Regime, das Kafka heraufkommen sah, wird jeder zur Überwachung der Mitbürger aufgerufen. Das System der Macht ist somit nicht nur eines der Hierarchisierung, sondern auch der Kontiguität. Es wuchert nach unten, erobert die Basis, breitet sich lateral aus, so daß es zuletzt nirgends mehr ein Entkommen gibt.

Einmal umstellt von den omnipräsenten Sachwaltern und Instanzen der Gesellschaft, verschließt sich uns auch das Reservat der Natur; sie wird fremd, zu einem Theater, zu dem man nur noch in der Utopie Zutritt hat. Auch das System der Natur ist jetzt nicht mehr das einer schönen paradigmatischen Ordnung, als das es Stifter nochmals zu restaurieren versuchte. Es ist selber schon angesteckt vom Wahnsinn der Gesellschaft, wenn dieser nicht überhaupt seinen Ursprung hat in einer Natur, in der alles nur kalt nebeneinander lebt und der reale Funktionszusammenhang darin besteht, daß ein Teil immer vom anderen gefressen wird.

Canettis Feindschaft gegenüber dem Tod entspringt seiner Verstörung vor dem Irrsinn des natürlichen Systems. »Seit ich einen menschlichen Magen gesehen habe«, notiert er,

»neun Zehntel eines menschlichen Magens, wie er keine zwei Stunden zuvor herausgeschnitten worden war, weiß ich noch weniger, wozu man ißt. Er sah genauso aus wie die Fleischstücke, die die Menschen sich in ihren Küchen abbraten, sogar die Größe war die eines gewöhnlichen Schnitzels. Wozu kommt dieses Gleiche zum Gleichen? Wozu der Umweg? Warum muß unaufhörlich Fleisch durch die Eingeweide eines anderen Fleisches gehen? Warum muß besonders dies die Bedingung unseres Lebens sein?«[13] Die Angst, die sich hier rührt, bezieht sich darauf, daß der Mensch »entsprechend der Zweckbildung in seinem eigenen biologischen Aufbau ... bestimmt ist, selbst gefressen zu werden«[14]. Diese, wie es manchem scheinen mag, pathologische Apprehension kennen wohl nur die Betroffenen, die sich in die Gejagten hineinversetzen. Die natürliche Prokreation, die Liebe, ist ihnen ein illusionärer Trost, da sie sich, wie auf dem Bild Blakes, zuträgt im Inneren eines allumfassenden, monströsen Verdauungssystems. Dem Funktionszusammenhang der Macht nicht sowohl als dem Metabolismus der Natur zu widerstehen wäre somit für Canetti die Voraussetzung für einen Fortschritt der Menschlichkeit. »Der Essende hat immer weniger Erbarmen und schließlich keines. Ein Mensch, der nicht essen müßte ... das wäre das höchste moralische Experiment.«[15] Kafka hatte bekanntermaßen ähnliche Gedanken, und wie diese, so zielen auch die utopischen Hypothesen Canettis nicht auf Reform, sondern auf Erlösung.

Es nimmt unter solchen Aspekten wenig wunder, daß Canetti nur ein geringes Vertrauen in die Leistungskraft der Kunst aufzubringen vermag. Der Egozentrismus des an seinem eigenen Bau bastelnden Künstlers ist ihm suspekt als eine Aktivität, die die Proliferation der Systeme noch befördert. Die gesamte Romankultur bildete im Verlauf der Entwicklung der bürgerlichen Gesellschaft ihren eigenen Kodex aus und erreicht zu der Zeit, da Canetti an der *Blendung* arbeitete, einen letzten Höhepunkt in den großschriftstellerischen Plänen der Brüder Mann, Brochs, Musils, Arnold Zweigs, Döblins und anderer mehr. Canetti selbst trug sich eine Zeitlang mit den umfassendsten Absichten zu einer Art exzentrischer *Comédie humaine*. Daß er nach dem Exempel der *Blendung* von der Literatur so gut wie abließ, ist gewiß auch dem von ihm ausgesprochenen Verdacht zuzuschreiben, daß das hieratische Ordnungssystem der Ästhetik dem der herrschenden Mächte korrespondiert. »Jedes Werk ist eine Vergewaltigung, durch seine bloße Masse. Man muß auch andere, reinere Mittel finden, sich auszudrücken.«[16] Was Canetti an den Produkten der Kunst und an den sogenannten schöngeistigen Werken vollends irritiert, ist, daß sie die Tendenz haben, von der Wirklichkeit sich zu entfernen. »In den Romanen stand immer dasselbe«, heißt es in der *Blendung*.[17] Die Invariabilität der Kunst ist Anzeichen der Geschlossenheit ihres Systems, das wie jenes der Macht die Angst vor der eigenen Entropie in der Imagination affirmativer oder destruktiver Abschlüsse vorausprojiziert. Der systemlogische Autismus fordert zuletzt einen Akt der Gewalt. Schon den großen Symphonien hört man in den letzten Takten die Lust am Zerschlagen an. Im zwanzigsten Jahrhundert verschreibt sich der bürgerliche Künstler dann ganz dem Mythos der Apokalypse und läßt als ein anderer Pyromane seine eigene Welt in Flammen aufgehen. Der Romancier Canetti macht davon keine Ausnahme. Daß er im weiteren das Schreiben von Romanen unterließ, bedeutet, meines Erachtens, daß er sich ihrem Systemzwang zu entziehen trachtete, weil ihm die zwischen Kreativität und zerstörerischer Vision schwankenden Aporien der Kunst nicht mehr geheuer waren.

In dem Maße, in dem sich Kunst an ihr eigenes Stereotyp hält, gebricht ihr die Fähigkeit, eine andere Welt sich vorstellen zu können, und in dem Maße, in dem sie dies verabsäumt, begegnet Canetti ihr mit Skepsis. Seine kreative Energie richtet sich spekulativ auf ein anderes Dasein, in dem die Bedingungen des Lebens völlig verschieden wären. »Es wäre hübsch, von einem gewissen Alter ab, Jahr um Jahr wieder kleiner zu werden und dieselben Stufen, die man einst mit Stolz erklomm, rückwärts zu durchlaufen.« Was wäre in einer solchen Welt nicht möglich? »Die ältesten Könige wären die kleinsten; es gäbe überhaupt nur ganz kleine Päpste; die Bischöfe würden auf Kardinäle und die Kardinäle auf den Papst herabsehen. Kein Kind mehr könnte sich wünschen, etwas Großes zu werden. Die Geschichte würde an Bedeutung durch ihr Alter verlieren; man hätte das Gefühl, daß Ereignisse vor dreihundert Jahren sich unter insektenähnlichen Geschöpfen abgespielt hätten, und die Vergangenheit hätte das Glück, endlich übersehen zu werden.«[18]

Modelle dieser Art, Welten, in denen die Menschen sich nur auf Entfernung lieben, und dergleichen Konstruktionen mehr gibt es bei Canetti immer wieder. In solchen Skizzen ist er am ehesten zu Hause. Aber er hütet sich, seine Utopien planmäßig auszuführen, weil er im Geometrismus des sich entwickelnden Systems den Irrgarten erkennt, aus dem der Autor nicht mehr entkommt. »Das Schwierigste ist, ein Loch zu finden, durch das du aus dem eigenen Werk hinausschlüpfst.«[19] Damit ihm nicht der eigene Kopf zum Gefängnis wird, versucht er im Konkreten zu bleiben. Abstraktionen enthalten die Gefahr der Hypostasierung. Darum findet er nur an heuristischen Konstruktionen Gefallen. »Ich freue mich an allen Systemen«, schreibt Canetti, »wenn sie gut überschaubar sind, wie ein Spielzeug in der Hand. Werden sie ausführlich, so machen sie mir bang. Es ist dann zu viel von der Welt an eine falsche Stelle geraten, und wie soll ich es dort wieder herausholen.«[20] Die großen Systeme verbauen die Wirklichkeit im genauen Sinn des Wortes, weshalb es Canettis erklärte Intention ist, dazuzusehen, daß das seine sich »nie ganz schließt«[21]. Wenn er also entgegen dem Gefälle der Macht und der Kunst nicht ein Ganzes will und kein Ende, sondern lieber lauter neue Anfänge, so erklärt sich das verwunderliche Phänomen, daß er seinem ausgeprägten satirischen Temperament nicht mehr Spielraum gewährte, denn auch die Negativität der satirischen Vision – an Swift, Gogol und Kraus, den mächtigsten Repräsentanten des Genres, hat Canetti das eingesehen – neigt zur Verabsolutierung. »Der Prophet, der von den furchtbarsten Dingen spricht, mag alles, nur nicht lächerlich sein. Das Gefühl der Menschen um ihn, daß er das Böse, mit dem er droht, auf seine Weise verkörpert und mit herbeiführen hilft, ist also nicht ganz unberechtigt; wenn sie ihn zu einer anderen

Voraussage *zwingen* könnten, möchte manches anders kommen.«[22]

Wie wenige hat Canetti die verhängnisvollen Prozesse unseres Jahrhunderts, den Aufstieg des Faschismus, die hypertrophische Entwicklung der Machtapparate, die Ermordung der Juden, das Ausmaß atomarer Vernichtung überdacht, und wie wenige andere Schriftsteller ist er im Lauf seiner Entwicklung zu der Einsicht gekommen, daß es mit Repräsentationen des Endes nicht getan ist. Sein Ideal ist nicht das des Propheten, sondern jenes des Lehrers, dessen Glück es ausmacht, daß, wie man in Canettis Anmerkungen zu den Gesprächen des Konfuzius nachlesen kann, das Lernen nicht endet. Bleibt der Machthaber immer an seinem Platz, so ist der Lernende stets auf der Reise. »Das Lernen muß ein Abenteuer bleiben, sonst ist es totgeboren. Was du im Augenblick lernst, soll von zufälligen Begegnungen abhängig sein und es soll sich so, von Begegnung zu Begegnung, wieder fortsetzen, ein Lernen in Verwandlungen, ein Lernen in Lust.«[23] Die zentrale Aktivität des Lernenden aber ist nicht das Schreiben, sondern das Lesen. »Lesen, bis die Wimpern vor Müdigkeit leise klingen.«[24] Das Wissen, das der Lernende bei sich sammelt, ist, solang der Prozeß des Lernens nicht sistiert wird, nicht Besitz, nicht Bildung und nicht Macht; es bleibt vorsystematisch und ist allenfalls eine Funktion des Studiums, um das es in erster Linie geht. Lernen scheint Canetti identisch mit dem Leben selbst, so wie es sein sollte. Damit steht er in einer langen jüdischen Tradition, in der der Ehrgeiz des Schriftstellers nicht auf das von ihm geschaffene Werk, sondern auf die Erhellung der Schrift geht. Die literarische Form, derer die Illuminierung sich bedient, ist die auch für Canetti bezeichnende des Exkurses, des Kommentars und des Fragments. Sie hält sich treu an die Gegenstände der Betrachtung, ohne diese zu verschlingen, wie das Schwein in der Pfandleihanstalt die Bücher. Für Canetti besteht ein entscheidender Unterschied zwischen dem Vorgang des Lesens und der Aufnahme von Wissen, das hinauswill auf Macht. Freiheit scheint ihm »die Freiheit *loszulassen,* ein Aufgeben von Macht«[25]. Die Haltung, auf die hier angespielt wird, ist die des Weisen, der den Verlockungen des Wissens, das er in sich trägt, zu widerstehen vermag. »Von Tag zu Tag begreifst du mehr, aber es widerstrebt dir zu *summieren:* so als sollte es schließlich möglich sein, an einem einzigen Tag in wenigen Sätzen alles auszudrücken, aber dann endgültig.«[26] Die wenigen Sätze, geredet zu ihrer Zeit, wären für Canetti die richtige Antwort auf den Zwang zum System, den Wahn und Macht und Kunst und Wissenschaft in einem fort einander vererben.

Wo die Dunkelheit den Strick zuzieht
Zu Thomas Bernhard

Omnes morimur. Es muß gestorben sein.
Wer es nicht glauben will, frag Wien in
Österreich darum.

Abraham a Santa Clara,
Merk's Wien

Die gegen alle Regel verstoßenden, geradezu blasphemi-
schen Äußerungen zur Geschichte und Politik, die die
Gestalten Bernhards wie Bernhard selbst immer wieder zum
Vortrag bringen, entsprechen irritierenderweise weder dem
Leitbild engagierter Kritik noch irgendeiner Vorstellung
von künstlerischer Detachiertheit. Darum erscheint die für
Bernhard so bezeichnende durchgängige Denunziation
sämtlicher gesellschaftlicher und politischer Phänomene
zunächst einfach als ein Skandal, auf den dezidiert Konser-
vative und Progressive gleichermaßen mit Empörung reagieren. Gemessen am Kontinuum aller möglichen politischen
Einstellungen kommt den Invektiven Bernhards wohl am
ehesten der Status einer in dieses Spektrum nicht einzuord-
nenden Häresie zu, die sich manifestiert als ein völlig
invariabler antipolitischer und antisozialer Affekt und zurückgeht auf die düsteren Erfahrungen, die der Autor sehr
früh schon mit der brüchigen gesellschaftlichen Institution
der Familie und der gesellschaftlichen Verfügungsgewalt
ganz allgemein gemacht hat. Bernhards autobiographische
Schriften dokumentieren das wachsende Grauen vor der
Autorität und der Macht und »den Regeln des bürgerlichen
Gesellschaftsapparats, der ein menschenverheerender Appa-
rat ist«[1]. Peter Handke, dessen éducation sentimentale der
Bernhards in diesem Punkt analog ist, lokalisiert den
Ursprung seines politischen Solipsismus gleichfalls in den
Erfahrungen der frühen Kindheit. »Seit ich mich erinnern
kann«, heißt es in dem Text *Geborgenheit unter der Schädeldecke,*
»ekle ich mich vor der Macht, und dieser Ekel ist nichts
Moralisches, er ist kreatürlich, eine Eigenschaft jeder einzel-

nen Körperzelle.«[2] Handke spricht im weiteren von der Unfähigkeit zu einer politischen Existenz, die sich für ihn aus der zunächst rein gefühlsmäßigen Aversion ergab.

In Anlehnung an diese Ätiologie läßt sich Bernhards antipolitischer Affekt verstehen als eine Art von konstitutioneller Schwäche, die späterhin vermutlich noch dadurch bestätigt wurde, daß die Unfähigkeit zu einer politischen Existenz in Österreich bekanntermaßen eine lange Tradition hat. Akut wurde die Komplexion spätestens zu dem Zeitpunkt, als die ritualisierten Machtverhältnisse des Heiligen Römischen Reiches ins komatöse Stadium eintraten und das »wimmelnde Grauen unter dem Stein der Kultur«[3] offenbar wurde. Die Werke Hofmannsthals, von Karl Kraus und Franz Kafka sind die Instanzen, in welchen sich die halbreflektierten Gefühle des Ekels vor dem Zerfall der Macht nachlesen lassen. Die widerwärtigen Gewohnheiten der Schloßbeamten, deren rein abstrakte Macht parasitär aus der konkreten Ohnmacht der Dorfbevölkerung sich speist, die Obszönität des neuen Regimes, das im *Prozeß*-Roman aus dem Kadaver einer moribunden Rechtsordnung hervorkriecht, der Käfig, in welchem Prinz Sigismund mit einem Roßknochen auf das Ungeziefer einschlägt, der Feldzug des Karl Kraus gegen die vom patriarchalischen Sittenkodex gedeckten Schweinereien, all das zeigt, wie sehr die künstlerische Sensibilität im beginnenden 20. Jahrhundert Herrschaft und Schmutz für komplementäre Verhältnisse erachtete.[4] Gemeinsam ist den genannten Autoren auch eine profunde Skepsis gegenüber den Rezepten, die der zu ihrer Zeit sich entwickelnde Sozialismus anzubieten hatte. Hofmannsthal und Kafka zumindest hielten die Inhaber der Macht für ebenso erlösungsbedürftig wie die Unterdrückten, und es ist eben dieses Modell einer symbiotischen Verquicktheit von Gewalt, Ordnung, Form und Konservativismus einerseits und von Ohnmacht, Desintegration und potentiellem Aufruhr andererseits, an das auch Thomas Bernhard anschließt.

Der 1967 erschienene Text *Verstörung,* insbesondere das Kapitel über den Fürsten und die saurausche Herrschaft, bietet dafür ein extensives Exempel. Der Fürst weist im Verlauf seines über gut hundert Seiten sich hinziehenden paranoischen Monologs darauf hin, »daß er den von seinem Vater übernommenen Besitz im Laufe von nur dreißig Jahren mehr als verdoppeln konnte«, und zwar »entgegen allen Gerüchten ... der ganzen politischen Entwicklung in Europa, der ganzen Weltentwicklung entgegen«[5]. Das feudale System, das er solchermaßen in einen »ungeheuren Land- und Forstwirtschaftsanachronismus«[6] ausgedehnt hat, steht nun aufgrund der in seinem eigenen Kopf um sich greifenden paranoischen Vision auf dem Punkt des Zusammenbruchs. Er selber weiß, daß in seinem »Gehirn aus einer wunderbaren Ordnung auf einmal ein entsetzliches Chaos geworden ist, ein entsetzliches, ohrenbetäubendes Chaos«[7]. Der Text impliziert verschiedentlich, daß die progressive Paralyse des Fürsten ihren Ausgang nimmt von dem Widerspruch zwischen der etwa der Stifterschen Vorstellung entsprechenden Idee einer aufs beste geordneten feudalen Welt und der schieren Macht, die sich aus der Akkumulation riesiger Liegenschaften ergibt. Das im Fürsten latente Bedürfnis, der Verantwortung für das Werk seines Lebens und der auch auf ihm lastenden Macht durch die Liquidierung der Hochgobernitzschen Herrschaft zu entkommen, wird von ihm in die Gestalt seines »in England schweigend studierenden Sohnes«[8] projiziert. »Mein Sohn«, sagt er, »wird Hochgobernitz, sobald er es in die Hand bekommt, vernichten.«[9] Im folgenden rekapituliert er verbatim ein langes Dokument, in welchem der Sohn sich selber Rechenschaft ablegt über die Vernichtung des väterlichen Besitzes. Der Fürst hat dieses Dokument, das in einer zukünftigen Zeit, acht Monate nach seinem eigenen Selbstmord, abgefaßt ist, in einem Traum erschaut, beruft sich aber darauf als auf einen quasi historischen Beleg für die Objektivität seiner Befürchtungen.

Aus dem Dokument geht hervor, daß der Sohn sich mit Fragen der bürgerlichen und proletarischen Revolutionen befaßt, vorab mit dem Konflikt zwischen Humanität und Terror. Zu seiner Lektüre gehören Schumpeter, Luxemburg, Morus, Zetkin, Kautsky, Babeuf und Turati. Aufgrund eines tiefliegenden Abscheus vor aller Gewalt und eines prononcierten politischen Skrupulantismus geht er mit dem Gedanken um, die anarchistische Hoffnung auf ein herrschaftsfreies Leben auf unblutigem Weg in die Praxis umzusetzen[10], um derart wenigstens *einen* begrenzten Bereich zu schaffen, in welchem es Macht schlechterdings nicht mehr gibt. »Die riesige väterliche Landwirtschaft«, schreibt der Sohn, »ist mir immer mehr als ein ins Unendliche hineinwachsender Irrtum erschienen.«[11] Konsequenterweise faßt er beim Antritt des Erbes den Entschluß, dreitausendachthundertvierzig Hektar Grund einfach stehen zu lassen. »Solange ich existiere«, schreibt er, »wird auf diesen ... Grundstücken nichts mehr getan, das nützlich sein soll.« »Nichts mehr, nichts mehr«, kommentiert der Fürst in seiner Empörung, »nichts mehr, nichts mehr.«[12]

Nun ist es, wie schon angedeutet, keineswegs so, daß dem extrem konservativen Fürsten, der alles unterhalb der Burg für kommunistisch hält, der destruktive Instinkt des Sohnes völlig fremd wäre. Vielmehr kommt dieser aus ihm selbst, ist konkordant mit seinem eigenen feudalistischen Anti-Etatismus, der jede staatliche Einmischung als letzten Endes ruinös und katastrophal bekämpft. Der Anarchismus des Sohnes ist, wie der Fürst wohl ahnt, nur eine jüngere historische Variante seiner eigenen, von der politischen Entwicklung längst überholten Einstellung. Die äußerste Ironie des Textes ergibt sich aus der Einsicht des Lesers, daß selbst die Alternative, die der Sohn dem hypertrophen Wirtschaftswesen des Vaters entgegensetzt, allenfalls eine Möglichkeit der Vergangenheit versinnbildlicht. Die Implikation hiervon ist, daß alle unsere politischen Entwürfe, wie radikal sie auch sein mögen, zu spät kommen. Die Klassiker des Anarchismus, Bakunin und Kropotkin, auf die in den Texten Bernhards häufig Bezug genommen wird, stehen nicht für eine politische Haltung, die unter den gegenwärtigen Bedingungen praktikabel wäre; vielmehr stehen sie für ein Bild der Welt, das ebenso utopisch geworden ist wie die Vorstellung eines *ordo pulcher horlogium dei.* So sind der Vater und der Sohn vereint in der Irrealität ihrer jeweiligen Ideale. Nach dem Selbstopfer des Vaters wird der Sohn in dessen Reich zurückkommen, um das Werk zu vollenden, indem er es zunichte macht. Wenn gemäß dem Schema der Trinität der Vater nicht identisch ist mit dem Sohn und der Sohn nicht mit dem Vater, so ergibt sich ihre Konjunktion bei Bernhard im gnostischen Sinn in der vom Vater auf den Sohn vererbten Schuld. »Auch meinen Sohn sehe ich, ja, auch meinen abwesenden Sohn, lieber Doktor!, insgesamt sehe ich alle als *durch mich,* und mir kommt eine ungeheuere Konstellation, eine, möglicherweise *die* Fürchterlichkeit überhaupt zu Bewußtsein: *ich bin der Vater!*«[13]

Die von diesem Bekenntnis exemplifizierte gnostische Vision läuft hinaus auf die graduelle Verdunkelung der Welt. Der Satz »Die Welt ist ein stufenweiser Abbau des Lichts«[14], den der Maler Strauch in dem Roman *Frost* ausspricht, ist das Zentralstück aller gnostischen Philosophie, die den Sinn der Heilsgeschichte nicht minder leugnet wie den säkularer Chronizität. Unter den Auspizien dieses Denkens ist das Suchen nach der Wahrheit immer schon ein Akt der Verzweiflung. Kafkas Geschichte vom forschenden Hund ist davon die Parabel. Wie dieser, so sehen der Vater und der Sohn Saurau und Bernhard, der heilige Geist, »die Fundamente unseres Lebens«, ahnen ihre Tiefe, sehen »die Arbeiter beim Bau, bei ihrem finsteren Werk« und erwarten, wie dieser, noch immer, daß auf ihre Fragen hin »alles dies beendigt, zerstört, verlassen wird«[15]. In dieser Perspektive verschwindet die Differenz zwischen ultrareaktionärem Feudalismus und sozialistisch-anarchistischem Freiheitsexperiment, weshalb auch die Frage nach Bernhards politischer Position nur sehr bedingt gestellt und beantwortet werden kann.

Am Beispiel der österreichischen Literaturtradition ließe sich aufzeigen, daß die radikale Kritik der Kultur dazu neigt, sich in der idealisierenden Vorstellung früherer Zeiten oder auch in der Vorstellung einer freien Natur ein Reservat für ihre Emotionen zu sichern. Bernhards Kulturpessimismus, der sich wie der Kafkas auf die einander überlagernden Schichten der feudalistischen, bürgerlichen, sozialistischen und gegenwärtigen Zustände gleichermaßen bezieht, erscheint nicht zuletzt deshalb so extrem, weil er entwickelt wird vor dem mit erschreckender Konsequenz fortschreitenden Zerfallsprozeß der natürlichen Welt selbst. Der trostreichen Hoffnung einer Rückkehr zur Natur wird in Bernhards Werk nirgends Raum gegeben, weil die bei Marx wie bei Stifter ausgeführte Idee einer Humanisierung der Natur durchschaut wird als das ideologische Korrelat einer Zeit, in der die Natur *de facto* nur mehr unter dem Aspekt ihrer wirksamsten Ausbeutung erschien. Der Naturbegriff, wie ihn vorab die Literatur des 19. Jahrhunderts kultivierte, ist für Bernhard eine Fiktion. Den Kommentar hierzu spricht der Anwalt Moro in dem Text *Ungenach,* der gleichfalls mit der Auflösung einer weitläufigen Hinterlassenschaft befaßt ist. »Die ganze Menschheit lebt ja«, sagt er, »schon die längste Zeit vollkommen im Exil, sie hat sich auf die genialste, weil gegen sich selber doch rücksichtsloseste Weise aus der Natur hinauskomplimentiert, hinausbugsiert ... und der Naturbegriff, sehen Sie, wie wir ihn immer noch verstehen und wie ihn die Leute, die wir anhören, wie ihn die Zeitungen, die wir aufmachen, die Bücher, Philosophien usf. immer noch auf die absurdeste Weise verstehen und anwenden und praktizieren, existiert ja überhaupt nicht mehr ... Die Natur existiert gar nicht mehr.«[16]

Die Bernhardsche Kritik des ideologischen Naturbegriffs beinhaltet, daß die Natur immer schon eine wenig erfreuliche Einrichtung gewesen sei und daß sie den Menschen nur deshalb als eine Art Paradies erscheinen konnte, weil die Gesellschaft, nach Chamforts Satz, zu den ›malheurs de la nature‹ noch ihren Zutrag geleistet hat. In Wirklichkeit, und das legen Bernhards Texte mit der hartnäckigsten Insistenz dar, ist die Natur ein noch größeres Narrenhaus als die Gesellschaft. Kann sich schon die Gesellschaft nicht von der unverdauten Zeit, von der Zeitschwere und Zeitgebundenheit und somit von der kontinuierlichen Anhäufung von Schuld befreien[17], so kann es naturgemäß die um vieles ältere Natur noch weniger. Die Stadt ist krank, aber das Land ist nicht etwa gesund, wie Rilke und allerhand fragwürdige Artisten in seinem Gefolge es dem Publikum noch vorgaukelten; gerade auf dem Land ist das Leben hinfällig, »speziell hier«, sagt der Maler Strauch, »ist alles morbid«. »Das Land (ist) verkommen, heruntergekommen, viel tiefer heruntergekommen als die Stadt!«[18] Was auf dem Land deutlich wird, ist das »systematische Absterben«[19] der Natur, ihr Kannibalismus, der unabwendbar um sich greifende Fäulnis- und Zersetzungsprozeß, von dem Bernhard fortwährend spricht. Im Fluchtpunkt dieser Entwicklung erscheint die Entropie, der endgültige Zustand, in dem es weder Form noch Hierarchie, noch irgendeine andere Art der Differenzierung mehr gibt, wo alle Phänomene des natürlichen Lebens gleichwertig werden in der Vollendung ihrer irreversiblen Degradation. Das Buch *Verstörung* enthält in der Beschreibung der grauenhaften Verhältnisse in der Fochlermühle einen Mikrokosmos dieses desolaten Weltbilds. Der Arzt, Vater des erzählenden Studenten der Montanistik, schildert, wie der Sohn berichtet,

> den Müller als einen schwerfälligen sechzigjährigen Mann, der unter der Haut *verfaule* (Bernhards Hervorhebung), immer auf einem alten Sofa liegt, nicht mehr gehen kann, seine Frau, deren Mundgeruch auf einen rasch fortschreitenden Zersetzungsprozeß ihrer Lungenflügel hindeute, habe Wasser in den Füßen. Ein alter fetter Wolfshund gehe zwischen beiden hin und her, von seinem zu ihrem Sofa und wieder zurück. Wären nicht in allen Zimmern frische Äpfel aufgeschüttet, würde man den Geruch der beiden alten Menschen und des Wolfshunds nicht aushalten. Das rechte Bein des Mühlenbesitzers faule schneller als sein linkes, er werde nicht mehr aufstehen können... Die Müllerin könne nur die kürzeste Zeit auf ihren Beinen sein, so lägen sich die beiden beinahe immer in ihrem gemeinsamen Zimmer gegenüber und befaßten sich mit ihrem Hund. Der sei, weil er nie aus dem Zimmer hinauskommt, in seiner Verstörung *gefährlich* (Bernhards Hervorhebung).[20]

Auf die ekelerregenden Begleiterscheinungen, die der Wärmetod des sich auflösenden Natursystems mit sich bringt, reagieren die denkenden Protagonisten Bernhards mit dem Bedürfnis, in der Kontraktion, in der Katalepsie und zuletzt im *rigor mortis* den Ausweg zu suchen. Der Tod des Malers Strauch durch Erfrieren versinnbildlicht diesen Befreiungsversuch. Im Einklang mit der düsteren Naturphilosophie der Romantik wird hier Solideszenz und Versteinerung als die einzige Möglichkeit der Erlösung dargestellt.

Der Erlösung vorauf aber geht eine Phase geistiger Hyperaktivität, ein unablässiges Fragen, Rätseln, Kritisieren,

Herumgehen und Perorieren, das sich leicht gleichsetzen ließe mit dem Versuch des schreibenden Subjekts, in der unermüdlichen Verfolgung der Gedanken letzten Endes Ruhe und Antwort zu finden. Diese geistige Überspanntheit bewegt sich fortwährend an der Grenze zur Paralyse. Was einem in solchem Zustand, »in der mehr und mehr philosophischen, philosophistischen Vereinsamung des Geistes, in welcher einem«, wie der Fürst Saurau erklärt, »fortwährend alles bewußt ist, wodurch das Gehirn als solches gar nicht mehr existiert«[21], klar wird, das dürfte Bernhards Begriff von der Wahrheit noch am nächsten kommen. Zu Lebzeiten freilich läßt dieser Wahrheitsbegriff sich nicht einholen. Die wissenschaftliche Studie über das Gehör, die Konrad in der fast völligen Abgeschiedenheit des Kalkwerks zu verfassen sucht, läßt sich selbst an diesem äußersten Platz nicht über die Konzeption hinausführen. Zu vieles unterbricht die absolute Stille, an der allein das wahre Gehör sich schulen könnte. Im übrigen ist der Preis für die Steigerung der Sensibilität die zunehmende Schwierigkeit der Artikulation. Wie es von Kaspar Hauser hieß, daß er im Finstern Farben zu unterscheiden und auf große Entfernung die Verwesung des Holzes zu vernehmen vermochte, so hört Konrad, auch wenn das Auge nicht die geringste Bewegung auf der Wasseroberfläche wahrnimmt, »doch die Bewegung der Wasseroberfläche, oder: die Bewegung in der Tiefe des Wassers, Geräusche von Bewegungen in der Wassertiefe«[22]. Die Verfolgung dieser Wissenschaft führt natürlich in den Bereich der Mystik, und daß Bernhard aus ihr kein Bekenntnis macht, darin liegt nicht das geringste Verdienst seines Werks. Wie Konrad, so hält er sich, ohne der Metaphysik je Einlaß zu gewähren, weiterhin an die Aufgabe, seine Studie zu vollenden. Das hat ihn schon, wie es auch bei Konrad der Fall ist, »in den Verdacht und in den Verruf absoluter Verrücktheit, ja selbst des Wahnsinns«[23] gebracht. Der Erzähler der Geschichte Konrads berichtet, daß Konrad gesagt haben soll: »Es wäre natürlich nichts leichter, als einfach wirklich wahnsinnig zu werden, aber die Studie ist mir wichtiger als der Wahnsinn.«[23]

Die angestrengte Aufrechterhaltung der Rationalität angesichts der Verlockungen des Wahnsinns ist bezeichnend für eine intellektuelle und kreative Disposition, deren Struktur das Werk Bernhards als das eines Satirikers bestimmt. Das Gefühl, daß im Grunde alles zum Lachen ist, das gerade die düstersten Passagen Bernhards dem Leser vermitteln, entsteht aus der Spannung zwischen dem Irrsinn der Welt und den Forderungen der Vernunft. So heißt es in *Verstörung,* daß »das Komische oder das lustige Element an den Menschen in ihrer Qual am anschaulichsten zum Vorschein«[24] komme. Während aber der Leser aufgrund des ihm präsentierten Materials sich nicht im Gelächter zu befreien vermag, schallt es hinter den Kulissen des Werks umso lauter. Dort nämlich führt der Autor als ein anderes Rumpelstilzchen seinen Tanz auf, welche Analogie Benjamin bekanntlich in seinem Essay über Kraus herangezogen hat, von dem er sagt, daß er wie der dämonische Zwerg nie zur Ruhe kommt, weil er gezwungen ist, in exzentrischer Reflexion den beständigsten Aufruhr zu unterhalten.[25]

Die kontinuierliche Überspanntheit des satirischen Temperaments, aus der auch Bernhard seine Energien schöpft, ist eine Konsequenz der Tatsache, daß ethischer Rigorismus und Lust an der Zerstörung nach den Regeln der Vernunft nicht auf einen gemeinsamen Nenner zu bringen sind. Im leidenschaftlichen Nachvollzug der irrwitzigsten Aspekte des gesellschaftlichen und natürlichen Lebens erneuert der Satiriker darum immer wieder die Gebundenheit an die Gegenstände seiner Aversion, eine klassische Situation des *double bind,* wie sie sich in der Ätiologie aller sogenannten Geisteskrankheiten findet.[26] Dieser Zusammenhang bringt den Satiriker nicht selten in den Ruch, eine zweifelhafte Symbiose mit den von ihm denunzierten Zuständen zu kultivieren, eine Vermutung, die sich auf Swift, Quevedo und Gogol ebenso anwenden läßt wie auf die österreichischen Exponenten der satirischen Tradition, von Heinrich von Melk, Paracelsus und Abraham a Santa Clara bis zu Nestroy, Kraus und Canetti. Das Diktum *ubi cadaver ibi acquilae* ist das Stigma aller satirischen Kritik, deren Mysterium nach Benjamin »im Verspeisen des Gegners besteht«[27]. »Der Satiriker«, schreibt Benjamin, »ist die Figur, unter welcher der Menschenfresser von der Zivilisation rezipiert wurde. Nicht ohne Pietät erinnert er sich seines Ursprungs, und darum ist der Vorschlag, Menschen zu fressen, in den eisernen Bestand seiner Anregungen übergegangen.«[27] Es ist wohl kaum von der Hand zu weisen, daß Bernhard, der mit dem scharfen Instrumentarium seiner Sprache die ungustiösesten Mahlzeiten anrichtet, dem hier anvisierten Typus zuzurechnen ist. Das moralische Dilemma, mit dem Autoren dieses Schlags umzugehen haben, hat Ausdruck gefunden in den Skrupeln des Karl Kraus, der zuletzt sich gefragt hat, ob nicht das Grauen der Zeit nur das Echo seines »blutigen Wahnsinns« sei[28]. Bernhard tendiert dazu, seine Erlösung weniger im Bekenntnis seiner Mitschuld als in einem Lachen zu suchen, mit dem er die Welt und sich selbst zum Narren hält. Vieles spricht dafür, daß diese Tendenz in seinem Werk in zunehmendem Maß explizit wird. Als Illustration hierzu mag der Text ›Enttäuschte Engländer‹ aus dem *Stimmenimitator* stehen.

> Mehrere Engländer, die auf einen Osttiroler Bergführer hereingefallen sind und mit diesem auf die Drei Zinnen gestiegen sind, waren, auf dem höchsten der drei Gipfel angelangt, über das auf diesem Gipfel von der Natur Gebotene derartig enttäuscht gewesen, daß sie den Bergführer, einen Familienvater mit drei Kindern und einer, wie es heißt, tauben Frau, kurzerhand auf dem Gipfel erschlugen. Wie ihnen aber zu Bewußtsein gekommen ist, was sie tatsächlich getan haben, stürzten sie sich nacheinander in die Tiefe. Eine Zeitung in Birmingham hatte daraufhin geschrieben, Birmingham hätte seinen hervorragendsten Zeitungsverleger, seinen außerordentlichsten Bankdirektor und seinen tüchtigsten Leichenbestatter verloren.[29]

Was in dieser Episode sich abspielt, widerspricht aller akzeptierten Norm und deutet hin auf eine verkehrte Welt, auf ein »ganz und gar karnevalistisches System«[30], wie es in *Verstörung* heißt. Michail Bachtins brillanter Essay über den Karneval und die Karnevalisierung der Literatur weist nach, daß der karnevalistische Zustand, der in den großen Städten des Mittelalters während eines guten Drittels des Kalenderjahres gewissermaßen legalisiert war, im Verlauf der bürgerlichen Epoche von der Idee einer homogenen Kultur verdrängt wurde, die die antinomische Funktion des Gelächters im Humor, in der Ironie und in anderen Formen des Lachens sublimierte.[31]

Das uniforme Schwarz der Bernhardschen Satire steht am Ausgang dieser Entwicklung. Das in ihr rumorende Lachen ist aphon und wie das der abstrakten Kreatur Odradek in Kafkas Geschichte *Die Sorge des Hausvaters* »nur ein Lachen, wie man es ohne Lungen hervorbringen kann«[32]. Das Bedürfnis, sich im Lachen einen Freiraum zu schaffen, ist somit zu einer reinen Privatangelegenheit des Autors beziehungsweise des Lesers geworden. Die entscheidende Frage ist wohl, ob dieses kompensatorische Vergnügen an den Schrecknissen der Welt und erst recht dessen Unterdrückung nicht mehr noch als die negativen Phänomene selbst auf den defizitären Haushalt der natürlichen und gesellschaftlichen Evolution verweist. Von diesem Standpunkt aus argumentiert auch die kritische Abrechnung mit der satirischen Phantasie, die George Orwell am Beispiel Swifts versucht hat, dessen einziges Ziel nach Orwell darin besteht, den Menschen daran zu erinnern, »that he is weak and ridiculous, and above all that he stinks«[33]. Bernhard, dessen Weltbild dem Swifts in fast allen Zügen entspricht, hat in einem Interview mit André Müller auf die Frage, ob er verdeutlichen könne, warum ihm Familien mit Kindern so widerlich seien und ob er tatsächlich gesagt habe, man solle allen Müttern die Ohren abschneiden, die aufschlußreiche Antwort gegeben:

Das hab' ich gesagt, weil es ein Irrtum ist, wenn die Leute glauben, sie bringen Kinder zur Welt. Das ist ja ganz billig. Die kriegen ja Erwachsene, keine Kinder. Die gebären einen schwitzenden, scheußlichen, Bauch tragenden Gastwirt oder Massenmörder, den tragen sie aus, keine Kinder. Da sagen die Leute, sie kriegen ein Bauxerl, aber in Wirklichkeit kriegen sie einen 8ojährigen Menschen, dem das Wasser überall herausrinnt, der stinkt und blind ist und hinkt und sich vor Gicht nicht mehr rühren kann, den bringen sie auf die Welt. Aber den sehen sie nicht, damit die Natur sich weiter durchsetzt und der Scheißdreck immer weitergehen kann. Aber mir ist es ja wurscht. Meine Situation kann nur die eines skurrilen ... ich möcht' nicht einmal sagen Papageis, weil das schon viel zu großartig wäre, sondern eines kleinen, aufmucksenden Vogerls sein. Das macht halt irgendein Geräusch, und dann verschwindet es wieder und ist weg. Der Wald ist groß, die Finsternis auch. Manchmal ist halt so ein Käuzchen drin, das keine Ruh' gibt. Mehr bin ich nicht. Mehr verlang' ich auch nicht zu sein.[34]

Der Vorwurf des Größenwahns, der Bernhard wiederholt gemacht wurde, wird entkräftigt durch die diminutive Rolle, die er der eigenen Schriftstellerei in den letzten Sätzen zugesteht. Der suggestiven Gewalt der Paranoia, für die alle, die aus was für Gründen immer durch die Schule des Menschenhasses gehen mußten, empfänglich sind, wird im Werk Bernhards nicht stattgegeben. Insofern extreme Formen politischer Reaktion sich fast regelmäßig in paranoischen Strukturen niederschlagen, wäre diese Selbsteinschätzung Bernhards auch ein Argument gegen jene, die wie Orwell in dem zitierten Essay dafürhalten, daß das satirische Temperament seinen politischen Ausdruck in finsterstem Reaktionärtum finde. Was dieses Urteil nicht erwägt, ist die Tatsache, daß der politische Reaktionär schon paranoische Pläne für die Zukunft entwirft, während der Satiriker im Werk der Kunst der Paranoia eben noch entgeht. Ob nun der Satiriker letzten Endes tatsächlich irre wird wie Swift oder ob er weiterhin die Kraft aufbringt, seine besondere Wissenschaft für wichtiger zu erachten als den Wahnsinn, das ist wohl weniger entscheidend als die in vieler Hinsicht erörternswerte Einsicht Orwells, »that a world view which only just passes the test of sanity is sufficient to produce a great work of art«[35].

Unterm Spiegel des Wassers
Peter Handkes Erzählung von der Angst des Tormanns

> Unter all diesen seltsamen oder wohl gar unheimlichen Dingen hing im Schiff der Kirche das unschuldige Bildnis eines toten Kindes, eines schönen, etwa fünfjährigen Knaben, der, auf einem mit Spitzen besetzten Kissen ruhend, eine weiße Wasserlilie in seiner kleinen bleichen Hand hielt. Aus dem zarten Antlitz sprach neben dem Grauen des Todes, wie hülfeflehend, noch eine letzte holde Spur des Lebens; ein unwiderstehliches Mitleid befiel mich, wenn ich vor diesem Bilde stand.
>
> Theodor Storm,
> *Aquis Submersus*

Bei der Lektüre von Krankengeschichten, die nach den Schnittmustern der Psychiatrie verfertigt wurden, nimmt es immer wieder wunder, wie wenig sie angeben können über die Phase, in der die Grenze zwischen normalem und pathologischem Verhalten überschritten wird. Gerade in diesem entscheidenden Punkt stützt sich die wissenschaftliche Fallbeschreibung zumeist auf die Angaben von recht unzuverlässigen Erzählern wie Familienmitgliedern und sonstigen Agenten gesellschaftlicher Ordnungsinstanzen. Es gehört mit zum Unglück des Patienten und wohl auch zu dem der Psychiatrie, daß diese weniger in der Anamnese in ihr Recht tritt als in der Kategorisierung der Symptome und in der Aufzeichnung der weiteren Entwicklung des Falles, wie sie unter der Einwirkung der Behandlung beziehungsweise Hospitalisierung sich vollzieht.

Peter Handkes Erzählung von den Angstzuständen des gewesenen Tormanns Bloch, ein in vieler Hinsicht klassisches Stück Literatur, legt die Frage nahe, ob nicht die Mängel der Wissenschaft wettgemacht werden können von einer Disziplin, die von Haus aus auf einen Grad der Empathie angewiesen ist, der es verstattet, die Grenzüberschreitung nicht nur zu diagnostizieren, sondern sie mit- und nachzuvollziehen. Was sich aus solchem literarischen Prozeß auch an objektiver Einsicht in die Natur der emotionalen Entfremdung ergibt, das wäre für die Psychiatrie gewiß ebenso bedenkenswert, wie es ihre eigenen Fallstudien zumindest seit dem Ausgang des vergangenen Jahrhunderts für die Literatur geworden sind. Das Zögern der Psychiatrie, den in vielem ausgesprochen produktiven Versuch einer empathetischen Beschreibung pathologischer Verhaltensweisen aufzugreifen, erklärt sich unter anderem aus der bei Döblin, Mann, Broch, Musil und selbst noch bei Bernhard nachweisbaren Tendenz, derangierte Zustände in künstlerisch überhöhter Form auszuarbeiten. Im Gegensatz aber zu einer literarischen Praxis, die der Psychiatrie aus guten Gründen suspekt erschienen sein mag, führt der Text Peter Handkes nicht in die Sackgasse pathetischer Identifikation, sondern zu einer durchaus nüchternen, geradezu unterkühlten Erschließung der spezifischen Formen schizophrener Wirklichkeitsflucht. Handke, der wie wenig andere Autoren bereit ist, über die vielberufene Sensibilität hinaus auch Intelligenz zum Einsatz zu bringen, hat mit der in Rede stehenden Erzählung ein Werk geliefert, das den Prinzipien der Wissenschaftlichkeit nicht minder verpflichtet ist und nicht minder gerecht wird als denen der Kunst.[1]

Nirgends vermittelt die Erzählung von der Flucht des Tormanns aus der Hauptstadt in die grenzländische Provinz das peinliche Gefühl, hier habe ein Autor, der selbst genau weiß, wann die nächsten Züge abgehen, die Ängste eines derangierten Subjekts usurpiert, um sie für die Zwecke literarischer Umschreibung auszuschlachten. Im Gegensatz beispielsweise zu Heinar Kipphardt, der in seinem Roman *März* und in den damit assoziierten Film- und Theaterskripten das Leben des Klosterneuburger Dichters und Anstaltspatienten Ernst Herbeck appropiierte[2] und der aufs ausführlichste zeigen kann, welche ursächlichen Strukturen der Schizophrenie zugrunde liegen, bleibt die Vorgeschichte Blochs, die Handke dem Leser gibt, ebenso spärlich wie in professionellen Krankengeschichten. Nicht mehr erfahren wir von Blochs Vorleben, als daß er früher ein bekannter

Tormann und bis zum Anfang der Geschichte als Monteur auf einer Baustelle beschäftigt war. Von seiner ehemaligen Frau ist noch hie und da die Rede und von einem Kind, das, als Bloch anläutet, »sofort mit einem eingelernten Satz zu sprechen« anfängt[3], was ihn so irritiert, daß er ohne weiteres auflegt. Andererseits kommt auch Bloch, als er zu einem späteren Zeitpunkt seine Frau noch erreicht, nicht über idiomatische Wendungen hinaus. »Er habe kalte Füße bekommen und sitze auf dem trockenen«, sagt er, und daß sie ihm werde »unter die Arme greifen« müssen.[4]

Die präfabrizierte, in sich schon verhinderte Kommunikation ist der einzige Einblick, den der Text in die frühere Existenz der privaten Person Bloch gewährt. Schließen läßt sich daraus allenfalls, daß der psychischen Desintegration meist die soziale – offen oder verdeckt – voraufgeht, nicht jedoch, wie es kommt, daß gewisse Menschen von labiler Konstitution »auf unspezifische seelische Belastungen mit einer schizophrenen Psychose« reagieren[5]. Der mangelnde Hintergrund gibt aber einen präziseren Begriff von der gegenwärtigen inneren Wirklichkeit des Betroffenen als pseudohistorische Rekonstruktion und auktoriale Allwissenheit, denn die extrem verkürzte Erinnerung an das eigene Leben ist ja durchaus charakteristisch für die kursorischen Autobiographien schizophrener Psychotiker. So schreibt etwa Ernst Herbeck unter dem Titel ›Meine Kindheit‹: »Ich wohnte in Stockerau und sprach von einer Kleinigkeit. Da flog ich raus, aus dem Haus. Meine Großmutter weinte. Da flog ich unterhalb des Sees und konnte nicht mehr weiter. Eine Dame ließ mich stehn. Untergang war mir angenehm.«[6] Die fast restlos perforierten Angaben, die der nachmalige Dichter Alexander in diesen Sätzen über sich selbst beistellt, lassen die Hypothese zu, daß die Genese der Schizophrenie nicht sowohl an dem festgemacht werden müßte, was einem widerfuhr, als an den Leerstellen des Vorlebens. Kipphardts kunstvolle Indiskretionen hingegen verlängern die rationalistische Annahme, daß die Gründe für die Desintegration der Person vermittels einer genau recherchierten und notfalls erfundenen Vorgeschichte zu erfassen seien. Daß Handke darauf verzichtet, das Privatleben seines Protagonisten vor der doch immer sehr neugierigen Leserschaft auszukramen, ist nicht das geringste Verdienst seiner Erzählung, die in ihrer Konzentration auf den verhaltenen Ausbruch einer Krise zu erkennen gibt, daß das ›Rätsel‹ der Schizophrenie wohl auch deshalb noch nicht gelöst ist, weil so selten versucht wurde darzustellen, was beim Überqueren der Grenze vor sich geht. Die in vieler Hinsicht zerdehnte, zeitlupenhafte Flucht Blochs zeigt darum aufs genaueste, wie aus einer indefiniten Panik und aus lauter ganz winzigen Katastrophen undramatisch und folgerichtig eine Daseinsform sich entwickelt, die mit den Definitionen der Normalität nicht mehr vereinbar ist.

Der Zustand der Panik, in dem Bloch eingangs der Erzählung vorgestellt wird, als er aufgrund einer äußerst subjektiven Interpretation des Blickverhaltens der Arbeiter und des Poliers die Bauhütte verläßt und auf der Straße durch sein exzentrisches Gebaren mehr zufällig als intentional ein Taxi zum Anhalten bringt, wird hervorgerufen von einer progressiven Irritation, die, wie der Text erklärt, von allem, was er nur sieht, ausgelöst wird. Das damit verbundene Bedürfnis, »möglichst wenig wahrzunehmen«[7], wird aber immer schon aufgehoben von einer Art Wahrnehmungszwang, so daß Bloch »einerseits das Durchblättern der Zeitschriften schwer ertrug, andrerseits kein Heft, bevor er es ganz durchgeblättert hatte, zur Seite legen konnte«[8]. Handke ist auf die Schwierigkeit des Beschreibens der alltäglichen Panik in seinem Journal im November 1975 bis zum März 1977 zu sprechen gekommen, darauf, wie die persönlichen Unarten in diesem Zustand einander jagen, wie man »sich in einem fort nach Stäubchen auf dem Boden bücken, sich unablässig innerlich bewegen muß«[9]. Mit einem »›Gefühl‹ der Schande und Schuld, ohne Anspruch auf Tragik« wird Panik hier assoziiert mit einem Verhalten, das einer fortwährenden diffusen Schmerzbereitschaft entspricht. Eine fast prinzipielle Ambivalenz aller Phänomene und möglichen Reaktionsweisen verstärkt das sich akkumulierende Angstpotential. Die Dinge entfernen sich vom Betrachter in eben dem Maß, in dem sie aufdringlich werden, erscheinen so fremd wie nur das, was man zuvor wiederholt schon gesehen zu haben glaubt.[10] Bemerkenswert ist auch, daß die Panik, deren beruhigtes und geordnetes Äquivalent die Routine des Alltags ausmacht, sich nur so lang manifestiert, als das von ihr betroffene Subjekt an seinen Platz, seine Wohnung oder Stadt gebunden ist. Das Labyrinth der Räume, wie es die gesellschaftliche Form städtischer Siedlung exemplifiziert, unterbindet den Fluchtinstinkt, der nach draußen, aufs Land hinaus sich richtet. Die solchermaßen aus der Koinzidenz von Fluchtbedürfnis und Fluchtverhinderung resultierende Panik, das Differential zwischen innerer Hektik und dem Fehlen jeder realen Progression, kann Bloch erst durch den Mord an der Kinokassierin überwinden.

Im Zusammenhang der Erzählung liefert dieser Mord das Motiv für eine gleichsam invertierte Kriminalgeschichte nach dem Muster der Patricia Highsmith, verwundert aber zunächst doch etwas durch seine studierte Beiläufigkeit. Offensichtlich geht es dabei nicht um die Darstellung eines Verbrechens, sondern um das Phänomen momentaner, ja fast akzidenteller Schwellenerniedrigung, was den Mord – für Bloch ein Stück Traumarbeit – als den ausweist, den jeder begeht. Wenn nun auch das grundlose Umbringen der Kassiererin im Rahmen der puren Kontingenz aller Dinge und Ereignisse, welche Blochs Panik reflektiert, keinen höheren Stellenwert hat als das Kaufen der um diese Jahreszeit besonders billigen Trauben auf dem Naschmarkt, so signalisiert doch »das Geräusch wie ein Knacken«[11], mit dem die Kassiererin im Griff Blochs ihr Leben aufgibt, daß die allgegenwärtige Bedrohung, die im Zustand der Panik subjektiv verspürt wird, objektiv aber als imaginär erscheint, nun tatsächlich geworden ist, weshalb Blochs im Anschluß an seine Tat einsetzende Flucht aus der Stadt so etwas wie Zielgerichtetheit und innere Logik aufweist. Daß diese Flucht dann nur in einen Grenzbezirk und nicht wirklich nach ›draußen‹ führt, ist vor allem deshalb signifikant, weil die Flucht des Menschen, da er keine natürlichen Feinde mehr kennt, immer nur eine Flucht vor sich selbst und anderen Repräsentanten seiner Spezies sein kann und somit von vornherein Illusionscharakter hat.

Die buchstäbliche Reflexion auf sich selbst, die in Blochs

Flucht aus einer Ausweglosigkeit in die andere zum Ausdruck kommt, zitiert, wie schon der Titel des Buchs, den Daseinsbegriff des Existentialismus, jedoch unter Ausschluß des spekulativen Pathos, das dieser Philosophie eignet. Daß Handke sich nirgends die negative Heroisierung seines Protagonisten erlaubt, ist die erste Voraussetzung für eine literarische Studie, die weniger die Metaphysik als eine konkrete Phänomenologie des Angstverhaltens sich vorgesetzt hat. Von entscheidender Bedeutung ist in diesem Zusammenhang die Genauigkeit, mit der Handke die mit dem Gebrauch der Sprache verbundenen Schwierigkeiten einsichtig macht. Blochs Krise äußert sich zunächst darin, daß die Sprache für ihn ihre Selbstverständlichkeit einbüßt, daß er mit ihr nur mehr wie mit einem als Zweitsprache erlernten Idiom umgehen kann. Seine Auffassungsgabe ist beeinträchtigt, er errät soviel, wie er versteht, denn die Ordnung der Sprache geht immer mehr über in die Geräuschkulisse der sich entfernenden Realität. Das amerikanische Ehepaar, das sich am Frühstückstisch unterhält, das Schreien und Toben der Zeichentrickfiguren, das aus dem Kino herausdringt, der griechische Gastarbeiter, der in einer Telefonzelle laut in den Hörer hineinredet, all das sind Anzeichen dafür, daß die artikulierte Wirklichkeit Bloch nur noch durch eine Art Mischraster in verstellter Form und als Irritation erreicht. Die umgekehrte Konsequenz davon ist, daß Bloch sich fragt, ob der Polizist, dem er grußweise etwas über die Straße zuruft, seine Worte nicht falsch ausgelegt habe. Der interpretative Faktor, der solchermaßen zwanghaft mit jedem Sprachaustausch verbunden wird, ist symptomatisch für die Dialektik von subjektiver Entfremdung und objektiver Fremdheit. So »scheint« es Bloch auch, daß die Verkäuferin in der Gemischtwarenhandlung, als er in ganzen Sätzen zu ihr spricht, ihn nicht versteht. »Erst als er ihr einzeln die Worte für die gewünschten Sachen vorsagte, hatte sie wieder angefangen, sich von der Stelle zu rühren.«[12]

Die Frage, wie es kommt, daß die Sprache eines auf den Subjektzentrismus zusteuernden Menschen auch bei prinzipiell richtiger semantischer und syntaktischer Artikulation vom Adressaten nicht mehr »aufgenommen« wird, gehört in die graue Zone der Psycholinguistik, die über den Zerfall der Muttersprache in eine Fremdsprache noch wenig Aufschlußreiches zu sagen weiß. Fest steht jedoch, daß demjenigen, der aufgrund eines gestörten Sozialverhaltens die längste Zeit schon zwischen Mißverständnissen laviert, auch die Sprache zu einem Bereich wird, in dem man viele Fehler machen kann. Vor dem panischen inneren Blick, der sich noch vor der Artikulation auf die intendierten Signifikatoren richtet, changiert die Physiognomie der Worte, was wiederum auf ein Eigenleben der Sprache hinzudeuten scheint, welche die Verunsicherung des sprechenden Subjekts verstärkt.

Stanislaw Lem beschreibt in einem seiner faszinierenden futurologischen Essays, daß die kommunikativen Probleme von Sprachmaschinen unter anderem darin bestehen, daß sie in ihrer Definition existierender Begriffe von der semantischen Norm abweichen und etwa »Au« als »empfindsame Wiese« oder »Schwerhörigkeit« als »finsterste Sklaverei« entziffern.[13] Die assoziativen Interferenzen, die Verständnis dort suspendieren, wo interpretatorisches Verhalten quasi redundant an dem operiert, was eigentlich selbstredend ist, erscheinen unter dem zitierten Aspekt als technische Mängel, die zu ihrer Richtigstellung ein fortwährendes Hineinlesen der Wirklichkeit in die Sprache sowie eine kontinuierliche Dechiffrierung der Wirklichkeit vermittels des Sprachschlüssels erfordern. Was aber für derartige Maschinen die routinemäßige Korrektur der eigenen Leistung ist, das wird im Falle des Menschen zum Beginn der Verzweiflung, zu einer letzten Endes zum Verstummen tendierenden Motorik des Denkens, das in der instinktiven Einsicht zum Erliegen kommt, daß der menschliche Geist zwischen dem Eindringen in eine Sache und dem Eindringen in eine Illusion eben nicht zu unterscheiden vermag, weil die Sprache – um nochmals Lem anzuführen – »nicht nur ein nützliches, sondern gleichzeitig auch ein solches Instrument (ist), das sich in seinen eigenen Fallen fängt«[14]. Wie ein auf einer Kugel dahinwanderndes Subjekt endlose Kreise ziehen kann, ohne jemals an eine Grenze zu stoßen, so »trifft auch das Denken, das eine bestimmte Richtung eingeschlagen hat, auf keinerlei

Grenzen und beginnt in Selbstspiegelungen zu kreisen. Genau dies hat im vergangenen Jahrhundert Wittgenstein geahnt« – hier ist zu erinnern, daß es in dieser Passage Lems um eine Kritik des menschlichen Sprachvermögens vom avancierten Standpunkt der Sprachmaschine GOLEM XIV geht – »als er den Verdacht hegte, daß zahlreiche Probleme der Philosophie eigentlich Verknotungen des Denkens seien, also Selbstfesselungen, Verschlingungen und gordische Knoten der Sprache, nicht aber der Welt.«[14]

Handke, dessen analytische Genauigkeit sich der österreichischen Tradition der Sprachskepsis und insbesondere Wittgenstein verpflichtet weiß, demonstriert anhand der ›pathologischen‹ Desintegration des Sprachvermögens seiner Erzählfigur, daß die Dimension der Sprache nirgends über die Wirklichkeit hinaus-, sondern immer bloß in ihr umgehen kann. Wenn darum der sprachliche Nachvollzug nichts weiter bewerkstelligt als eine Verdoppelung dessen, was der Fall ist, so ist doch, wie die folgende Passage verdeutlicht, das pathologische Sehen, das beständig alles notiert, und sei es gleich nur im Kopf, die präziseste Form der Wahrnehmung und als solche etwas, worauf wir, wie auf die literarische Transkribierung der Welt, angewiesen sind.

> Er sah zwei Bauern in der Tür eines Geschäfts einander die Hand geben; die Hände waren so trocken, daß er sie rascheln hörte. Von den Feldwegen führten Lehmspuren von Traktoren auf die Asphaltstraße hinauf. Er sah eine alte Frau, einen Finger auf den Lippen, gebeugt vor einem Schaufenster stehen. Die Parkplätze vor den Geschäften wurden leerer; die Kunden, die noch kamen, gingen durch den Hintereingang. ›Schaum‹ ›floß‹ ›die Haustorstufen‹ ›herab‹. ›Federbetten‹ ›lagen‹ ›hinter‹ ›den Fensterscheiben‹. Die schwarzen Tafeln mit den Preisaufschriften wurden zurück in die Läden getragen. ›Die Hühner‹ ›pickten‹ ›abgefallene Weintrauben‹ ›auf‹. Die Truthähne hockten schwer auf den Drahtkäfigen in den Obstgärten. Die Lehrmädchen traten aus der Tür und stützten die Hände auf die Hüftknochen. Im dunklen Geschäft stand der Kaufmann ganz still hinter der Waage. ›Auf dem Ladentisch‹ ›lagen‹ ›Germbrocken‹.[15]

Der mitschreibende Blick, der an der Wirklichkeit und an jedem ihrer Bestandteile das zu verifizieren sucht, was die

Sprache ihm zu wissen erlaubt, führt, wie die zitierten Sätze ohne weiteres zeigen, zu einer Art beschwörerischer Rekapitulation. Das tautologische Verhältnis von Sprache und Realität, dessen der in sich Redende so inne wird, verrät, daß der Mensch an den ihn umgebenden Dingen nicht mehr besitzt als das Echo seiner eigenen Fiktionen.

Vom Grad der Einsicht in dieses Dilemma hängt es vielleicht ab, ob der Diskurs mit sich selbst in autistisches Murmeln abklingt oder übergeht in die Metafiktion eines literarischen Textes. Daß es aber keine genaue Grenzlinie zwischen diesen Alternativen gibt, das hat wiederum Stanislaw Lem am Beispiel der von ihm antizipierten Sprachmaschinen veranschaulicht. »Die Übergänge von ›unvernünftigen‹, ›rein formal arbeitenden‹, ›schwatzenden‹ Maschinen zu ›vernünftigen‹, ›Einsicht beweisenden‹, ›sprechenden‹ sind nämlich fließend«[16], heißt es in seinem Vorwort zu der imaginären, im Jahre 2009 von den Presses Universitaires in Paris veröffentlichten fünfbändigen Geschichte der Bitischen Literatur, und er beschreibt im weiteren, daß es sich schon vor zirka dreißig Jahren, also gegen Ende der achtziger Jahre, beginnend mit der 15. Binastie der Sprachcomputer, als technische Notwendigkeit erwiesen habe, den Maschinen Erholungsperioden zu gewähren, in denen sie »mangels konkreter Programmdirektiven« in ein spezifisches »Lallen« verfallen durften, für das sich bald schon die Bezeichnung »Maschinenträume« einbürgerte. Die nichtsemantischen ›bits‹ der in diesen Träumen enthaltenen Information »sollten mit dieser Methode ›des Mischens‹ die teilweise eingebüßte Leistungsfähigkeit«[17] der Maschinen regenerieren helfen. Die Erkenntnis, daß dem autistischen Monolog im kreativen Haushalt der Maschinen eine positive Funktion zukommt, ja daß er die entscheidende Voraussetzung bildete für authentische literarische Eigenleistungen der Maschinen, reflektiert hier in der Form einer weitausholenden Konjektur das immer noch nicht zureichend geklärte Verhältnis zwischen pathologischer Apperzeption und künstlerischer Gestaltung. Handkes ebenso nüchterne wie empathetische Beschreibung des progressiven Derangements des Tormanns Bloch gibt uns zu verstehen, daß die Vorenthaltung der auch für Sprachmaschinen lebensnotwendigen Phasen entspannender Produktivität ein zentraler Faktor in der Ätiologie geistiger Entfremdung ist, und demonstriert, daß das Sprachvermögen der Literatur sich wachhält allein am Bewußtsein der Gefahr des Sprachverlusts.

Die Symptomatologie der Entfremdung, die Handke in seiner Geschichte von der Angst des Tormanns entwickelt, befaßt sich, über die Unzuverlässigkeit der in der Sprache reflektierten Wirklichkeit hinaus, vor allem mit der sensorischen Erfahrung eines vom sozialen Zusammenhang abgeschnittenen Daseins. Die Resonanz des leeren Raums, in dem das vereinzelte Individuum sich ausgesetzt wähnt, amplifiziert noch die von einer aufs äußerste gesteigerten Sensibilität registrierten Geräusche. Blochs Gehör ist so empfindlich, »daß eine Zeitlang nebenan die Karten nicht auf den Tisch fielen, sondern geknallt wurden, und an der Theke der Schwamm nicht ins Spülbecken fiel, sondern klatschte; und das Kind der Pächterin, mit Holzpantoffeln an den nackten Füßen, ging nicht durch das Gastzimmer, sondern klapperte durch das Gastzimmer, der Wein rann nicht, sondern gluckste in die Gläser, und die Musicbox spielte nicht, sondern dröhnte«[18]. Das Phänomen der Halluzination, das ja dem Normalverständnis das unbegreiflichste Symptom pathologischer Zustände scheint, wird verständlich aus den disproportionierten Reaktionen extremer Sensibilität. Als Bloch die von ihm geschriebenen Postkarten in den Briefkasten wirft, hallt es darin, obschon der Briefkasten, wie der folgende Satz versichert, so klein ist, daß es darin gar nicht ›hallen‹ konnte.[19] Das nachgestellte vernunftmäßige Korrektiv verschlägt jedoch nichts mehr gegen die Aktualität halluzinatorischer Erfahrung, die sich für Bloch auch in einer verzerrten Vision des Raums manifestiert. »Die Matratze, auf der er lag, war eingesunken, die Schränke und Kommoden standen weit weg an den Wänden, die Decke über ihm war unerträglich hoch.«[20] Dem exzentrisch gewordenen Raum entspricht eine zerdehnte Zeit, die im langsamen Rhythmus der fast schon südländischen österreichischen Provinz ihr Abbild hat. Die Burschen an der Theke, »die jedesmal, wenn sie lachten, einen Schritt zurücktraten« und immer »starr wurden, kurz bevor sie alle vor Lachen aufschrien«[21], und der Gendarm auf dem Moped, der, nachdem Bloch ihn schon im Kurvenspiegel gesehen hatte, wirklich in der Kurve erschien, »aufrecht auf dem Fahrzeug sitzend, mit weißen Handschuhen, die eine Hand auf der Lenkstange, die andere auf dem Bauch«[22], gehören zum Personal eines vom Ausgehen der Zeit bestimmten Universums, dessen Chronometer das Rübenblatt ist, das in den Speichen des Mopeds des Gendarmen flattert. Die Dislokationen von Raum und Zeit unterwandern schließlich auch die Vorstellung, die Bloch von seinem eigenen Körper hat. Als er, kaum daß er eingeschlafen war, wieder aufwachte, kam es ihm im ersten Moment vor,

als sei er aus sich selber herausgefallen. Er bemerkte, wie er in einem Bett lag. Nicht transportfähig! dachte Bloch. Ein Auswuchs! Er nahm sich selber wahr, als sei er plötzlich ausgeartet. Er traf nicht mehr zu; war, mochte er auch noch so still liegen, ein einziges Getue und Gewürge; so überdeutlich und grell lag er da, daß er auf kein einziges Bild ausweichen konnte, mit dem er vergleichbar wäre. Er war, wie er da war, etwas Geiles, Obszönes, Unangebrachtes, durch und durch Anstoßerregendes; verscharren! dachte Bloch, verbieten, entfernen! Er glaubte sich selber unangenehm zu betasten, merkte dann aber, daß nur sein Bewußtsein von sich so heftig war, daß er es als Tastsinn auf der ganzen Körperoberfläche spürte; als ob das Bewußtsein, als ob die Gedanken handgreiflich, ausfällig, tätlich gegen ihn selber geworden seien. Wehrlos, abwehrunfähig lag er da; ekelhaft das Innere nach außen gestülpt; nicht fremd, nur widerlich anders. Es war ein Ruck gewesen, und mit einem Ruck war er unnatürlich geworden, war er aus dem Zusammenhang gerissen worden.[23]

Die negative Transsubstantiation, die sich an Bloch hier vollzieht, die Erfahrung der Ekelhaftigkeit der eigenen Person, die dann auch für andere ›unberührbar‹ wird, erinnert unmittelbar an die Verwandlung des Gregor Samsa, in der gleichfalls die Flucht in eine Form transhumaner Existenz zur Anschauung gebracht wird. Der Ekel, ein zentrales Merkmal des von der Existentialphilosophie von Nietzsche bis Sartre entworfenen Menschenbildes, bezeichnet den Punkt, an dem das Subjekt die Sicherungen der Zivilisation verliert und sich konfrontiert sieht mit dem

Syndrom seiner eigenen Wildheit, zu dem sensorische Überempfindlichkeit, Jähzorn als eine plötzliche, explosive Motorik, Schreckhaftigkeit und Scheu zu rechnen sind.[24] Rudolf Bilz hat darauf verwiesen, daß Angst, »auch die Angst des modernsten Menschen, immer nur in archaischen Bahnen verlaufen (kann)«[25] und daß Schizophrenie dementsprechend zu verstehen sei als ein Ausgeliefertsein an eine paläoanthropologische Erlebnisbereitschaft. Dem ›wilden‹ Verhalten, das sich als ein Anachronismus gegen die erlernten Reaktionen des zivilisatorischen Daseins durchsetzt, ist, wie Bilz notiert, »auch eine entsprechend anachronistisch anmutende Art der Raumbewältigung zugeordnet«[26]. Blochs anscheinend planloses Durchqueren der Landschaft entsteht aus dem Bedürfnis einer Sicherung des Terrains ebenso wie aus dem Instinkt der Feindvermeidung. Die nachstehende Passage illustriert, wie diese gleichsam biologischen Notwendigkeiten als die generativen Elemente einer paranoischen Einstellung fungieren, in der alles Verhalten auf Verdachtsmomente abgestimmt ist.

> Es war unmöglich, in das Zollwachzimmer hineinzuschauen, obwohl das Fenster offen war; der Raum war von außen zu finster. Aber von innen mußte man Bloch gesehen haben; er merkte es daran, daß er selber den Atem anhielt, als er vorbeiging. War es möglich, daß sich niemand in dem Raum befand, obwohl das Fenster weit geöffnet war? Warum ›obwohl‹? War es möglich, daß sich niemand in dem Raum befand, weil das Fenster weit geöffnet war? Bloch schaute zurück: sogar eine Bierflasche hatte man vom Fensterbrett entfernt, um ihm nachschauen zu können. Er hörte ein Geräusch, wie wenn eine Flasche unter ein Sofa rollte. Andrerseits war nicht zu erwarten, daß in dem Zollwachzimmer ein Sofa stand. Erst weiter weg wurde ihm klar, daß man in dem Raum ein Radio eingeschaltet hatte. Bloch ging in dem Bogen, den die Straße machte, zum Ort zurück. Einmal fing er erleichtert zu laufen an, so übersichtlich und einfach führte die Straße in den Ort hinein.[27]

Blochs Reaktionen sind einerseits ein Beispiel dafür, wie es im Prozeß der Entfremdung, vom Standpunkt der unparanoischen Gesundheit aus gesehen, zu pathologischen Ausschlägen kommt, andererseits erweisen sie sich, versteht man

Paranoia als ein artgeschichtlich älteres Verhaltensmuster, das an den Erfordernissen einer von Flucht und Jagd determinierten Welt sich bildete, als durchaus folgerichtig, vor allem, wenn man bedenkt, daß Bloch sich ja tatsächlich auf der Suche nach einem Ausweg beziehungsweise nach einem sicheren Ort befindet. Das Motiv der Jagd, das im Text früh schon über das Bild des kreisenden Habichts eingebracht wird, ist darum auch eine der durchgängigen Bedeutungsebenen der Erzählung. Bloch fällt es in diesem Zusammenhang auf, »daß er nicht das Flattern und Herabstoßen des Vogels beobachtet hatte, sondern die Stelle im Feld, auf die der Vogel wohl herabstoßen würde«[28], was zu bedeuten scheint, daß er mit dem unsichtbaren Opfer und nicht mit dem Angreifer sich identisch weiß. Das Revers davon ist die Lektion, die der Zollwachbeamte ihm in Sachen der für seinen Beruf unerläßlichen Technik der Wachsamkeit gibt.

> Wenn man sich gegenübersteht . . . , ist es wichtig, dem andern in die Augen zu sehen. Bevor er losläuft, deuten die Augen die Richtung an, in die er laufen wird. Zur gleichen Zeit muß man aber auch seine Beine beobachten. Auf welchem Bein steht er? In die Richtung, in die das Standbein zeigt, wird er dann davonlaufen wollen. Will der andere einen aber täuschen und nicht in diese Richtung laufen, so wird er, gerade bevor er losläuft, das Standbein wechseln müssen und dabei so viel Zeit verlieren, daß man sich inzwischen auf ihn stürzen kann.[29]

Die pointierte und zugleich omnisektorielle Aufmerksamkeit, von der der Zollwachbeamte hier spricht, ist das genaue Pendant zu der Lage, in der Bloch sich befindet. Bloch ist der von Blicken Kontrollierte und vermag der damit potentiell schon vollzogenen Arretierung umso weniger zu entkommen, als diese in seinem Tormannberuf schon vorgeprägt ist. Erscheinen die Spieler im Feld als relativ freie Agenten, so ließe die im Text vielfach signifikante Figur des Torwarts sich deuten als eine Analogie des von der Verhaltensforschung entwickelten Begriffs des Subjektzentrismus, der besagt, daß alles, »was sich ringsherum ereignet, von dem Subjekt erlebt (wird), als ob es auf es, auf das Subjekt, bezogen sei . . . Man sitzt oder steht da, als wäre man mit

Antennen gespickt, die in den Erlebnis-Kreis hineinragen ...
Das Subjekt ist im Brennpunkt des dreidimensionalen
Raums, der ihm zum Erlebnis-Raum wird«.[30] Der Tormann
ist in eben diesem Sinn an seinen Ort gebunden, und das
ganze Spiel bezieht sich ausschließlich darauf, ihn, in dem
knappen Raum, der ihm zur Verfügung steht, zu einer
›falschen Bewegung‹ zu verleiten. Die pathologische Steigerung solcher Erfahrung, in der alles unablässig auf das
Subjekt eindringt, bestimmt die Befindlichkeit der Psychose,
das Gefühl, »beobachtet zu werden, während man die
Beobachter nicht wahrnehmen kann«[31]. Da Bloch nun,
anders als in dem gewohnten Spiel, die feindliche Horde
nicht mehr auf sich zukommen sieht, bleibt ihm nur noch
das panische Schauen in eine Umwelt, die jetzt in ihrer
Gesamtheit als feindbesetzt erscheint. Unter diesem Blick
verwandelt sich Natur in eine Serie von Stilleben, in denen
alles auf die unerträglichste Weise voneinander abge-
grenzt ist. »Bloch betrachtete durch die Tür die Apfel-
schalen, die drinnen auf dem Küchentisch lagen. Unter dem
Tisch stand eine Schüssel, die mit Äpfeln angehäuft war; ein
paar Äpfel waren heruntergerollt und lagen hier und dort auf
dem Boden. An einem Nagel im Türrahmen hing eine
Arbeitshose.«[32]
Die photographischen Aufnahmen, die das unter der Bedrohung seiner Existenz sich wissende Subjekt in einem fort von
den Gegenständen und Vorgängen in seinem Umfeld zu machen gezwungen ist, haben, abgesehen von ihrer besonderen
Sicherungsfunktion für das verstörte Individuum, noch die
weitläufigere Bedeutung, daß auch die künstlerische Verzeichnung der Wirklichkeit ›Leben‹ immer nur als tote Natur
in die Zweidimensionalität des Bildes oder Textes übertragen
kann. Dieses Verfahren der Verkürzung, in welchem das
Leben unweigerlich ums Leben, nie aber das Tote zum
Leben gebracht wird, ist schon in der Literatur des 19. Jahrhunderts verschiedentlich thematisiert worden. Poes Erzählung *The Oval Portrait* untersucht das Verhältnis von
künstlerischer Imago und lebendiger Wirklichkeit ebenso
wie Storms Novelle *Aquis Submersus*. In beiden Fällen ist das
den Betrachter zutiefst berührende scheinbare Leben des

Abbilds verbunden mit dem Sterben der zur Darstellung gebrachten Gestalt.

Die im vorhergehenden schon beinhaltete Vermutung, daß es Handke in der Repräsentation pathologischer Weltsicht in letzter Instanz auch um eine skrupulantische Erforschung seines ›schuldbeladenen‹ Künstlergewissens und seiner eigenen Entfernung vom ›normalen‹ Leben ging, bestätigt sich in seiner Erzählung noch in anderer Hinsicht. Wenn der Text überhaupt eine Identifizierung von Erzähler und Erzählfigur verstattet, so auf der Linie, auf der die Geschichte Blochs mit der des abhanden gekommenen Schülers konvergiert. Der armselige Schüler, der abwechselnd als sprechbehindert und als stumm bezeichnet wird, wird erst dann aufgefunden, als auch die Zeit für Bloch beinahe abgelaufen ist, woraus die Parallelität der beiden Schicksale sich ablesen läßt. Im Gegensatz freilich zu Bloch, der, als »er unter sich im Wasser die Leiche eines Kindes«[33] erblickt, sich abkehrt und auf die Landstraße zurückgeht, ohne den Zusammenhang in sein Bewußtsein aufzunehmen, transferiert der Erzähler seine mit größter Strenge unter Kontrolle gehaltenen Emotionen auf das Bild des Schulknaben, in dem die Pathogenese seines Protagonisten und die seiner selbst beschlossen liegt. Bloch wird am Ende seiner Flucht eingeholt von der unwirklichen Replika, die von seiner Person nach den Angaben anderer Leute zu steckbrieflichen Zwecken gemacht wurde, ist aber nicht imstande, das Erscheinen dieses verschrobenen Porträts in der Zeitung in eins zu sehen mit dem frühen Tod des Schülers. Der Satz »Von dem Kind gab es in der Zeitung nur ein Klassenfoto, weil es nie allein fotografiert worden war«[34] gehört dem Erzähler. In ihm artikuliert sich die Einsicht, daß die pathologische Entwicklung des Tormanns Bloch zurückgeht auf prämorbide Behinderungen gesellschaftlicher Natur und daß die eigene Kunst nur insofern über die Krankheit hinausführt, als sie dem Autor selber, und seinem Leser, das Verständnis der Trostlosigkeiten solcher Zusammenhänge eröffnet.

Die Geschichte einer Entfremdung, die Handkes Erzählung vorführt, ist zuletzt identisch mit Blochs wortloser und des Autors artikulierter Suche nach der Zerstörung ihrer jeweiligen Kindheit. Blochs ephemerer Ruhm als Torwart, der ihm eine Zeitlang über die Schwierigkeit der Erinnerung hinausgeholfen haben mochte, wäre dann eine Paraphrase des schriftstellerischen Ruhms Peter Handkes. Der arme Schüler aber, der hinter beiden steht, ist die Chiffre eines Bewußtseins, das, wie Handke in seinem Journal anmerkte, sich mit dem Gedanken befassen muß, »einer unteren Schicht anzugehören, ein unstatthafter Emporkömmling aus gar keinem Milieu zu sein«[35]. Die Pathographie der Erzählfigur und die Biographie des Erzählers treffen sich so in dem angesichts der gesellschaftlichen Normalität illegitimen Dasein von Krankheit und Kunst, die auf verschiedene Weise an das erinnern, was in den Kindern zugrunde gerichtet wird.

Eine kleine Traverse
Das poetische Werk Ernst Herbecks

Kunst heißt, das Leben mit Präzision ver-
fehlen.

Nicolas Born

In Grönland wird der 1. Mai im Iglu gefeiert.

Ernst Herbeck

Die in den letzten zwanzig Jahren entstandenen poetischen
Texte Ernst Herbecks, der unter dem von ihm selbst
gewählten Pseudonym Alexander bekannt geworden ist und
die längste Zeit seines Lebens in der niederösterreichischen
Landesanstalt für Psychiatrie in Klosterneuburg verbracht
hat[1], sind geprägt von einer den Leser unmittelbar betreffen-
den Einbildungskraft und von Symptomen des Sprachzer-
falls. Aufgrund dieser Konstitution erweisen sich die Texte
Alexanders als ein für den Interpreten recht unwegsames
Terrain, was wiederum leicht dazu führt, daß man das der
nachvollziehenden Phantasie Zugängliche von vornherein
höher bewertet als die rätselhafte Zeichensprache inkohären-
ter Äußerungen. Eine solchermaßen bedingte Rekonstruktion der ›Bedeutung‹ der Texte Alexanders ist aber nur dann
legitim, wenn sie in dem Bewußtsein verfährt, daß ihre
Erklärungen nicht minder defekt sind als die lyrischen
Exkursionen, mit denen sie sich befaßt, denn dem Mangel an
Klarheit in der Vorlage entspricht ja nicht die Luzidität des
psychologischen oder interpretatorischen Systems, sondern
der auch in diesem fortwirkende Mangel an Verständnis, in
dem die Krankheit des Autors eine ihrer Ursachen hat. Aus
Respekt vor der eigenen Logik unterschlägt die wissenschaftliche Explikation gern das, was ihr Konzept stört, eine
Tendenz, der im Fall Alexanders umso leichter nachgegeben
wird, als weder er noch seine Arbeit der schriftstellerischen
Norm entspricht. Demgegenüber muß erinnert werden, daß
auch die kanonisierte Literatur – beispielsweise das Werk
Kafkas – ›blinde Stellen‹ enthält, die dem Interpreten den

Begriff verschlagen. Die Einsicht in die eigene Unzulänglichkeit, die sich hieraus ergeben müßte, wäre wohl der adäquateste Ausgangspunkt für eine Studie zu der zustandsgebundenen Kunst Alexanders.

Ferner ist festzuhalten, daß die eine extreme Sensibilität dokumentierende poetische Kombinationsgabe Alexanders, die in Zeilen wie »Der Rabe führt die Frommen an« oder »Die Treue ist des Hundes Rast«[2] zu staunenswerten empathetischen Aussagen kommt, demselben Vorgang sich verdankt, der auch die Desintegration der Sprache auslöst. Führt ein hoher Grad an psychotischer Erregung zum Sprachzerfall, so ist dieser Zustand in gemäßigterer Form die Voraussetzung für die Synthese von Bildern, die unsere Spracherwartung in positivem Sinn übertreffen. Es ist das persönliche Unglück Alexanders, daß er das fürs Schreiben notwendige innere Equilibrium nicht so unter Kontrolle hat, wie es für eine gleichmäßigere, aus eigenem Antrieb entstehende literarische Produktion erforderlich wäre. Abgesehen davon jedoch differiert seine zustandsgebundene Kunst nicht prinzipiell von der Lyrik regulärer Dichter, deren Produktivität gleichfalls an einen ganz spezifischen Erregungszustand gebunden ist. Es soll darum hier versucht werden, die Texte Alexanders auch in ihrer Ungereimtheit als die Äußerungen eines eigentlich normalen Menschen zu verstehen, was einen bewußten Abstand impliziert zu der immer noch vorherrschenden Haltung, die am Exzentrischen sich ergötzt auf Kosten dessen, der daran leidet.[3] »Es bringt uns nämlich nicht weiter«, schreibt Benjamin in seinem Essay über den Surrealismus, »wenn wir die rätselhafte Seite am Rätselhaften pathetisch oder fanatisch unterstreichen; vielmehr durchdringen wir das Geheimnis nur in dem Grade, als wir es im Alltäglichen wiederfinden.«[4]

Was den Texten Alexanders häufig abgeht, ist nicht die für die Lyrik primär charakteristische Fähigkeit, die Dinge in einem neuen Licht zu sehen, sondern das sekundäre System der Diskursivität, das es uns ermöglicht, die Dichter noch zu den unsrigen zu rechnen. Die Technik der Be-schreibung und der Fortschritt von dieser zur Reflexion, eine Form der Erkenntnis, wie sie bezeichnenderweise die Aufsatzlehre im

Schulbetrieb kultiviert, ist die Grundlage des gesellschaftlichen Diskurses, nicht aber die der poetischen Phantasie. Als
ein nachgeordnetes Phänomen ist Diskursivität in der Lyrik
keineswegs unabdingbar, und wenn es den Gedichten
Alexanders an ihr gebricht, so verweist das allenfalls auf ein
soziales, nicht auf ein ästhetisches Defizit. Unterm Aspekt
der Kunst erscheint der Gegensatz zur Diskursivität, die
Desintegriertheit, nicht als symptomatisch; sie ist vielmehr
konstitutiv und ein »Gebiet intensivster Lebendigkeit«[5].
Nicht nur ästhetisch, sondern auch psychologisch gesehen
wirkt die sprachliche Unordnung als Reservoir regenerativer
Energien. Freud hielt dafür, daß die libidinöse Besetzung der
Wortvorstellung, die gerade in der Vereinzelung der Worte
sich manifestiert, auf die Rekonstruktion der verlorenen
emotionalen Beziehungen zu den Objekten hinauswill. »Die
Besetzung der Wortvorstellung gehört nicht zum Verdrän-
gungsakt, sondern stellt den ersten der Herstellungs- und
Heilungsversuche dar, welche das klinische Bild der Schi-
zophrenie so auffällig beherrschen.«[6] Die Symptome der
Desintegration sind also, wenigstens potentiell, der Ansatz
zu einer neuen Verbindung zwischen Gefühl, Wort und
bezeichnetem Gegenstand. Die Versammlung von Allerlei-
rauh erfolgt in der unterschwelligen Absicht, vermittels eines
Verfahrens der Verdichtung und Verschiebung von den
Wörtern zu den Dingen zurückzugelangen. Aussagen wie
»Der Regen ist die Traufe zur Natur« oder »Die Dame ohne
Unterleib ist die Liebe in Berlin«[7], die trotz ihrer defizienten
Logik von beträchtlicher Suggestionskraft sind, ergeben sich
aus solchen Anknüpfungsversuchen.
Nach Piagets Erklärungen zum Symbolismus stellen Verdichtung und Verschiebung der Signifikanten »funktionelle
Äquivalente für die Generalisierung und die Abstraktion dar
– d. h. für die Prozesse des logischen und begrifflichen
Denkens«.[8] Piaget sieht im unbewußten Symboldenken, das
man sehr wohl auch mit dem Begriff der *pensée sauvage*
bezeichnen könnte, »eine Ausweitung des normalen Denkens«.[9] Daraus ergibt sich, daß sich von der Position des
logischen Denkens aus keine pejorativen Rückschlüsse auf
die Legitimität symbolischer Konstruktionen ziehen lassen.

Dem symbolischen Denken ist das utilitaristische Konzept der Sprache fremd beziehungsweise abhanden gekommen; in seiner Absicht liegt nicht eine endgültige Be-schreibung der Wirklichkeit, sondern die sich immer weiter fortsetzende Auseinandersetzung mit ihr. Herbecks Texte veranschaulichen noch in ihrer fertiggestellten Form den Unterschied zwischen dem experimentellen Akt des Schreibens und der Bedeutung des literarischen Werks. Das literarische Werk bezieht sich in erster Linie aufs Publikum und leistet somit für den Autor nicht mehr das, was das Schreiben für ihn brachte. Das Schreiben ist notwendig, nicht die Literatur. Je mehr ein Autor auf das Schreiben angewiesen ist, desto weniger interessiert er sich für sein Werk. Herbeck, der, wie Leo Navratil mitteilt[10], seine Schriften nicht selber aufbewahrt, nicht korrigiert und nicht bewertet, ist auf das Schreiben in weit höherem Maße angewiesen als andere Autoren, auch wenn er dazu immer erst veranlaßt werden muß. Schreibend durchquert er sein zerstörtes Leben, macht es nachvollziehbar gerade aufgrund der getreulichen Verzeichnung akzidenteller Interferenzen im Schriftbild. Diese Interferenzen, die häufig als ungereimte Einwürfe und willkürliche Interpunktion sich niederschlagen, sind das objektive Korrelat des zäsurierten Lebenszusammenhangs des Ernst Herbeck, und als solches bilden sie für den Autor Alexander im Augenblick der Niederschrift bedeutungsvolle Markierungen seiner persönlichen Notlage. Gerade in ihrer Offenheit gegenüber anscheinend sinnlosen Interjektionen erinnern seine Gedichte daran, daß die Idee prästabilierter Harmonie nur am Schein des vollendeten Werks einen Zeugen hat und daß die Dissoziation des Sinns für authentische Kreativität ebenso wichtig ist wie seine Konstruktion.

Dem an sprachliche Ordnung gewöhnten Leser geht die positive Funktion der Dissoziierung freilich erst auf, wenn aus den Interferenzen und katachretischen Verschiebungen Bilder entstehen, in denen das diskordante Material zu Konstellationen zusammentritt, die trotz ihres zwanghaft verkehrten Ansehens seiner eigenen Phantasie annähernd entsprechen. Die an den Texten Herbecks ablesbare Möglichkeit eines Übergangs von diskordanten in konkordante

Vorstellungen widerlegt die These vom Gegensatz zwischen Sinn und Unsinn und spricht dafür, daß es zwischen diesen beiden Polen sehr viel mehr unterirdische Verbindungen gibt, als unsere Schulweisheit sich träumen läßt.

Der einzige Unterschied zwischen der Sprache Herbecks und der der sanktionierten Literatur besteht darin, daß Herbeck das propädeutische Stadium des kreativen Prozesses, die Dissoziation als Medium für die Erfindung neuer Strukturen, mit in seinen Ausdruck einbezieht. Gerade dieser Aspekt seiner Texte macht aber deutlich, wie das ›poetische Bild‹ entsteht. Die traditionellen Erklärungsversuche hierfür, die sich entweder an das Konzept irrationaler Inspiration oder an das rationaler Montage halten, sind unzureichende Hypothesen geblieben. Konrad Lorenz hat darauf verwiesen[11], daß auch im Bereich der Naturgeschichte die Entstehung neuer Phänomene nie richtig auf den Begriff gebracht wurde, daß Bezeichnungen wie Schöpfung oder Emergenz sprachlogisch falsche Vorstellungen erwecken von dem, was tatsächlich vor sich geht. Lorenz beschreibt den Prozeß, in dem zwei voneinander unabhängige Systeme in einer Art von Kurzschluß unversehens zu einer neuen Verbindung zusammentreten, mit dem Ausdruck Fulguration. Eben dieser für jede Genese charakteristische Vorgang, dessen Beförderung bis zu einem gewissen Grad von der frei-schwebenden Verfügbarkeit der potentiellen Komponenten abhängt und der deshalb an der geordneten Literatur nur selten ablesbar ist, bestimmt im Erscheinungsbild der Texte Herbecks auch noch den Vordergrund der Aussage. Sätze wie »Es geht bergup in jenes Tal« oder »Von hier in die Waldheimat Peter Roseggers in den Weltkrieg«[12] zeigen an, wie man auf ›falschen‹ Wegen in die Nähe richtiger Einsicht gelangt.

Der Akt der Kreativität wird von der Kunst, und von der Wortkunst im besonderen, weitgehend manipuliert. Das reicht von der Herstellung eines der Inspiration zuträglichen Ambientes bis zur korrektiven Eliminierung unproduktiver Elemente. Der dem Kunstwerk eigene Schein zweckfreier Schönheit ergibt sich paradoxerweise gerade aus dem zweckmäßigen Verhältnis, in welchem die Bestandteile einander zugeordnet sind. Wenn Herbeck zu dieser Manipulation nur bedingt imstand ist, so hat er dafür eine größere Ahnung von der darin zum Ausdruck kommenden prinzipiellen Aporie der Kunst, deren Mythologeme – entwicklungsgeschichtlich gesehen – gerade in ihrer präsumtiven Sinnhaftigkeit als eine Art Hochstapelei erscheinen. In seinen aufschlußreichen anthropologischen Studien über den Ursprung der ältesten Mythologeme spricht Rudolf Bilz von den subjektdienlichen, korrektiven Interpretationen, die es uns erlauben, die Sinndiskrepanz zwischen unserem Selbstverständnis und der Umwelt auszutarieren, was in einer Krisensituation zwar zu einer die Überlebensaussichten erhöhenden Stabilisierung führen kann, aber auch bedeutet, daß wir »verglichen mit Tieren, die ihrem Repertoire naiv ausgeliefert sind, als Falschspieler«[13] dastehen. Aus der Perspektive des Tieres gesehen müßten also gerade unsere sinnstiftenden Interpretationen, wie Nietzsche meinte, den Eindruck erwecken, als hätten wir »den gesunden Tierverstand verloren«[14].

Im Gegensatz zu projektiven und diskursiven Mythologemen wie Gott, Jenseits, Freiheit und Gerechtigkeit, mit denen wir uns über unser existentielles Defizit hinwegtrösten, ließe sich das poetische Bild fast definieren als eine Rückerinnerung an ein entwicklungsgeschichtliches Stadium, in dem solche Erfindungen nicht nötig waren. Herbecks Feststellung »Die Poesie lernt man vom Tiere aus, das sich im Wald befindet«[15] umschreibt diese Hypothese mit wunderbarer Präzision. Einem Dichter, der die für einen derartigen poetischen Lernprozeß erforderliche Empathie aufbringen kann, müssen die Veranstaltungen der Kunst wie ein ziemlich lächerliches Unterfangen vorkommen. Herbecks Mißtrauen gegenüber dem Kunstschwindel artikuliert sich exemplarisch in dem Satz »Es werden die Künstler wie Semmeln gebacken. Preis 6gr.«[16] Gemessen an der schwierigen emotionalen Lage eines ausgesetzten Menschen gerät die Kunst – und die eigene wird von Herbeck nicht ausgenommen – in den Verdacht, daß sie nichts als billigen Ramsch feilzubieten hat. Obschon Herbeck die trügerische Tendenz der Kunst wiederholt apostrophiert, ist er selbst ironischerweise bereit, etwa gegenüber Besuchern, die sich für seine

Sachen interessieren, die Haltung eines Künstlers einzunehmen. Er trägt sein Buch in der Tasche seines Jacketts bei sich, blättert obenhin darin und sagt auch, daß das Schreiben viel Zeit in Anspruch nehme, was, da er es ja meist recht rasch erledigt, nicht ganz den Tatsachen entspricht und erst in einem tieferen Sinn wahr wäre. Man hat, unterhält man sich mit dem Dichter Alexander, dem »Propheten des Mittelalters«, »der es ermöglicht Gottes Vers zu ebnen«[17], den deutlichen Eindruck, daß er diese Rolle mit schauspielerischer Leichtigkeit bewältigt, weshalb sie auch mit einer fast humoristischen Auffassung verbunden scheint. Die höfliche Vorführung, die Herbeck als Dichter zu geben bereit ist, impliziert in ihren Gesten ebenso wie die qualitative Differenz zwischen seiner symbiotisch erlebten Poesie und der mimetisch bloß nachgemachten einen kritischen Kommentar zur Unechtheit der künstlerischen Existenz und des Kunstwerks. Hinter dem Künstler Alexander, der nicht viel anders als Chaplin in der berühmten Warenhausszene am Rand eines Abgrunds demonstriert, wie leicht doch das Rollschuhfahren ist, wirbt eigentlich der mit sehr viel schwereren Dingen umgehende Langzeitpatient Ernst Herbeck um unsere Aufmerksamkeit.

Einige der im vorhergehenden entwickelten Argumente zur Entstehung der Texte Herbecks könnten den Schluß nahelegen, ihr Autor komme beim Schreiben ohne jede Technik aus und die Bilder ergäben sich ausschließlich aus erratischen Synthesen. Dieser Schluß, der die Funktion des schreibenden Subjekts auf eine rein mediale reduziert, zielt jedoch zu kurz und verfehlt die spezifische Qualität der poetischen Produktion Herbecks in einem entscheidenden Punkt. Es darf nicht vergessen werden, daß er sich meist recht genau an das vorgesetzte Thema hält und daß er das heterogene Material, das ihm jeweils beifällt, dem Thema entsprechend auch organisiert. Das kombinatorische Modell, dessen er sich dabei bedient, läßt sich vielleicht am besten beschreiben mit dem Begriff der *bricolage,* den Lévi-Strauss für seine Analyse des mythischen Denkens heranzieht. Lévi-Strauss definiert den Bastler als einen Menschen, der »mit seinen Händen werkelt und dabei Mittel verwendet, die im Vergleich mit

denen des Fachmanns abwegig sind«.[18] Dieses Verfahrens-
muster, das auf sehr vielfältige, aber zugleich oft unzweck-
mäßige Mittel zurückgreift, zeigt sich auch in den Wortver-
bindungen Herbecks, deren einzelne Teile oft eher manuell
als logisch miteinander verknüpft scheinen. Auch die Tatsache, daß in der Schizophrenie menschheitsgeschichtlich
ältere Formen der Äußerung wieder zutage treten, erlaubt
das Zitieren des anthropologischen Begriffs *bricolage* in einer
Studie zur zustandsgebundenen Kunst. Lévi-Strauss besteht
in seiner Argumentation nachdrücklich darauf, daß die im
Vergleich mit dem Arsenal der Wissenschaft relativ primi-
tiven Mittel des mythischen Denkens keineswegs bedingen,
daß dessen Komplexität hinter der der wissenschaftlichen
Beschreibung zurückbleibt.

Das gleiche hat zu gelten, wenn man das Verhältnis von
zustandsgebundenen Texten zu solchen der allgemein aner-
kannten Literatur überdenkt, denn auch im Falle psychotischer Sprachäußerungen geht es nicht um die Armseligkeit
des Produkts, sondern um die Zufälligkeit der Mittel, die in
der Regel nur in einem provisorischen Zusammenhang mit
dem beabsichtigten Projekt stehen. Lévi-Strauss erklärt, daß
der Bastler seine planlos akkumulierten Materialien aus
»Überbleibseln von früheren Konstruktionen und Destruk-
tionen«[19] fortlaufend ergänzt. Ganz ähnlich ist die Tendenz
zur absoluten Disponibilität eines der zentralen Kriterien
der zustandsgebundenen Schreibweise, deren Endprodukte
noch den Charakter des Demontierten tragen. Zielt Kunst im
herkömmlichen Sinn auf die Transzendierung des Materials,
so geben Herbecks Texte sich zu verstehen als ein fortlaufen-
der Dialog mit der Sprache, der seine eigene Entwicklung
weitgehend der Kontingenz der Wirklichkeit überantwortet.
Die große Kunst ist auf Ewigkeitswerte, auf eine Position
jenseits der Zeit ausgerichtet und unterliegt insofern dem
Zwang, dauerhafte, preziöse oder imposante Stoffe zu
verarbeiten. Das Werk des Bastlers, das sich aus Abfällen und
Bruchstücken, aus »den fossilen Zeugen der Geschichte eines
Individuums oder einer Gesellschaft«[20] zusammensetzt, lebt
dagegen *in* der Zeit, für sie und für den Augenblick, in dem es
gemacht wird; es ist ein operativer Gegenstand, der, einem

nur heuristischen Zweck zugeordnet, die nächste Zerstörung schon in sich trägt.

In diesem Punkt eben erfüllen die Texte Herbecks beispielhaft die Voraussetzungen einer ›kleinen Literatur‹, wie sie von Deleuze und Guattari aufgrund ihrer Analyse des Kafkaschen Werks postuliert wurde. Die ›kleine Literatur‹ ist gegen die Kultur geschrieben, nicht für sie; ihre materielle Armut ist ein Zeichen des Defizits, aber auch eines der Independenz. Dementsprechend illustrieren die von Herbeck verfaßten Marginalien zu Vorlagen anerkannter Dichtung seine Neigung, die Werke der hohen Kultur zu unterwandern. Ein elaborates Rilkegedicht mit den typischen lyrischen Versatzstücken des beginnenden 20. Jahrhunderts – Sommernachmittag, Ausblick ins Freie, Klavierspiel, Park, Jasmingeruch etc. – wird von ihm, nachdem er sich zunächst um eine einigermaßen genaue Nachschrift bemüht hat, geschwind auf den Nenner gebracht: »Das Klavier stand schräg zum / Fenster und die Musik war I. Klasse«, und eine dreistrophige Seekomposition C. F. Meyers wird in seiner Transkription auf »Tiefblauer Himmel – Zwei Segel«[21] reduziert. Demontagen dieser Art sind ausgesprochen bezeichnend für die schriftstellerische Praxis Herbecks, in der etwas, das fertig schon vorliegt, umgefertigt und verschrieben wird, bis die Antwort in eine Frage und das Bild in ein Rätsel sich verwandelt.

An diesem Prozeß läßt sich ablesen, daß die spezifische Wirkung der Texte Herbecks wie die von Palimpsesten der Ausnutzung der spärlichen Freiräume zwischen den vorgeschriebenen Zeilen eines anderen Textes sich verdankt. Die unter der Hand des Bastlers entstehenden Verschiebungen in den Strukturen der Wörter und Sätze sind das Mittel der lyrischen Weltbeschreibung, deren Kunst weniger im Entziffern als in der Chiffrierung der Wirklichkeit, auch der sprachlichen, besteht. Der von Lévi-Strauss zitierte »mythopoetische Charakter der Bastelei«[22] widersetzt sich in seiner Begriffsfremdheit jedem gültigen Präzept und geht aus auf Zeichen und Wunder. Deshalb ist in der Sprache Herbecks zum Beispiel »Die Freundschaft« nicht einfach irgendein Abstraktum, sondern, wie aus dem Text ›An die Freunde, die hier in der Anstalt sind‹ hervorgeht, »ein marinäres Bekennungswort. Von Schiff zu / Schiff – von Kapitän zu Kapitän«[23]. Die selber gleichsam vorbeifahrende Schönheit dieser Zeilen wäre ohne die spürbare körperliche Anwesenheit des Autors in den von ihm gesetzten Worten gar nicht zu denken. Wo der Künstler über sein Werk sich erhebt, verzichtet der Bastler auf die Ausübung von Herrschaft und lebt – in dem mehrfachen Sinn, den die Präposition verstattet – ›unter‹ der Sprache.

Es ist sehr wohl denkbar, daß nur durch diese symbiotische Verbundenheit mit der Sprache und durch das daraus sich ergebende »intensivierte Bedeutungserleben«[24] die literarische Kunst auf die Dauer der Verkarstung entgehen kann. Was wir für ein Randphänomen unserer Kultur zu halten geneigt sind, wäre damit von zentraler Bedeutung, zumal angesichts der stets zunehmenden Digitalisierung unseres Artikulationsbedürfnisses. Subjektzentrische, phantastische Zuordnungen und Wahnvorstellungen dienten, wie Rudolf Bilz erläutert[25], in einer frühen Phase der Menschheitsgeschichte, in der die Spezies aufgrund eines evolutionären Sprungs in eine Gefahrenzone geraten war, als Instrumente des Überlebens. Auf die gegenwärtige Situation übertragen, in der die technische Progression sich bereits teleologisch an der Katastrophe orientiert, bedeutet das, daß die der verwalteten Sprache diametral entgegengesetzte kreative Tendenz zur Symbolisierung und Physiognomisierung, von der die Sprache der Schizophrenen geprägt ist, den Ort unserer Hoffnung genauer bestimmt als der geordnete Diskurs. Etwas von dieser Hoffnung ist natürlich auch in der etablierten Kultur am Werk. In dem Maße jedoch, in dem die Kultur, wie die Wissenschaft vor ihr, selbst in den Bann der Verwaltung gerät, wächst die potentielle Bedeutung der kleinen Literatur, als deren Botschafter man Herbeck verstehen sollte.

Der Impuls zur probierenden Zusammensetzung heterogener Elemente nach der Formel »a + b leuchten im Klee«[26] ist das Vehikel des in beständiger Fluktuation sich befindenden Weltbilds der Psychose, das in seiner räumlichen Wahrnehmung und in seinem Gefühl für Chronizität durchbrochen wirkt. Insofern Herbeck in seinen Texten auf die Geschichte seiner Person und die der zeitgenössischen Gesellschaft nur sehr ungefähr Bezug nimmt, macht die Interpretation leicht den Fehler, die ahistorischen Qualitäten auf Kosten einer immerhin möglichen Einsicht in die Geschichtlichkeit des Derangements zu idealisieren. Die über den Ablauf der Zeit hinausweisende visionäre Komponente des psychotischen Ausdrucks verleitet dazu, die Störung des Gedächtnisses mit Erinnerungslosigkeit gleichzusetzen. Herbecks Texte belegen jedoch, daß gerade die Erinnerung für seine Auffassung von sich selbst konstitutiv ist. Immer von neuem versucht er in den von ihm verfaßten diversen Lebensläufen die wenigen greifbaren Tatsachen seiner Existenz in Anordnung zu bringen. Geburtsdatum, Geburtsort, Mutter und Vater, die Schule, das Ergreifen eines Berufs und die Internierung, das ist so ziemlich alles, was er zu diesem Zweck zur Verfügung hat. Es scheint, daß weniger der Mangel an Erinnerung als die Spärlichkeit seiner Erlebnisse den Eindruck des Ahistorischen erweckt. Wenn Herbeck seine Lebensläufe bisweilen mit falschen und fiktiven Angaben durchsetzt, dann geschieht das nicht, weil er sich nicht erinnern könnte, sondern weil sein Gedächtnis gestört wird von der experimentellen Vorstellung eines anderen Lebens. Ein Beispiel dafür bietet der ›Brief an meine Frau‹, den er als Alexander H. Ltn. d. R. Lds. Sch. Bataillon 327. Stand Retz i Hausruck unterschreibt.

Es war im Winter 1945. Rußland. Der Krieg
i. S. R. änderte sich seinem Ende zu. Stalingrad. betrübt ging es der Heimat zu. – Viele kamen
nicht mehr mit zurück – In Ehre verblieben sie draußen. –
Meine Liebe Grete, was denkst Du darüber, wirst
Du Dich etwas zusammennehmen, freuen! Oder
hast Du Dich mit einem anderen verheiratet!
inzwischen: röm Kath. Rythus und so.? Na ja und
nennst Du mich wieder einen Dyno.SS-Mann! – – –
Ich weiß nicht mehr weiter! Alexander, verbleibe ich
hiermit, und herzl. Grüße Alexander! Servus!![27]

Die Geschichte Ernst Herbecks, der sich nie verheiraten konnte, obschon das Bild der Frau, wie noch gezeigt werden wird, im Mittelpunkt seiner Phantasien steht, diese Geschichte seines ganz persönlichen Debakels ist in seiner Post aus dem Felde ebenso anwesend wie der historische Irrsinn des Kriegs. Die Verstrickung des einzelnen in den planlosen Ablauf der Geschiche – ›Der Krieg i. S. R. änderte sich seinem Ende zu‹ – wird dabei in einem ganz ähnlichen Sinn faßbar wie in Alexander Kluges dokumentarischer Beschreibung der Schlacht um Stalingrad, in der die Komplexität des organisatorischen Aufbaus eines historischen Unglücks als der Grund der scheinbaren Irrationalität unseres persönlichen und kollektiven Schicksals identifiziert wird. Die von der Geschichte quasi auf eigene Faust veranstalteten Katastrophen haben ihr genaues Korrelat nicht mehr in einem sinnvollen bürgerlichen Bildungsroman, sondern in den Zerstörungen, die die Geschichte im einzelnen hinterläßt.

Einen eigenartigen Kommentar zur Verfilztheit des privaten Lebens mit dem kollektiven gibt ein Text Herbecks, der unter dem Titel ›Wörter, die mir einfallen‹ eine lange Reihe von Namen aufführt.[28] Da erscheint nach zwei Dutzend skurriler Namen wie Hubano, Herodek, Birsenpichler oder Weichenpuchfink auf einmal Herbeck zwischen Heidl, Heidt und Nurmannshofer, und Lehár und Schiller finden sich in der Nähe von Hitler und Hirt. Adolf kommt nach Mann und Muhm. Es gibt einen Hirsch Allein, einen Österreicher und einen Ernst Heldentum. Meidaneg und Schuschnigg folgen auf Dau, Dangl, Berger und Huber, und aufs Ende zu steht auch noch ein Ich zwischen Ignaz und Riederer. Der Eindruck, den diese Volksversammlung von Namen vermittelt, ist der vom Faschismus als einer Familienangelegenheit, die sich sowohl zur Krankheit des einzelnen als auch, auf der Ebene der Geschichte, zum Fiasko eines Weltkriegs auswachsen kann. Ernst Jandls phantastisch obszönes Anschluß-Gedicht:

›wien: heldenplatz‹, wo
der glanze heldenplatz zirka
versaggerte in maschenhaftem männchenmeere
drunter auch frauen die ans maskelknie
zu heften heftig sich versuchten, hoffensdick[29]

beschreibt den Zusammenhang zwischen der verklemmten Erotik der Kleinfamilie und einer die Gewalt antizipierenden politischen Hochstimmung. Ein ähnlich ambivalentes Gefühl der Verbundenheit wird in dem Text Herbecks zur Sprache gebracht. Wie in einem Totenregister hintereinandergereiht präfigurieren die Familiennamen schon das heillose Kollektiv der Nation. Die erratische Präsenz des Ichs Ernst Heldentum im Kontext der die Macht der Geschichte vertretenden Masse aller Österreicher stellt eine Randbemerkung bei zu der bekannten Hypothese Nietzsches, daß der Irrsinn bei Gruppen, Völkern und Zeiten die Regel, beim einzelnen hingegen etwas Seltenes sei. Herbeck erinnert sich an den Tag des Anschlusses in einem Text, der den Titel ›Ein Erlebnis‹ trägt:

> Das war 25. September 1938
> Es war der Einmarsch Hitlers nach Österreich nach
> Wien. Wir fuhren mit
> einem Laster hinein und
> sahen Hitler und die begeisterte Wienerstadt.
> Reichskanzler Ad. Hitler
> hielt eine Rede in der Er
> sagte: Wir, die Deutschen und
> ich werden den Wienern und
> Österreichern helfen und
> Euch Arbeit verschaffen. Es
> war das Erlebnis meines
> Lebens.[30]

Daß es Ernst Herbeck anders als dem Herrn Karl nicht gelungen ist, weiter auf dem Laster der Geschichte mitzufahren und die fortwährend notwendigen Konzessionen zu machen, ist über die psychische Labilität hinaus auch ein Zeugnis seiner persönlichen Integrität. Der Ausbruch der Krankheit, der immer auch einen Ausbruch aus der Geschichte darstellt, ist das Gegenteil der von der Gesellschaft geforderten Akkommodierung, führt jedoch, wie Ernst Herbeck wohl weiß, nicht zur Unabhängigkeit von historischen Ereignissen. Die kuriose Assoziation, in die er sich bisweilen mit der Figur Hitlers bringt, umschreibt vielmehr die Vermutung, daß die nach dem Ende des Krieges erfolgte Zerstörung seiner Person mit den voraufgegangenen Verheerungen der Geschichte in einem unmittelbaren Zusammenhang steht. Adolf, schreibt Herbeck,

> ist ein Werwolfname Name, und
> heißt ERNYst HITL'ER und will
> machen das er fortkommt weil
> er keine Freude Hat am Dasein
> und immer nicht eingesperrt
> bleiben will. Sein Name richtig ist
> Amadeus Mayer. er Trinkt mehr
> und ißt mehr weil er Appetit hat.
> er will das gericht verlassen fort
> und wandern in die Stadt.[31]

Der Träger des Werwolfnamens Adolf heißt eigentlich ERNYst, nicht viel anders als der mit einem Wolfsrachen geborene Ernst Herbeck, dessen zweiter Name, Alexander, in Amadeus Mayer ein Echo hat. Die Beziehung, die hier zwischen Alexander, Ernst und Adolf hergestellt wird, bedeutet, daß der etwas verkorkste kleine Mann, der die Geschichte angerichtet hat, identisch ist mit dem, der sie erleidet. Das damit umrissene symbiotische Verhältnis von Macht und Ohnmacht, das auch von Kafka immer wieder dargestellt wurde, zeigt an, daß Ernst Herbeck einen durchaus kritischen Begriff hat von der Rolle, die *seiner* Geschichte innerhalb der Geschichte zukommt. Die relativ hermetische Konstruktion, in der er seine Einsicht gestaltet, tut der Richtigkeit seiner Erkenntnis keinen Abbruch.

Die kombinatorische Kunst des Bastlers, die wortdiagrammatische Relationen zwischen dem Leben der Seele und der über unseren Köpfen sich vollziehenden Geschichte herstellt, ist auch die Technik, vermittels derer Herbeck lyrische Gebilde von einer Schönheit entwickelt, die in der Literatur ihresgleichen sucht. Stellvertretend für die singuläre ästhetische Qualität mancher seiner Texte mag hier das Gedicht ›Blau‹ stehen:

Die Rote Farbe.
Die Gelbe Farbe.
Die Dunkelgrüne
Der Himmel ELLENO
Der Patentender
Das Sockerl, Das Schiff.
Der Regenbogen.
Das Meer
Die Auenblätter
Das Wasser
Die Blattnarbe
Der Schlüßesl (R) »r.«
Die Schloß + Das Schloß.[32]

Das Stichwort des Titels evoziert gleich mit den ersten beiden Zeilen ein kaleidoskopisches Farbenwunder, das sanft im Dunkelgrünen versinkt, um etwas später und blasser als Regenbogen nochmals aufzugehen. Die im weiteren verwendeten, verschlossenen Begriffe – der Himmel ELLENO, dessen große Buchstaben wie eine Flammenschrift am Horizont erscheinen, und die mysteriös winzige Figur des Patentenders, der halb an einen Hirsch, halb an einen Beamten erinnert –, diese Wortfiguren eröffnen die Perspektive in eine fernere Welt, unter deren Auspizien auch ganz einfache Wörter wie Meer und Wasser ein poetisches Eigenleben erlangen. Das Prinzip der Kombination, das hier am Werk ist, funktioniert anders als das vom Regime einer Idee verlangte der Nachordnung oder Überordnung, das man sonst in der Literatur antrifft. Es gibt keine sekundären Worte; jedes ist gleichweit entfernt vom imaginären Mittelpunkt, weshalb auch die wenigen Adjektive ganz konsequent großgeschrieben sind. Die im Verhältnis zum Zentrum der Komposition gleichwertige Qualität jedes Tons, die von Schönberg als die Alternative zu polyphonen und homophonen Hierarchien gefordert wurde, ist in diesem Text für die Lyrik gültiger realisiert als in manchen Beispielen konkreter Poesie. Zeichnet sich die konkrete Poesie häufig durch eine gewisse akademische Trockenheit aus, so ist in dem Gedicht Herbecks jedes Wort umgeben von einer besonderen Aura. Die damit wiederbelebte Sprache redet von der Polyvozität einer unerfüllten Sehnsucht, auf deren Wellen der Dichter auf einer seiner Lieblingsmetaphern – dem Schiff – eine Zeitlang getrost herumfährt. Die letzten Zeilen schaffen aus Auenblättern und Blattnarben ein Laubhüttenfest der Erinnerung an das verlorene Leben in der Natur. Der rätselhafte »Schlüßesl (R) ›r.‹« erschließt der schreibenden Phantasie Herbecks die labyrinthische Heimat eines Buchstabens, in dem es sich so ungestört unterkommen läßt wie in der gleichnamigen Villa des Paul Klee. »Die Schloß + Das Schloß« setzt noch einen mit falschen Artikeln versperrten Schnörkel unter ein Schriftbild, das zu verstehen gibt, daß das Ziel unserer Wünsche – entsprechend den von K. im *Schloß*-Roman gemachten Erfahrungen – nichts anderes ist als die blaue Leere im Innern der von uns fort und fort gezogenen konzentrischen Kreise. Die aus lauter Diskrepanzen fabrizierte, dem Leser unmittelbar eingehende ästhetische Kohärenz des Gedichtes belegt mit zureichender Deutlichkeit, daß Herbecks Texte die klassischen Inhalte lyrischer Ansprache zum Gegenstand haben. Die Schönheit der Natur, das wie ein lang ausgedehnter Schmerz wirkende Staunen darüber, daß sie trotz allem noch vorhanden ist, wird in seinen meisten Gedichten thematisch. Mit diesem Staunen verbinden sich die nicht zu verwindenden Leiden der ersten Liebe, die gleichfalls zum traditionellen Organon der Lyrik gehört. Über die darin festgehaltenen Präzepte geht Herbeck jedoch hinaus, indem er das Bild der fernen Geliebten umkonstruiert in das einer unnahbaren Dame, der gegenüber er recht ambivalente Gefühle hegt:

> Die Dame ißt nicht.
> Und deshalb geht sie spazieren.
> Eine Dame macht harte Späße.
> Eine Dame sieht wie ein Marienkäfer aus.
> Eine Dame huscht wie ein Fasan.
> Eine Dame geht allein herum.
> Eine Dame spricht viel.[33]

Eine im wörtlichen Sinne unfaßbare Kälte und Härte werden mit der Gestalt der Dame assoziiert, die, wie ein anderes Gedicht Herbecks ausführt, identisch ist mit dem Mond, der »die Sirene im Walde einst war« und jetzt als »der

Mund einer Dame am Himmel steht«[34]. Das Bild der Dame ist wie jenes der Venus im Pelz in Gregor Samsas Zimmer das von der Schwester, die die erotische Sehnsucht provoziert und zugleich illegitim macht. Gegenüber der trostlosen Tatsache, daß darum die Dame »ein schöner Mond und nichts im Knie der Dame war«[34], bleibt dem vom Unglück unerfüllter Liebe betroffenen Subjekt nur der Rückzug in die zölibatäre Existenz. Deleuze und Guattari haben in dem, was Kafka über das Junggesellendasein schrieb, den Ausdruck eines Verlangens erkannt, das die inzestuöse Sehnsucht an Weite und Intensität noch übertrifft. Der Junggeselle »ist *der* Deterritorialisierte schlechthin, derjenige, der weder einen ›Mittelpunkt‹ noch ›einen großen Komplex an Besitztümern‹ hat: ›Er hat nur soviel Boden, als seine zwei Füße brauchen, nur soviel Halt, als seine zwei Hände bedecken, also um soviel weniger als der Trapezkünstler im Varieté, für den sie unten noch ein Fangnetz aufgehängt haben.‹ Seine Reise ist nicht die stolze Fahrt des Bürgers auf einem Schiff übers Meer ›mit vieler Wirkung ringsherum‹, sondern die Schizo-Reise ›auf seinen paar Holzstückchen in den Wellen, die sich noch selbst gegenseitig stoßen und herunterdrücken‹.«[35] »Das höchste Verlangen«, wie es in der prekären Existenz des Junggesellen zum Ausdruck kommt, »verlangt zugleich nach Einsamkeit und nach Verbindung mit sämtlichen Wunschmaschinen.«[36] Da ein solch paradoxes Leben im Grunde unmöglich ist, muß der Junggeselle sich in sukzessiven Metamorphosen immer weiter verringern. Darum findet sich unter Herbecks Maximen und Reflexionen auch der Satz »Je größer das Leid / desto kleiner der Dichter«[37].

Geht man davon aus, daß die Schmerzempfindlichkeit in dem Maß abnimmt, in dem die Aggression sich steigert, dann wäre die Resigniertheit, in welcher Herbeck seit langen Jahren verharrt, das äußere Anzeichen seiner extremen Sensibilität und er selbst als ein fortwährend unter diffuser Schmerzwirkung stehender Mensch ein Dichter von sehr diminutiver Gestalt. Die Mythologie der Märchen kennt viele Beispiele für die Korrespondenz zwischen der Erfahrung des Leids und dem Traum vom Kleinerwerden. So nimmt es wenig wunder, daß Herbeck in der Figur des

Zwergs, die in seinen Gedichten mehrmals – und an einer Stelle als ein etwas verwachsener Zwergck[38] – auftaucht, sein geheimes Selbstbildnis entworfen hat:

Wer der Sonne sich gelüstet –
steiget auf den Berg.
Und atmet streng allein
die Luft ein wie ein Zwerg.[38]

Der Mann mit dem Mantel
Gerhard Roths *Winterreise*

> Mein Herz ist wie erstorben
> kalt starrt ihr Bild darin.
>
> Wilhelm Müller,
Die Winterreise

Der Lehrer Nagl sitzt gern, wenn es finster wird, allein in der leeren Schulklasse. Er mag »die grüne, abgewaschene Tafel, die gespitzten Kreiden, den Schwamm und das steifgetrocknete Tafeltuch«[1]. Man schreibt ein Jahresende. Draußen auf den gefrorenen Fischteichen laufen die Kinder Schlittschuh. Eine Szene von beträchtlicher Suggestionskraft. Der Leser läßt sich nicht ungern eine gewisse Einstimmung in die Traurigkeit gefallen. Er versteht den Schullehrer, seine Zuneigung zu den Kindern, die soviel umsonst lernen müssen, versteht, warum es ihm, wenn er später an sie denkt, vor Rührung die Kehle zuzieht. Wahrscheinlich ist es der Abstand zwischen ihrer Ahnungslosigkeit und seiner Angst, der Nagl oft schon den Gedanken eingegeben hat, »in Pompeji zu verschwinden oder sich in den Vesuv zu stürzen«[2].

Wenn sich Nagl dann auf seinem Zimmer Farbphotographien von vulkanischen Erscheinungen anschaut, von Schwefelausblühungen, glühenden Lavaflüssen, violetten Aschenablagerungen und anderen pathologischen Phänomenen der Natur, können wir uns denken, daß ihm ein Aufenthalt in der Hölle bevorsteht. Gewiß ist die Frist im normalen Leben so gut wie abgelaufen. »Die silberne bäuerliche Taschenuhr mit dem eierschalenfarbenen Zifferblatt und den goldenen, verzierten Zeigerchen, die er von seinem Großvater geerbt hatte, lag auf dem Tisch auf der Zeitung, wo er sie in der Früh, nachdem er sie aufgezogen hatte, liegengelassen hatte. Er nahm sie in die Hand, sie war kalt, er hielt sie an sein Ohr und ließ sie ticken.«[3] Das Geräusch der Zeit, der vergehenden Stunde. Die letzte bringt den Tod, heißt eine katholische Weisheit. Vielleicht ist es das gescheiteste, denkt Nagl, »sich dem Leben anzuvertrauen, wie man sich dem Tod anvertraut, auch wenn die Nähe zum Leben eine Nähe zu den Schrecken des Lebens bedeutet«[4]. Schade nur, daß in diesem Satz das Programm der Erzählung bereits etwas zu laut beim Namen genannt wird; sonst wäre es, bis hierher, eine schöne Einleitung, beunruhigend und beschwichtigend zugleich. Wir wissen, es geht um einen Übergang aus dem, was war, in das, was noch nicht ist. Der Romanheld steht eine Zeitlang auf der Brücke, hält den Atem an und sieht in die scheinbare Leere empor, ehe er den entscheidenden Schritt tut in die jenseits auf ihn wartenden Fiktionen.

Die Ausreise aus der Enge des Heimatlandes, verbunden mit einer Grenzüberschreitung auch im psychologischen Sinn, ist ein zentrales Thema der neueren österreichischen Literatur. Für den Erzähler ergeben sich aus dem Entschluß, den Protagonisten aus seiner wirklichen Geschichte herauszunehmen und ihn draußen, im Ausland, seinen Weg machen zu lassen, entscheidende Restriktionen. Der einzelgängerische Aufbruch, der bewußte Verzicht auf das soziale Umfeld, bringt einen Substanzverlust mit sich, der sich sprachlich umsetzen muß in eine mit umso genauer austarierten Beschreibungsformen arbeitende Prosa. Was an realistischem Beiwerk abgeht, muß wettgemacht werden durch eine gesteigerte Präzision der Beobachtung und durch die Erfindung sprachlicher Mittel, die zur Übersetzung eines solchen Präzisismus taugen. Handke hat damit in seiner Erzählung von der Angst des Tormanns einen schwer zu überbietenden Anfang gemacht, und auch seine im Verlauf der letzten Jahre entstandenen Texte bemühen sich konsequent um eine Dematerialisierung der Erzählgegenstände, um das Erzielen einer literarischen Autonomie, die darin besteht, daß der Erzähler, seiner uneingeschränkten Präsenz im Werk zum Trotz, es lernt, sich und sein Grausen daraus zu entfernen. Roth, der nicht nur mit der *Winterreise,* sondern auch mit den Büchern *Ein neuer Morgen* und *Der stille Ozean* Erzählmodelle vorgelegt hat, die eine ähnliche Intention beinhalten, ist es, wie mir scheint, bislang noch nicht gelungen, der in solchen Projekten zum Ausdruck kommenden Verflüchtigungstendenz mit formaler, und das heißt sprachlicher Konzentration zu begegnen. Das Konzept einer handlungsarmen Fiktion, das die herkömmlichen Requisiten des Erzählens auf ein Minimum reduziert, kann sich ja nur im *abstrakten* Raum, auf der reflektiven Ebene einer neuen Metaphysik – auch wenn diese selbst gar nicht zu Wort kommt – verwirklichen. Kafka hat die Möglichkeiten einer gewissermaßen abstinenten Prosa erschlossen, indem er seinen Geschichten ein transzendentes Potential einbeschrieb, das sowohl unerschöpflich als auch völlig heuristisch ist. Wo ein solches Potential im Text nicht mittelbar als dessen Geheimnis wirksam wird, sieht sich der Autor zur Fortführung seiner Fiktion zurückverwiesen auf hergebrachte mechanische Konstruktionsverfahren, die auch den willigen Leser stets an der von ihm nicht minder als vom Autor beabsichtigten Suspendierung seines Unglaubens verhindern.

Gegen Ende eines Abschnitts, in dem Nagl Erinnerungsbildern an seinen Großvater nachhängt, schert der Text aus dieser Sequenz aus mit den Worten: »Wie merkwürdig es für Nagl war, hier zu sitzen am Tiber und an die Lebensgeschichte von Toten zu denken.«[5] Die explizite Zusammenfassung der Gefühle des Protagonisten befördert nur die ohnehin schon latente Irritation eines Lesers, dem das Gefälle Autor–Erzähler–Erzählfigur, das eigentlich aus seinen schwindelnden Übergängen heraus produktiv werden sollte, schon die längste Zeit mit unfreiwilliger Deutlichkeit vor Augen geführt wird. Während sich die besten Passagen Handkes weit über den traditionellen Erzählvorgang erheben und sich nur mehr aus dem prekärsten Vertrauen in den Sinn der Worte und der Wortkunst entfalten, behilft sich die Prosa Roths, wohl im Widerspruch zur eigenen Absicht, weiterhin mit obsoleten Formen des Schilderns und Erzählens. Obschon auch Roth, wie einige seiner schönsten Bilder durchaus zeigen, auf eine Prosa aus ist, die dem Leser allein aus dem Wortsatz heraus, buchstäblich zu einer neuen Anschauung verhelfen soll, verstattet er es zumeist weder sich noch uns, lang genug bei dem zu verweilen, was sehens- und bedenkenswert wäre.

In dem Roman *Ein neuer Morgen* hat Roth die Art, in der er die

Umwelt in seine Prosa einbezieht, dadurch rationalisiert, daß er einen Photographen ins Zentrum seiner Geschichte rückt, der an einem Buch über New York arbeitet und also Ursache hat, in einem fort Bilder von der Stadt und ihren Bewohnern ›aufzunehmen‹. Der Roman enthält eine Episode, in der Roth – ganz ausnahmsweise – seine eigene Illustrationstechnik problematisiert.

> Als der Jude merkte, daß Weininger das Geschäft betrachtete, griff er nach hinten und hielt ihm aufmunternd ein Büschel Krawatten hin, und Weininger griff zur Kamera, worauf der Jude mit hochgezogenen Schultern im Geschäft verschwand. Vorsichtig spähte er durch die Tür, und als Weininger keine Anstalten machte zu fotografieren, kam er wieder heraus, und Weininger fotografierte ihn, als er gerade die Hand hob und sein Gesicht verdecken wollte. Als Weininger später das Bild entwickelt vor sich sah, bemerkte er, daß der Jude lächelte. Es war ein nachsichtiges, menschliches Lächeln, das Weininger sehr gefiel.[6]

Das durch den Kommentar des Erzählers hier im doppelten Wortsinn ›entwickelte‹ Bild vermittelt einen Begriff davon, was einem an den sonst bloß aneinandergereihten Aufnahmen Roths abgeht – die Zeit zum genaueren Anschauen und Überdenken, die sich schon der Autor nicht genommen hat. Es ist Roths Dilemma als Erzähler, daß seine Texte aufgrund ihrer spezifischen Machart zum Filmskript tendieren. Die skizzenhaft parataktische Reihung der von der Erzählfigur wahrgenommenen Realitätsausschnitte entspricht den der Kamera in der linken Spalte vorgeschriebenen ›shots‹.

Das Defizit, das aus dem Mangel an Insistenz auf dem Bedeutungsgehalt des Beschriebenen resultiert, hat im übrigen zur Folge, daß Roth den Wahrnehmungs- und Reflexionsmechanismus seiner Gestalten unablässig mit stereotypen Wendungen manipulieren muß. Charakteristisch sind Initiationssätze nach dem Muster: »Er saß da, dachte und sah ...«[7], auf die dann die vorgeblich von der Erzählfigur registrierten Bilder folgen. Zu sehr sieht man da den federführenden Autor am Werk. Auch Fertigteile wie »Es schien Nagl als ...«, »Pompeji war ihm vorgekommen wie ...«, »Nagl fiel ein ...«, »Nagl war, als könnte ...«, »es schien ihm, als hätte ...«, »es war ihm, als sei ...«[8], die im Text mit notorischer Frequenz auftreten, sind ein Indiz für die nur scheinbaren Denkbewegungen der erfundenen Figuren und der sie befördernden Prosa. Bezeichnend ist auch, daß der Erzähler immer, wenn er Nagl zu den in der Erzählung wiederkehrenden Erinnerungen an seinen Großvater zurückbringen will, einen eigens konstruierten Schaltsatz braucht. Das heißt dann: »Er fuhr dahin und dachte an seinen Großvater« oder »Wieder fiel Nagl sein Großvater ein«[9]. Erniedrigt zu einer rein technischen Vermittlungsinstanz zwischen Autor und Publikum, gelingt es Roths Protagonisten nur im Ausnahmefall einmal, wirklich zu sich selber zu kommen. Ansonsten aber überträgt sich die Usurpation des Bewußtseins der Erzählfigur durch den Autor auch auf den Leser, der sich – leicht verstimmt – gehalten fühlt, das nochmals mitanzusehen, was Roth in New York, in Venedig oder in der Steiermark an Lokalkolorit recherchiert und aufgeschrieben hat.

Da die erzähltechnischen Schwächen in der Prosa Roths sich relativ häufig bemerkbar machen, bilden sie im Text nach und nach ein nicht intendiertes System aus, das die Denkfreiheit sowohl der Erzählfigur als auch des Lesers aufhebt. In der *Winterreise* wird die negative Kollusion von Autor und Erzählfigur zudem noch durch einen weiteren ›Kunstgriff‹ verstärkt: das fast planmäßige ›Einschalten‹ von Passagen, die nach den Schnittmustern des pornographischen Kanons verfertigt sind. Pornographische Texte sind angelegt, den Leser, mit dessen voyeuristischer Disposition sie ihr Kalkül machen, gefangenzusetzen. Ob der rezeptiven Lust des Lesers dabei in einer Art Gleichung jeweils exhibitionistische Tagträume des Autors entsprechen, mag unentschieden bleiben; und es soll auch nicht unterschlagen werden, daß die damit umrissene Problematik die Crux einer jeden erzählten Geschichte ist – Konfession und Mitwisserschaft gehören unabänderlich zu den dynamischen Grundstrukturen der erzählerischen Literatur. Andererseits gelangen unsere Geschichten nur in dem Maß über die Verabredungen der zweifelhafteren Genres hinaus, in dem es ihnen gelingt, sich als ein eigenständiges Modell zwischen der Phantasie des

Autors und derjenigen des Lesers einzurichten. Der Nouveau roman hat gezeigt, daß sich die Kriminalgeschichte, befreit von der sie sonst bestimmenden Dimension trivialer Spannung als Rätselraster zur Konstruktion und Entwicklung literarischer Fiktionen verwenden läßt, und Roth selbst hat Ähnliches in seinem Roman *Ein neuer Morgen* versucht. Die *Winterreise,* und darin besteht gewiß nicht zuletzt die besondere Bedeutung dieses Texts, läßt es als fraglich erscheinen, ob mit pornographischem Erzählen Analoges zu erreichen ist, ob Pornographie mit den Präzepten erzählerischer Prosa überhaupt vereinbar ist.

> Kaum hatte Nagl die Tür hinter sich geschlossen, als Anna sich vor ihn kniete und seine Hose öffnete. Er knöpfte ihre Bluse auf, holte ihre Brüste heraus, griff zwischen ihre Beine, befingerte die Schamlippen und ihren Kitzler und schob sein Glied in sie. Während sie sich liebten, legte er sich auf das Bett und sah zu, wie sein Schwanz in ihr verschwand und wieder herauskam. »Mach es langsamer«, flüsterte er. Sie war außer Atem, und er ließ sie sich umdrehen und steckte seinen Schwanz in ihren Hintern. Er preßte sie an sich, sie schrie, weinte, verstummte aber plötzlich und begann zu keuchen. Dann lagen sie stumm nebeneinander.[10]

Szenen wie diese zeigen, daß die künstliche Verkürzung der imaginierten Realität, die jede Form von Prosa ins Werk zu setzen hat, im pornographischen Text, der, als die entsentimentalisierte Fiktion par excellence, nie geschwind genug zur Sache kommen kann, leicht Züge unfreiwilliger Komik annimmt. Der hohe Grad der Explizität paßt einfach nicht zum Tempo und zu den offenkundigen Ellipsen in der beschriebenen Handlung. Dazu kommen als Irritationselemente bei Roth noch terminologische Schwankungen zwischen dem pornographischen Vulgärvokabular und einer etwas höhergestochenen, zum Teil peinlich konventionellen Diktion, die aufs Konto der Halbherzigkeit des Autors zu gehen scheinen. Die irgendwie falsche Synonymität etwa von ›Glied‹ und ›Schwanz‹ oder die aus dem Text herausfallende Formulierung ›während sie sich liebten‹ sind Beispiele für die stilistischen *faux pas*, die Roth bei der Komposition seiner pornographischen Passagen unterlaufen.
Auch im weiteren Zusammenhang der Erzählung bleiben die

pornographischen Passagen unvermittelt. Der offenkundige Versuch motivischer Assoziation mit den Kratern der Vulkane und den dunklen Tiefen des Universums mißlingt, denn eine prinzipielle Eigenschaft pornographischer Texte besteht ja darin, daß sie alles zuvor Gelesene suspendieren. Darum entspricht der abrupten Expositionstechnik der Pornographie die Schwierigkeit, aus dem wunderbaren Abgrund, in den sie den atemlos mitbuchstabierenden und doch dauernd dumme Zwischenfragen stellenden Leser hineingelockt hat, wieder zurückzufinden auf die Ebene der sogenannten Kunst. Die *dénouements,* mit denen Roth die alle paar Seiten in seine Prosa eingeblendeten pornographischen Intermezzi auflöst, haben darum allemal etwas peinlich Apologetisches an sich.

> Dann lagen sie stumm nebeneinander. Er erinnerte sich wieder an alles, was mit ihnen gewesen war, an sein Gefühl der Scham und der Verzweiflung, seine Einsamkeit und das mächtige Gefühl der Sinnlosigkeit, das ihn begleitet hatte. Er hatte vorher nicht viel nachgedacht.[10]

Nach dem extremen Konkretismus der voraufgegangenen Szene hinterlassen diese anämischen Reflexionen des Helden kaum einen Eindruck. Zum einen, weil wir wissen, daß ein anständiger pornographischer Text eigentlich immer so weitergehen müßte; und zum anderen, weil Pornographie, wie die Stummfilmkomödie, die Erzählfiguren rein äußerlich, behavioristisch erfaßt[11] und deshalb der hier versuchte Übergang in einen inneren Monolog Nagls wie ein Rechenfehler des Autors wirkt.

Ein weiterer problematischer Aspekt pornographischer Texte, die grundsätzlich nur ihre eigenen Projektionen im Sinn haben können, ist das in ihnen entworfene Bild der Frau. John Berger hat gezeigt, daß die Repräsentation des nackten weiblichen Körpers immer einen männlichen Betrachter voraussetzt – entweder innerhalb des Bildes (bezeichnend sind rekurrente Motive wie ›Das Urteil des Paris‹ oder ›Susannah im Bade‹) oder außerhalb (Tizians ›Venus von Urbino‹ oder Manets ›Olympia‹ wären einschlägige Beispiele); und selbst noch da, wo männliche Figuren wie

Bacchus als *aktive* erotische Gestalten ins Bild miteinbezogen sind, ist der Blick des zentralen weiblichen ›Objekts‹ zumeist aus dem Bild heraus auf ein präsumtives männliches Wesen gerichtet.[12] In eben derselben Manier verlangt die Konvention des pornographischen Textes einen *männlichen* Leser, der die in die Konstruktion eingeplante voyeuristische Perspektive übernimmt.

Die pornographischen Passagen der *Winterreise,* in denen der Blick der Erzählfigur dem des Lesers vorgespannt wird, passen oft nur allzu genau in dieses Schema. »Am Morgen«, berichtet der Erzähler, »schob Anna die Decke zurück und nahm sein Glied in den Mund. *Er gab vor* zu schlafen, er war noch müde, aber es war genußvoll, im Bett zu liegen und Anna *aus den blinzelnden Augen anzusehen,* wie sie an seinem Glied saugte und erregt war.«[13] Dem manifesten voyeuristischen Gehalt dieser Szene assoziiert sich, gewissermaßen als ihr Revers, das aus der traditionellen erotischen Literatur geläufige männliche Wunschbild von der sich schlafend stellenden Frau, die lustvoll – unter Ausschaltung aller persönlicher Prätentionen – die Experimente, die die Mechaniker der Liebe an ihr vornehmen, unter halb geschlossenen Lidern mitverfolgt. Erst die schlafende, bewußtlose, ohnmächtige oder, im genauesten Fall, tote Frau tritt wirklich ins Einvernehmen mit den männlichen Wünschen.[14] Daß Roth die Rollen in diesem nekrophilen Arrangement umbesetzt hat, widerlegt schwerlich die These, nach der die männliche Phantasie ihr idealtypisches Komplement in einer entlebendigten weiblichen Figur hat, denn die Szene entspricht ja auch in ihrer umbesetzten Form keineswegs einer vergleichbar einschlägigen weiblichen Wunschvorstellung.

Wie die negativen Implikationen des Aktgenres, das die Frau im eigentlichen Wortsinn dem männlichen Blick preisgibt, sich nur transzendieren lassen, wo eine Frau in ihrer eigenen Intentionalität gesehen wird, so ist auch in der Literatur eine Differenzierung der männlichen Phantasien nur über eine empathetische Beschreibung weiblicher Figuren zu leisten. Bekanntlich war das Entstehen der Romankultur in England und Frankreich aufs engste verbunden mit der psychischen Emanzipation der weiblichen Leserschaft. Die erzählerische

Entwicklung und Vermittlung des Begriffs der weiblichen Sensibilität von Richardson über die englischen Autorinnen des 19. Jahrhunderts bis hin zu Flauberts *Madame Bovary,* Tolstois *Anna Karenina* und Fontanes *Effi Briest,* dieser langwierige literarische Prozeß umschrieb mit großer Genauigkeit die erotischen Turbulenzen, in denen die ihren Gefühlen nachgebenden Frauen unterzugehen drohten. Das Verfahren, das dabei beobachtet wurde, war das der symbolischen Repräsentation, der Implikation, des Verbergens des Bedeuteten in den Kadenzen und Ornamenten der Prosa, ein Verfahren also, das der Phantasie der lesenden Frau dieselbe Freiheit einräumte wie der des männlichen Lesers. Daß Proust sein homosexuelles Wunschbild übersetzte in das der weiblichen Figur Albertines, geschah letztlich weniger im Interesse des Dekorums als aus dem anderen Grund, daß nur so der psychologische Scharfsinn, den die erzählerische Literatur in ihren Erkundungen der weiblichen Seele ausgebildet hatte, ins Konzept einzubringen war. Das ausgeprägte Taktgefühl der *Recherche* ist in erster Linie ästhetischer und nicht sozialer Natur. Und einzig der ästhetische Takt ermöglicht die Transzendierung der zerstörerischen Dialektik von Eros und Zivilisation.

Nun ist, im Gegensatz zu dieser doch sehr auf Sublimationseffekte bedachten Kunstübung, seit dem Naturalismus Zolas, seit Lawrence und Joyce und erst recht in den letzten Jahrzehnten ein erotischer Verismus im Roman zu verzeichnen, dem es weniger um den seelischen Überbau als um die objektiven Prozesse der Geschlechtlichkeit zu gehen scheint. Diese Gegenströmung konnte in zunehmendem Maße explizite Anleihen machen bei den vom offiziellen bürgerlichen System diffamierten Szenarien und Wörtern der im Untergrund kultivierten Pornographie, und sie hat sich selbst nicht ganz zu Unrecht als eine revolutionäre Geste verstanden und wurde häufig auch als ein Zeichen des Avantgardismus interpretiert. Der dezidiert männlichen Perspektive, die sich damit Geltung verschaffen konnte, war mit einer Radikalisierung weiblicher Wunschträume nicht beizukommen. Die Studie, die Beatrice Faust zur Frage ›Women and Pornography‹ verfaßt hat[15], argumentiert überzeugend, daß es eine weibliche Pornographie in dem hier in Rede stehenden Sinn gar nicht gibt, daß die Bilder, die die männliche Phantasie so kontinuierlich beschäftigen, bei weiblichen Adressaten allenfalls ein beiläufiges Interesse und zumeist nur ein Gefühl des *ennui* hervorrufen.[16] Beatrice Faust hält dafür, daß die inzwischen in industriellem Ausmaß organisierte romantische Gefühlsliteratur à la Barbara Cartland die wahre Pornographie der Frauen sei.[17] Die von den verschnörkelten Verfänglichkeiten wahrer Liebe handelnden Romane kamen jedoch – paradoxerweise – für eine Reassimilation in die seriöse Literatur vor allem deshalb nicht in Frage, weil sie, im legalen und im sozialen Sinn, nie tabubelastet und darum auch nie tabuverletzend waren. Das wiederum erlaubt nicht den Schluß, pornographische Passagen im herkömmlichen Verstand müßten einer der Wortkunst verpflichteten Prosa eher kommensurabel sein als sentimental-erotische.

In aller Regel – und Roths *Winterreise* macht hier keine Ausnahme – bleiben die pornographischen Exkurse einer in ihren Inhalten bahnbrechend sich gebenden Prosa in formaler Hinsicht konservativ und unterentwickelt, weil ihr Medium, die Fachsprache der Pornographie, der scheinbar grenzenlosen Variabilität und Dynamik der menschlichen Sexualität zum Trotz, aufgrund einfacher physiologischer Gegebenheiten über das doch recht begrenzte Programm aller in diesem Umkreis möglichen Gesten, Aktionen und *accoutrements* nicht hinauskann.[18] Letzten Endes bewegt sich, wenn der Verrätselung des Sujets einmal entraten wird, der Erzählvorgang nur noch vermittels der digitalen Logik der Löcher und Schwänze. Deshalb bedarf der pornographische Text, um auf der Höhe des eigenen Anspruchs zu bleiben, stets verzwickterer choreographischer Arrangements und, nicht anders als mindere symphonische Werke, einer virtuosen Orchestrierung mit einem Arsenal diverser Instrumente. An derartigen Versatzstücken, als da sind Tische, Stühle, Bidets, Badewannen, Regenschirme, Witwenschleier, Zigarren, Flaschen u. a. m., herrscht auch in der *Winterreise* keine Not. Darüber hinaus gehört zur Konstitution pornographischer Texte die stupende Potenz der Protagonisten, die sich, weil es für sie die Welt und den »Mythos der Arbeit« nicht mehr gibt[19], nun nach einem nicht minder rigiden Programm aneinander abarbeiten. Die Frau wird dabei genauso bedingungslos in den ›Produktionsprozeß‹ eingespannt wie sonst nur in der Warenproduktion. Der entscheidende Faktor ist in jedem Fall die leistungsorientierte männliche Perspektive. Wo ein Text sich diese Perspektive bedenkenlos aneignet, sieht der Leser den Prototyp der Frau unter demselben Vorzeichen, unter dem *er,* der Autor, der Erzähler, der Protagonist und also eine ganze Reihe von Männern *sie* immer schon gesehen hat. Das System der Pornographie kennt gleich dem System der Arbeit keine Differenz zwischen Mann und Frau. Die Frau reagiert und funktioniert ohne Umschweife gerade so, wie der Mann es sich ausmalt, wird zum festen Bestandteil seiner Phantasie in einem auf reine Aktion reduzierten, von der Sprache weitgehend unabhängigen Modell. Wahrscheinlich meint Nagl deshalb bisweilen, daß Anna »dasselbe empfinde«, »dasselbe denke, wie er«[20], und ihre unverwandte Kooperationsbereitschaft demonstriert dem Leser ihre identische Einstellung ja mit zulänglichem Nachdruck. Dem Systemzwang des Textes entsprechend, wird die Frau, die den Schullehrer Nagl auf seinem Weg in die Kälte begleitet, nur mit dem absoluten Minimum an individuellen Zügen ausgestattet. Gerade, daß sie einen Vornamen und ein hübsches Mädchengesicht hat. Alles übrige wäre redundant. Sie braucht, im Gegensatz zu Nagl, der in Gedanken oft seinem Großvater nachhängt, auch nicht an ihre Großmutter zu denken, und wenn der Held, um dessen Angst und Verzweiflung es allein und fortwährend geht, am Ende nach Alaska aufbricht, kann sie den Zug nach Hause nehmen.

Roths Versuch, die wortlosen Verhältnisse zwischen zwei Menschen, den Antagonismus von Attraktion und Fremdheit am Leidwesen der reinen Sexualität darzustellen, ist nicht im Prinzip illegitim. Als unvereinbar aber erweist sich der desperate Absolutheitsanspruch des pornographischen Weltbildes mit dem, aufs Ganze gesehen, unverfänglichen Erzählmodus der *Winterreise.* Pornographie, die mit ihrem Vorsatz Ernst macht, entsagt grundsätzlich der Außenwelt, kennt nur noch ihre häretische Passion für das fleischgewordene Wort. Genets Rhapsodien oder die *Geschichte des Auges* von Georges Bataille belegen, daß Pornographie als Kunstform nur im luftleeren Raum einer totalen Obsession entstehen, daß sie nur über die in den surrealen Bereich vordringende Quadrierung des eigenen Prinzips die pathetische Tragödie einer um den gesunden Tierverstand gekommenen Art erfassen kann – und in ihrer präzisesten Ausprägung beschreibt Pornographie ja tatsächlich das naturhistorische Debakel einer Spezies, der es ganz emphatisch nicht mehr um Prokreation, sondern vielmehr ausschließlich um ›reine‹ Erkenntnis zu tun ist. Ob dieser Vorsatz im Text deutlich wird, ist eine Frage der eingesetzten Mittel. Neben der eisigen humoristischen Kälte, mit der Bataille sich sein gefräßiges Auge herausoperiert, oder neben dem hohen lyrischen Stil, der es Genet erlaubt, sich in der rücksichtslosesten Explizität mit feierlicher Geste vom bloß Obszönen zu distanzieren, hätten die pornographischen Etüden der *Winterreise* wenig Bestand.

Indem der Autor sich immer wieder aufs Niveau des landläufigen Erzählens zurückrettet, geschwind das gefährliche Spielzeug, hat er es nur ein wenig hin und her gewendet, wieder in den Kasten zurückgibt, durchbricht er den idealen Topos der Pornographie, deren perverse Reinheit als Kunstform gerade darin besteht, daß sie weniger leicht manipulierbar ist als die traditionellen Ingredienzien der erzählerischen Literatur. Wenn Kunst, auch die pornographische, eine Bewußtseinsform repräsentiert, dann darf der Autor der *Winterreise* sich vielleicht glücklich preisen, daß ihm die für eine immanente Transzendierung des Genres notwendigen persönlichen Voraussetzungen abgehen. Jedenfalls kann man ihm nicht jene spezifische Form der Monomanie unterstellen, die aus einem pornographischen Text mehr zu machen weiß als ein etwas abwegiges Divertissement. »Pornography«, schreibt Susan Sontag, »is one of the branches of literature aiming at disorientation and psychic dislocation.«[21] Soll diese Intention, sei es in der Person des Autors, sei es in der des Lesers, umgesetzt werden, dann reicht es nicht, dosierte pornographische Passagen als ein Kunstmittel unter anderen zur Anwendung zu bringen. Die häretische Deklamation kann sich ebensowenig wie das, was für sakrosankt gilt, auf Kompromisse einlassen. Darum geben sich die seltenen Beispiele großer pornographischer Literatur in einem antinomischen Exerzitium ihr eigenes Gesetz. Eine kleine Vorschule der Pornographie wäre eine Absurdität. Der pornographische Diskurs läßt sich, auf der Ebene der Kunst, weder adoptieren noch erlernen, noch zitierend vermitteln. Als ein absolutes System kommt er erst im pathetischen Wort zu seiner Sprache, in einer Diktion, die ihre spekulative Gewalt der Intransingenz der Wirklichkeit entgegensetzt. Bachtin meinte, das pathetische Wort sei immer »das Wort des Predigers ohne Kanzel, das Wort des strengen Richters ohne richterliche und strafende Macht, des Propheten ohne Mission, des Politikers ohne politische Gewalt, des Gläubigen ohne Kirche«[22]. Demnach verdankt Pornographie ihr spezifisches Pathos dem gegen die eigene Ohnmacht gerichteten Akt der Transgression, in der sie, für sich und für uns, ihr Geheimnis entdeckt, ein Geheimnis, das nicht in der Sexualität besteht, sondern im Tode. »It's towards the gratifications of death, succeeding and surpassing those of eros, that every truly obscene quest tends«, schreibt Susan Sontag. »Death is the only end to the odyssey of the pornographic imagination when it becomes systematic.«[23]

Die konstitutionelle Schwäche der *Winterreise* besteht darin, daß der prosaische Rahmen der Erzählung die Systematisierung der pornographischen Phantasie unterbindet. Darum kann sich das Thema des Todes bei Roth nicht als der Inbegriff des pornographischen Diskurses aus diesem selbst ergeben und muß, auf einer anderen Ebene des Textes, als ein separates Motiv zur Charakterisierung der Erzählfigur eigens aufgebaut werden. Nicht daß Roth die Affinitäten von Tod und Pornographie entgangen wären, nein, daß er sie allzu ausdrücklich und umsichtig in den Text hineinwirkt, beeinträchtigt die Glaubwürdigkeit seiner Vision. Schon auf den ersten Seiten der *Winterreise* ist mit schwerlich überzeugender Direktheit dauernd vom Tod die Rede. Und auch die sinistren Figuren, die Nagl wie seinem Vorfahren Aschenbach gleich zu Beginn seiner italienischen Reise über den Weg laufen, verstoßen gegen die Regeln erzählerischer

Diskretion. Gerade weil der Text der *Winterreise* als Erzählung auftritt, geht es nicht an, daß er seine Absichten fortwährend deklariert, daß es Nagl »erscheint«, als sei die Religion »ein kunstvolles Gebilde aus den Händen des Todes«, als seien die Wandmalereien in der Villa dei Misteri »eine Fata Morgana des Todes«[24] und so fort. Erfüllten die pornographischen Passagen der *Winterreise* die stillschweigende Absicht des Genres, in den Schrecknissen des Lebens den Tod zu umarmen, dann hätte es solcher Wegweiser wahrscheinlich nicht bedurft.

Gewiß ist der Roman Roths erfüllt von einer weitausholenden und profunden inhaltlichen Inspiration, die in vielen ihrer Züge die in der österreichischen Literatur rumorende levantinische Melancholie reflektiert. Umso enttäuschender, daß Roth die formale Umsetzung seines Vorsatzes ein ums andere Mal mißlingt, weil er weder den Erfordernissen der Prosa noch denen der Pornographie gerecht wird. Erst gegen Ende des Romans entwickelt er eine Episode von eigenartig makabrer Abgeklärtheit, die erahnen läßt, wie die Idee, die ihm vorschweben mochte, als er mit dem Schreiben begann, mit einiger literarischer Gültigkeit hätte umgesetzt werden können. Das Mädchen Anna ist wieder nach Hause gefahren, und Nagl, allein in Venedig, beschließt, einer Frau zu folgen, die in einem Vaporetto vor ihm Platz genommen hat. Sie trägt eine Sonnenbrille und einen Pelzmantel und erscheint schon dadurch als das anonyme, omnipräsente Inbild ihres Geschlechts. Erst an der nächsten Station, an der beide aussteigen, sieht Nagl sie etwas genauer. »Ihr Haar war blond gefärbt und gepflegt und ihre Hände verrieten, daß sie etwa fünfzig Jahre alt war.«[25] Nagl folgt ihr in eine Birreria und spricht sie an. Es ist die erste und beste Frau. Er erzählt ihr, er sei Arktisforscher, erzählt von Vulkanen, Aschenregen und Gletschern. Die Frau hört ihm zu. Sie war schon einmal mit einem Schauspieler verheiratet. Ein schönes barockes Rollenspiel. Dann fahren sie schweigsam miteinander zum Canale della Giudecca und gehen von dort auf das unwirtliche Zimmer, das Nagl gemietet hat. Nagl darf das Licht nicht aufdrehen, sieht also – im Gegensatz zu den vorhergegangenen Szenen mit Anna – nun nichts mehr und spürt bloß noch.

»Ihre Brust war groß und fest und ihr Loch war heiß und naß, aber sie wollte nicht, daß er sie küßte. Sie setzte sich, nach Luft ringend, auf, während Nagl sie umarmte. Sie konnte ihr Loch wunderbar zusammenziehen und wieder locker lassen, und ihre Backen waren weich und sanft und ihre Brüste, nach denen Nagl griff, waren schwer. Sie fragte ihn, ob er wiederkehrte. Nagl sagte, ja.«[26] Jetzt endlich hat Nagl, ohne daß es der Autor extra an den Rand schreiben müßte, alle Frauen in einer, den Tod und das Leben, das weibliche Geschlecht in seiner vom trostlosen männlichen Standpunkt aus gesehenen Gesamtheit. Als er am Morgen erwacht, sieht er, wie die Frau sich im Halbdunkel anzieht. »Ihr Kopf (war) klein geworden, weil die Haare sich zerdrückt hatten. Ihre künstlichen Wimpern lösten sich von den Lidern und sie machte mit dem Mund ein Geräusch, wie wenn man falsche Zähne an das Zahnfleisch preßt. Nagl erinnerte sich, daß sie sich nicht hatte küssen lassen. Er starrte zur Decke und hörte, wie sie in ihrer Handtasche kramte. Nach einer Weile kam sie duftend und geschminkt auf ihn zu.«[26] Die wieder hergerichtete Frau Welt, Verwalterin der bekannten kalten Herberge, durch die es uns alle hindurchzieht, legt ihm, »falls er wiederkäme«, ihre Adresse aufs Nachtkästchen.

An dieser Episode, die sich von den pornographischen Klischees der Szenen mit Anna durch die in sich stimmige Repräsentation einer vollkommen fremden Frau abhebt, zeigt es sich, daß der fürs Erzählen unabdingbare *effet du réel* nicht vom Wahrscheinlichkeitsgrad des Erzählten abhängt, sondern von den gedanklichen Möglichkeiten, die der Text sich eröffnet, indem er dem, was er beschreibt, allegorische Bedeutung verleiht. Aus der Begegnung mit der fremden Sinnfigur geht Nagl am Ende seiner Geschichte selber als ein geheimnisvollerer Mann hervor. So kommt es ihm sogar noch zugute, daß ihn sein Autor die ganze Zeit über in einem zerknitterten Burberry hat herumlaufen lassen. Denn Männer in Regenmänteln sind allemal rätselhaft, wie die Interpreten leicht bezeugen können, denen die überzählige, scheinbar funktionslose Gestalt des Herrn MacIntosh im *Ulysses* von Joyce so arg zu schaffen machte. Einige Gelehrte vermuten, daß MacIntosh vom ewigen Umgang geplagt und

eine Wiedergeburt von James Duffy sei, der in der Geschichte *A Painful Case* als schattenhafter Wanderer und Liebhaber
einer toten Frau sein Wesen treibt und das illustriert, was
Joyce »this hated brown Irish paralysis« genannt hat.[27]
Vergleicht man das Verhältnis, in dem die irische Tradition
zur englischen steht, mit dem, das die österreichische Literatur auch heute noch über die gemeinsame Sprache mit dem
deutschen Ausland verbindet, dann liegt die Vermutung
nicht fern, daß die Krankheit, an der der Schullehrer Nagl
leidet, am genauesten diagnostiziert werden könnte als »that
hated brown Austrian paralysis« – eine Spekulation, an die
sich allerhand weiterführende Hypothesen anschließen ließen.

Helle Bilder und dunkle
Zur Dialektik der Eschatologie bei Stifter und Handke

Es hatt' ihn nämlich besonders der *blaue* Streusand ergriffen, in dessen Äther ich die gestirnten Gedanken meines Blättchens gestreuet hatte. Er bat mich geradezu um meine Sandbüchse; »denn es kann sein«, sagt er, »daß ich noch an jemand schreibe, vielleicht an Gott selber«.

Jean Paul,
Leben Fibels

Auf einem Stich aus dem Biedermeier, den ich vor längerer Zeit in einem Freiburger Antiquariat gekauft habe und der mir immer wie eine Illustration zum Werk Adalbert Stifters vorgekommen ist, erstreckt sich eine sonnenbeschienene Mittelgebirgslandschaft bis weit in die Tiefe des Bildes. Im Vordergrund aber halten vier menschliche Figuren: ein Wanderer mit Stock und Mantelsack, eine Dame mit zusammengerolltem Parapluie und zwei weitere Spaziergänger, von denen einer eben ein Taschenperspektiv ans Auge führt. Ein Hündchen ist auch noch dabei, und alle schauen sie, etwas vornübergebeugt, in einen anscheinend bodenlosen Abgrund hinunter, der da unmittelbar vor ihren Füßen sich auftut. Daß die Stiftersche Prosa den Leser immer wieder an solchen Plätzen vorbeiführt, ist oft bemerkt worden. Dem auf den Horizont gerichteten Auge eröffnet sich der schönste Prospekt, »Täler wie rauchige Falten«, mancher See »wie ein kleines Täfelchen« und »die Länder wie eine schwache Mappe«[1], ein Panorama, das inspiriert scheint von der eigentlich nur mit den hellsten Farben und auch mit diesen aufs sparsamste umgehenden Technik des monochromen Aquarells[2]. Zugleich ist es aber dem Beschauer oftmals, »als wäre die Welt ausgestorben, als wäre das, daß sich alles von Leben rege und rühre, ein Traum«[3] und also in Wirklichkeit gar nicht lebendig, sondern tot und gestorben gewesen. Die damit angedeutete Ambivalenz der Emotionen vor der

Schönheit der natürlichen und dann auch der künstlichen Bilder hat ihren Indifferenzpunkt in der Sensation des Schwindels, in der wiederum das aus lauter jähen Abstürzen bestehende frühkindliche Gefühlsleben des erzählenden Subjekts erinnerlich wird.

In einem eigenartigen autobiographischen Fragment, in dem sehr viel, fast wie später bei Thomas Bernhard, von der anonymen Qualität »des Entsetzlichen, Zugrunderichtenden«[4] die Rede ist, versucht Stifter über die Evozierung der ersten bildlichen Eindrücke seines eigenen Lebens in den vorsprachlichen Zustand zurückzukehren, in welchem Innenwelt und Außenwelt noch nicht voneinander verschieden sind und fortwährend in einem diffusen Schmerzempfinden ineinander changieren. So erinnert er ominöse dunkle Flekken, von denen er erst in der Retrospektive sagen kann, »daß es Wälder gewesen sind, die außerhalb mir waren«[5]. Als Gegenstück zu der damit angezeigten, von der Dunkelheit bedrohten Existenz zitiert Stifter das, wie er schreibt, »gleichfalls von damals zuerst in meiner Einbildungskraft« auftauchende Bild eines Gartens, das ihm so deutlich vor Augen steht, »als wäre es in reinlichen Farben auf Porzellan gemalt«[6]. Aus dieser frühgeschichtlichen Gegensätzlichkeit von Ungestalt und Gestaltung heraus entwickelt sich Stifters Programm des Übergangs aus der Natur in den Bereich eines von Abbildern der Natur gesicherten Lebens, sein Bestreben, »zu immer zusammengesetzteren und geordneteren Schilderungen fortzuschreiten«[7], das schließlich in der im *Nachsommer* zur Vorstellung gebrachten Utopie eines homöostatischen Gleichgewichts seinen intentionalen Ausdruck findet.

Freilich steht die in jeder Zeile des *Nachsommer* spürbare Arbeit an der Anordnung der natürlichen und künstlichen Dinge fortwährend im Bann der Angst vor einem Rückfall in jenen Zustand, den der Autor als seine eigene Vorzeit und wohl auch als die der bürgerlichen Spezies begreift. Und man geht gewiß nicht fehl in der Annahme, daß der immer höhere Grad künstlich verwirklichter Ordnung trostloserweise nicht einer sukzessiven Überwindung der Blitzangst gleichzusetzen ist, sondern vielmehr der auch mit der Strukturierung der Welt zunehmenden Antizipation des jederzeit zu gewärtigenden Einbruchs der Zerstörung. Als deren Gleichnis erstreckt sich hinter der lichtvollen Oberfläche der Prosa des *Nachsommers* ein weitgehend unerforschtes Areal, das sich »bei näherer Besichtigung« als ein ungeheures Waldgebiet mit zerstreuten Kohlenbrennereien erweist, wo »ganze Züge von schwarzen Fuhrwerken und schwarzen Fuhrmännern eine düstere Straße hinausziehen« und wo der Autor als der Gefangene der eigenen Herkunft in einem finsteren Tannwirtshaus »nur ein einziges Zimmer mit kleinen Fenstern und eisernen Kreuzen daran«[8] haben kann. Derlei Passagen, in denen, wie eben in der hier beschriebenen Landschaft, die Schwärze sich bis ins Gras hineinzieht, verfinstern den auf die Vermehrung des Lichts bedachten Kunstwillen Stifters in denselben Abständen, in denen sein Vorbewußtsein heimgesucht wird von dem, was der Verdrängung verfiel mit dem Erlernen der Sprache.

Den Ausgangspunkt der in sich selbst auseinanderlaufenden Entwicklung, die das Ungesagte immer dem Beschriebenen opfert, hat Stifter in seiner autobiographischen Skizze markiert mit der Chiffre Schwarzbach; er erinnert an dieser Stelle, wie er als Kind, auf dem Fensterbrett sitzend und hinausschauend, erstmals den Gang der Welt zu begreifen meinte in der wiederholten, die Wirklichkeit tautologisch bestätigenden Nennung des Namens. »Da geht ein Mann nach Schwarzbach, da fährt ein Mann nach Schwarzbach, da geht ein Weib nach Schwarzbach, da geht ein Hund nach Schwarzbach, da geht eine Gans nach Schwarzbach.«[9] Die ordnende, ja fast gesetzgebende Funktion des Namens ist von Hans Blumenberg als ein Grundzug frühgeschichtlich-mythologischer Weltsicht erläutert worden. In der Individualentwicklung des Schriftstellers bezeichnet die beschwörende verbale Geste die erstmals absehbar werdende Hoffnung, aus der Enge des Eingesperrtseins hinauszugelangen, was im Falle Stifters auch gleichgesetzt werden kann mit dem Wunsch, einen Ausgang zu finden aus dem unterprivilegierten Dasein in einer hinteren Provinz und schreibend die Legitimation zu erwerben zum Eintritt in die ideale Welt der bürgerlichen Zivilisation. Ein ganz ähnlicher Zug zeichnet sich auch in den Texten Peter Handkes ab, wo einzelne grausige Wörter wie Mehlschwitze und Ölkrapfen und überhaupt all das Fette, an dem er würgt und das er auf den Begriff Österreich bringt[10], als Signale eines quasi pathologischen Zustands fungieren, dem er schreibend zu entkommen gedenkt, der ihn aber doch in erratischen Augenblicken immer wieder einholt als das Bewußtsein der Illegitimität, als das Gefühl, »ein unstatthafter Emporkömmling aus gar keinem Milieu zu sein«[11]. Das Aufhören des Schreibens wäre gleichbedeutend mit einem Rückfall in die Panik der Kindheit, während die fortgesetzte Erfindung der richtigen Wörter die Transzendierung eines von unguter Erinnerung beschwerten Lebens in Aussicht stellt.

So gesehen wird es verständlich, daß der Versuch einer Vertreibung der Gespenster in eins fällt mit ihrer Revokation, daß Aufklärung, die Herstellung hellerer Farben und zuletzt der Idee des Lichts überhaupt nur durch genau dosierte Admixturen der beschwerlichen materiellen Substanz des Lebens zu leisten sind. Die schönere Beleuchtung der Welt, um die es Stifter im *Nachsommer* und Handke in der *Langsamen Heimkehr* und in der *Lehre der Sainte Victoire* offenbar geht, hat demnach ihre operative Voraussetzung in einer ganz spezifisch gebrochenen Perzeption der Wirklichkeit, die, wie Goethe in der *Farbenlehre* andeutet, mit gewissen pathologischen Zuständen in Verbindung zu setzen ist. Im didaktischen Teil der *Farbenlehre* heißt es etwa, daß »Hypochondristen ... häufig schwarze Figuren als Fäden, Haare, Spinnen, Fliegen und Wespen«[12] sehen, was sich fast liest wie eine Notiz zu den halluzinatorischen Anwandlungen, die die Verbesserung Kaspars zum bürgerlichen Individuum fallweise immer wieder unterbrechen. An Kaspar wird aber auch deutlich, daß jedes über die bloße Affirmation hinausgehende, kritische Begreifen der Wirklichkeit darauf angewiesen ist, daß wir unser subjektives Derangement einbringen in die Repräsentation der objektiven Realität.

Werner Heisenberg erinnert in seinem Essay über die Goethesche und Newtonsche Farbenlehre, daß es lange das Ziel jeder Naturforschung war, die Natur möglichst so zu beschreiben, wie sie an sich, will heißen ohne unseren

Eingriff und ohne unsere Beobachtung wäre.[13] Eine analoge Intention läßt sich aus den Abschilderungen reiner Natur in paradigmatischen Passagen der hochbürgerlichen Literatur herauslesen, mit der Differenz allerdings, daß ›reine Natur‹ im Bereich der Literatur nicht eine physikalische, sondern eine moralische Kategorie ist. Reine Natur, als literarische Utopie, die uns, wie Handke eingangs der *Lehre der Sainte Victoire* vermerkt, »Beseligungsmomente« vermittelt, ist »Naturwelt und Menschenwerk, eins durch das andere«[14], eben genau das, was Stifter im *Nachsommer* mit schier endloser Geduld ausmalt. Wenn es anders richtig ist, daß die Literatur in der idealtypischen Abbildung der Kulturlandschaft die von der neueren Physik geforderte Integration der beobachtenden Instanz ins Feld der beobachteten Gegenstände bereits vollzogen hat, so in einem authentischen Sinn doch nur dort, wo die für die Innenwelt des schreibenden Subjekts bezeichnende Verstörung von den schönen Abbildungen der Natur nicht vollends verdeckt wird. Der Versuch, die stellenweise fast überbelichteten Texte Stifters und Handkes auf einen Begriff zu bringen, wird sich darum zunächst um ein genaueres Verständnis der dem Licht abgewandten Aspekte ihrer utopischen Konzeptionen bemühen müssen.

Besonders charakteristisch für das Werk Stifters erscheint mir die Tatsache, daß er kaum je – auch dort nicht, wo er die Kehrseiten des idyllischen Weltbilds uns vorstellt – den Versuch unternimmt, zu einem expliziten, psychologischen Verständnis jener Dimensionen vorzudringen, die verantwortlich sind für die latente Panikstimmung seiner quietistischen Prosa. Aus diesem sozusagen absenten Charakteristikum resultiert die oft nur von einem Gefühl der Langeweile bewegte eigenartige Zweidimensionalität der Stifterschen Texte. Auch dürfte der damit angedeutete Mangel den Anlaß gegeben haben für die vielfältigen Spekulationen über das abgründige Innenleben Stifters. Die Reihe diagnostischer Konjekturen ist, seit A. R. Hein zu Beginn dieses Jahrhunderts die These vom Selbstmord des Dichters verbreitet hat, eigentlich nicht mehr abgerissen. Von Schwermütigkeit und manisch-depressiver Konstitution bis zum Alkoholismus begegnet man so ziemlich allem, was der Phantasie des medizinischen Laien zu einem solchen Fall beikommen mag. Wenig davon ist heute noch haltbar. Fest steht nur, nach der dankenswerten Studie, die der Schweizer Arzt Hermann Augustin über Krankheit und Tod Stifters verfaßt hat, daß der Dichter an einer über lange Jahre hin sich entwickelnden Leberzirrhose zugrunde gegangen ist, die entsprechend der für das Krankheitsbild ausschlaggebenden Autointoxikation phasenweise zu präkomatösen Zuständen führte. Extremes Unwohlsein, Beklemmung, Angstgefühle, Umnachtungs-anwandlungen und andere eher vage Zustände gehören zur Symptomatik der in einer fortschreitenden Vergiftung des Organismus sich vollziehenden Krankheit.

Stifter hat seiner vor allem in den späteren Lebensjahren häufig akuten *malaise* ein nahezu hypochondrisches Interesse entgegengebracht und bekanntlich durch häufige Kurauf-enthalte auf dem Land und in Bädern versucht, der ebenso qualvollen wie nicht dingfest zu machenden Krankheit entgegenzuwirken. Er hat es aber auch angelegentlich vermieden, die Ursache seines Unglücks, die eindeutig in seiner geradezu chronischen Freßsucht zu suchen war, dem eigenen Bewußtsein zu erklären. Zwar beobachtet er, beson-ders im Verlauf präkomatöser Phasen, die Reaktionen seines Leibes mit großer Akribie, bringt es aber selbst dann und trotz ärztlicher Vorschrift nur selten fertig, seine Freßwut einzudämmen. Aus seiner Korrespondenz läßt sich entneh-men, daß er zur Vorspeise allein häufig dutzendweise Krebse oder sechs und mehr Forellen zu sich nahm. Und das Register dessen, was er sich noch in einer Zeit, in der er sich häufig schon am Rand des Grabes wähnt, systematisch einverleibt, ist tatsächlich schauerlich: »Rindfleisch, geback. Kizl, gebrat. Huhn, Haselhuhn, Taube, Kalbsbraten, Schinken, saure Leber, Schweinsbraten, Sardinen, Paprika-Huhn, geback. Lämmernes und Rebhuhn, viel Rindfleisch (hartes) ge-gessen, Nudelsuppe, etwas Rindfleisch u. Schöpsernes, dann Reisauflauf, Hirn mit sauren Rüben, eingemachtes Kälber-nes, Schnitzel mit Sardellensoß, Jause Tee mit Haselhuhn, Jause Tee Huhn (reichlich), Jause Tee mit Schinken, Jause mit viel Huhn, pappige Kräutersuppe mit Ei usw.«[15] Stifter weiß zwar, daß seine Eßgewohnheiten für sein Befinden verantwortlich sind – er notiert etwa: »abends etwas unruhig wegen Karpfenessen, vielleicht mittags zuviel Schweinsbraten und Krautsalat gegessen«[16] –, kann aber sein Unwohlsein nur dadurch bekämpfen, daß er die Bastion seines Leibes durch die Integration von weiteren Mengen von Lebensmitteln befestigt. Entschließt er sich doch einmal, mit etwas mehr diätischer Vorsicht zu verfahren, dann ist gleich von den größten Hungergefühlen die Rede, die in seinen Briefen sehr drastisch geschildert werden, beispielsweise wenn es heißt, daß eine bescheidene Jause in dem an abnorme Zufuhr gewohnten Magen gewissermaßen »ins Bodenlose gefallen«[17] sei. Auch sieht es ganz so aus, als habe er in der literarischen Arbeit ein Mittel an der Hand, die Vorfreude aufs Essen beziehungsweise die Steigerung des Hungergefühls möglichst lange hinauszuziehen. In einem Brief aus dem Jahr 1861 heißt es: »Dann folgt wieder Arbeit am Witiko bis 9 Uhr, dann harrt meiner eine ganze Ente. Mich hungert aber jetzt schon so, daß ich glaube, ich esse zwei.«[18] Unklar ist hier einzig, was Stifter emotional mehr bedeutet, das in Aussicht stehende tatsächliche Verzehren der Ente oder die vom Hunger zuvor ihm eingegebene Vorstellung, daß er bereits dabei sei, ganze zwei Enten aufzuessen. Jedenfalls hat er schreibend die Möglichkeit, den Hunger nicht sowohl zu vergessen und hintanzuhalten als zu steigern und so auf die für seine körperlichen Bedürfnisse strategisch günstigste Weise von einer Mahlzeit zur anderen zu gelangen.

Bemerkenswert ist in diesem Zusammenhang auch, daß im *Nachsommer,* wo ja eigentlich alles auf den sublimen Zusammenklang von Kunst und Natur abgestellt ist und wo viel von der Reinheit der Luft und des Wassers gehandelt wird, von welcher die ätherischen Kreaturen dieses Romans idealerweise wohl zu leben hätten, immer wieder die Essenszeiten erinnert werden. Der Text, in dem sich ja bezeichnenderweise die Zeit selbst so gut wie gar nicht entwickelt, ist geradezu perforiert von Hinweisen wie: »Am anderen Morgen nach dem Frühmahle . . . Der Mittag vereinigte noch einmal alle Gäste bei dem Mahle . . . Nach dem Mahle fuhren mehrere Gäste fort... Bei dem Abendessen kam das Gespräch auf... Der Tisch war schon gedeckt... Nachdem man den Nachmittagstee ... Als wir uns im Speisesaale getrennt hatten ...« usw. usf.[19] Freilich werden hier mit Rücksichtnahme auf die feineren Gefühle des lesenden Publikums die auf die Tafel gebrachten Opfer nicht namentlich aufgeführt, aber soviel wird doch deutlich, daß die Elaboration einer an der Idee der Reinheit sich orientierenden Zivilisationsidylle in einem sinistren Zusammenhang steht mit der Sehnsucht des Hanswursten, der auf dem Vorstadttheater verkündet, daß er am liebsten die ganze Welt auffressen möchte. Bringt man ferner in Anschlag, wie ärmlich und fleischlos der Speisezettel der weniger privilegierten Schichten der Bevölkerung im 19. Jahrhundert noch gewesen ist[20], so liegt die Vermutung nahe, daß die kontinuierliche Einverleibung gewaltiger Mengen tierischer Nahrungsmittel für Stifter, neben der Arbeit an der Verklärung der bürgerlichen Kultur, ein Mittel zur Akkreditierung in der besseren Gesellschaft gewesen ist. Daraus wiederum ließe sich schließen, daß die Hekatomben, die Stifter seiner leiblichen und sozialen Aufrechterhaltung zum Opfer brachte, als schlechtes Gewissen in ihm fortrumorten.

Eine zentrale Schwäche des Stifterschen Werks liegt darin, daß es diesen Zusammenhang nirgends reflektiert und statt dessen, zur Entlastung der Seele gewissermaßen, ein Weltbild konzipiert, das die schuldhafte Verkettung alles organischen Lebens aufs kunstfertigste transzendiert. In diesem Weltbild aber geht es, wie noch zu zeigen sein wird, um die Repräsentation eines himmlischen Daseins, das über dem Abgrund der natürlichen Welt sich erhebt. Merkwürdig ist an solchem streng an die Richtlinien orthodoxer Vision sich haltenden Bemühen, daß seine Befürworter seit dem heiligen Thomas meist starke Esser gewesen sind, während jene Autoren, die in ihrem Agnostizismus an der Einrichtung der Welt verzweifeln zu müssen glaubten – und hier wären vor allem die großen Satiriker von Swift und Lichtenberg bis zu Kraus und Bernhard zu nennen –, von Charakterzügen geprägt sind, die einem, wo nicht asketischen, so doch häretischen Begriff von der menschlichen Existenz entsprechen.

Immerhin gibt es auch im Werk Stifters, wie gerade in letzter Zeit öfter bemerkt wurde, Passagen, die in bildhafter, bezeichnenderweise jedoch nicht in diskursiver Sprache den häretischen Gedanken einer vom Prinzip des Bösen und der Verfinsterung beherrschten Welt zum Vortrag bringen. In der von der ausgehenden Romantik, insbesondere aber von den extremen Phantasien Jean Pauls geprägten Erzählung *Der Condor* verbreitet sich, nachdem »das leidige Abendgetümmel der Menschen« vergangen ist, »die tödlichste Stille«, in der ein junger Maler die Nacht durchwacht, um beim Anbrechen des Morgens über die Dächer der Stadt hinweg durch sein Fernrohr das Aufsteigen eines Ballons verfolgen zu können. Dieser, »eine große, dunkle Kugel«, unter der an »unsichtbaren Fäden« ein Schiffchen hängt, winzig »wie ein eingebogenes Kartenblatt, das drei Menschenleben trägt«[21], wird zu einer in einem feindseligen Universum hilflos herumtreibenden Welt, deren Passagiere »noch vor dem Frührote«[22] herabstürzen können. Der zweite Teil der Erzählung beschreibt die Ballonfahrt aus der Perspektive der Luftreisenden selber, denen es in der Morgensonne vorkommt, daß »der ganze Ballon brenne« vor einem indigoblauen Himmel, während weit unterhalb, »noch ganz schwarz und unentwirrbar«, die Erde in der Finsternis verrinnt.[22] Von dem Fleckchen, »das wir Heimat nennen«, ist bald nichts mehr auszumachen; »wie große Schatten« ziehen »die Wälder gegen den Horizont hinaus«, und um das Schiff herum wallen »weithin weiße, dünne, sich dehnende und regende Leichentücher«. »Das ganze Himmelsgewölbe, die schöne blaue Glocke unserer Erde, war ein schwarzer Abgrund geworden, ohne Maß und Grenze in die Tiefe gehend.« »Wie zum Hohne« werden »die Sterne sichtbar – winzige, ohnmächtige Goldpunkte, verloren durch die Öde gestreut – und endlich die Sonne, ein drohendes Gestirn, ohne Wärme, ohne Strahlen, eine scharfgeschnittene Scheibe aus wallendem, blähendem, weißgeschmolzenem Metalle: so glotzte sie mit vernichtendem Glanze aus dem Schlunde.«[23]

Diese Schilderung, ein schreckensvolles Gegenstück zur idyllischen Verklärung der Natur, bewegt sich ihrer inhärenten Dynamik nach auf den Punkt zu, von dem aus das Universum vor dem Blick des Häretikers als die Kreation eines Irren erscheint. Goethe meinte in der *Farbenlehre* noch, daß die pathologischen Farben, von denen der Luftfahrer Zambeccari und seine Gefährten berichtet hatten, die in ihrer höchsten Erhebung den Mond und die Sonne blutrot gesehen haben wollten, von einer vom Höhenrausch ausgelösten Beeinträchtigung der Perzeption verursacht werden.[24] In der Stifterschen Passage hingegen wird die pathologische Kolorierung der objektiven Verfassung des Universums zugeschrieben, einer Verfassung, die bereits unter dem Begriff der Entropie steht und die es nicht verstattet, zwischen oben und unten, hell und dunkel, Hitze und Kälte, Leben und Tod irgend zu unterscheiden. Wenig Wunder, daß Stifter, bewegt von den chaotischen Vorgängen in seinem Inneren und von der naturwissenschaftlichen Einsicht in die grauenvolle Ausgesetztheit der Welt, zeit seines Lebens in einer Art literarischer Autotherapie an der Darstellung einer helleren Welt sich abgearbeitet hat. Die Drohung entropischer Kontingenz, die in der *Condor*-Geschichte weit über den sentimentalischen Erzählzusammenhang hinausweist, ist er freilich dennoch nicht losgeworden.

Das eindringlichste Beispiel hierfür ist wohl sein weit späterer Bericht aus dem bairischen Wald, in dem er von dem »Naturereigniss« eines »zwei und siebenzig Stunden« währenden Schneesturms handelt. »Die Gestaltungen der Gegend«, eben das, woran Stifter doch alles gelegen war, »waren nicht mehr sichtbar. Es war ein Gemische da von undurchdringlichem Grau und Weiß, von Licht und Dämmerung, von Tag und Nacht, das sich unaufhörlich regte und durcheinandertobte, Alles verschlang, unendlich groß zu sein schien, in sich selber bald weiße fliegende Streifen gebar, bald ganze weiße Flächen, bald Balken, und andere Gebilde, und sogar in der nächsten Nähe nicht die geringste Linie oder Grenze eines festen Körpers erkennen ließ.«[25] Dem Erzähler bleibt, angesichts der zergehenden Wirklichkeit, nichts, als aus dem Gefühl seiner Panik heraus »immer in das Wirrsal zu schauen«[26]. Er selber ist in akuter Gefahr, körperlich zu desintegrieren. Die Zunge klebt ihm am Gaumen, er ißt nichts mehr, träufelt nur noch etwas Liebigs Fleischextract in warmes Wasser und trinkt die Brühe[27], eine für einen Menschen wie Stifter wahrhaft eschatologische Erfahrung. In der Dissolution von Raum und Zeit im Gestöber des Schnees zergeht so auch die Person des Autors, und doch ist, seltsamerweise, gerade in diesen Passagen seine Erzählpräsenz weitaus prononcierter als in den zur Beruhigung der ihn umtreibenden Angst entworfenen Bilderbögen nachsommerlicher Seligkeit.

Je mehr Stifter sein erzählerisches Interesse darauf richtet, den Inbegriff einer nach allen Regeln der Kunst abgesicherten Schönheit herauszustellen, desto weniger gelingt es ihm, selber in den aufs glücklichste arrangierten Szenen noch anwesend zu sein. Das zeigt sich exemplarisch an jener bekannten Stelle des *Nachsommers,* an der der Freiherr von Risach für seinen den Autor vertretenden Gast »mittelst eines Drückers« eine verborgene Tapetentür öffnet und ihn hineinschauen läßt in die mit Polsterbänken und Sesseln ausstaffierte und in den himmlischen Farbtönen rosenroter und lichtgrauer Seide gehaltene Miniaturwelt des Rosenzimmers, durch dessen Fenster »zwischen grünen Baumwölbungen . . . die Landschaft und das Gebirge«[28] als ein ins Interieur miteinbezogenes Bild erscheinen. Dieses von der Idee ästhetischer Vollkommenheit inspirierte Gemach, das in seiner Perfektion fast den Gedanken verbietet, daß es je bewohnt werden könne, spiegelt die Innendekoration der bürgerlichen Seele, die zwischen der Sehnsucht nach Bequemlichkeit und dem Wunsch nach unverrückbarer Ordnung irgendwie sich nicht einrichten kann. Im übrigen ist es wohl bezeichnend, daß das Zimmer, in dem die Figur des Erzählers selber in ätherische Farbtöne zu verschwimmen scheint, das Zimmer Mathildens und damit eben ein Frauenzimmer ist. Was passiert, wenn man mit dem auf dem Tischchen stehenden goldenen Glöcklein läutet, das mag der geneigte Leser sich dann selber ausmalen.

Deutlich wird in derlei Passagen aber auch, daß die von der bürgerlichen Phantasie betriebene Säkularisierung der Utopie, der Versuch, sich einen Himmel auf Erden zu schaffen, leicht ins Kitschige hinüberschwingt und also in einen Bereich, in welchem die Legitimation des Erzählers in seinem Werk nicht mehr zu bewerkstelligen ist. Möglich, daß sich aus dieser Insuffizienz heraus das Bedürfnis Stifters entwickelt, den Frieden des Hauswesens und der domestischen Ordnung auszudehnen auf den Bereich außerhalb des Hauses, auf den Garten, die Landschaft und auch auf die noch freie Natur. Die Weltfrömmigkeit des Stifterschen Protagonisten hat solchermaßen ihr Pendant in der Vermessung, Registrierung und Klassifizierung dessen, was als fremde und noch unbegriffene Natur der bürgerlichen Idealvorstellung eines in den Farben der Ewigkeit zur Darstellung gebrachten Gleichgewichtszustandes widersprechen könnte. Ganz ähnlich bemüht sich Handkes Naturforscher Sorger in der *Langsamen Heimkehr* über die vom bürgerlichen Ethos vorgeschriebene »Arbeitsanstrengung« in einen Zustand »der seligen Erschöpfung« hinüberzukommen, in dem sich alle Räume, »der einzelne, neueroberte mit den früheren, zu einer Himmel und Erde umspannenden Kuppel« zusammenfügen »als ein nicht nur privates, sondern auch anderen sich öffnendes Heiligtum«[29]. Die Funktion einer Kunst, die das private Gefühl der Beseligung in etwas auch gesellschaftlich Bedeutungsvolles zu übersetzen versucht, besteht aber nicht zuletzt darin, daß sie all das, was mit den schöneren Visionen nicht sich zusammendenken läßt, ausgrenzen und hintanhalten muß.

In der Bewältigung dieser Aufgabe nehmen der Naturforscher Sorger und durch ihn der Schriftsteller Handke die Charakterzüge des Propheten an, der es lange Zeit in der Wüste ausgehalten hat, um nun als Vorläufer einer besseren und friedfertigen Welt auftreten zu können. Der privilegierte Status, den sie sich damit zuschreiben, rechtfertigt sich in der sympathetischen Identifikation mit denjenigen, denen es ihre Arbeit nicht verstattet, aus der »gelben Wildnis« davonzukommen. Angesichts der arktischen Landschaft die Verlassenheit dessen nachfühlen zu können, »der ohne Glauben an die Kraft der Formen oder durch Unkenntnis auch ohne Möglichkeit dazu, sich wie in einem Alptraum allein vor dieser Erdgegend fände: es wäre das Entsetzen vor dem Leibhaftigen, dem unwiderruflichen Ende der Welt, wo der Betreffende vor Alleinsein – auch hinter ihm gäbe es nichts mehr – nicht einmal an Ort und Stelle sterben könnte: denn es gäbe weder Ort noch Stelle mehr.«[30] Die Angst der weniger privilegierten Kreatur, die Sorger hier im Konjunktiv ausprobiert, ist in ihrer extremen Endorientiertheit fixiert auf die Figur des Leibhaftigen, das negative Prinzip aller Metaphysik, das hinter dem kunstsinnigen Panorama der Utopie sein Wesen treibt. Handke trägt der in momentanen Anfällen der Verstörung sich manifestierenden unguten Präsenz dadurch Rechnung, daß er Sorger getreulich auch Bilder notieren läßt, in denen der Prozeß der Auflösung der Formen, die von einer unbegreiflichen Instanz inspirierte Mortifikation des Lebens, sehr weit schon fortgeschritten scheint.

> Ein toter rosa Lachs wurde auf den Ufersand geschwemmt, eine schwache Farbe in der starr ausgestreckten Düsternis, über der es, ganz davon abgeschieden, einen blassen Himmel gab, mit dem farblosen, wie hintübergestürzten Mond. Der Fisch, verquer aufgequollen auf der vom Tau schlammigen Sandbank liegend, schien wie zufällig hineingespielt in die kalte Dämmerungslandschaft, als ein Gegenstück zu den ebenso geblähten, von weißen Holzzäunen umpflockten Aufwerfungen des Indianerfriedhofs im schütteren Niederwald, dem anderen jenseitigen Grenzmal der Hütten, deren Stellwände schwarz und grau im Buschwerk des Zwischenstreifens standen, ohne Lebenszeichen, bis auf das Geratter der Stromerzeugungsmotoren.[31]

Angesichts solcher negativer Offenbarungen überkommt Sorger immer wieder das Gefühl der Blutleere, einer aufwallenden Hitze, die Angst, nicht nur »allein auf der Welt, sondern allein ohne Welt«[32] zu sein. Er meint sich »nicht nur von der Sprache verlassen, sondern auch von jeder Tonfähigkeit«[32], und einzig in der stets neu ansetzenden Überwindung der Aphasie gelingt es ihm, den Weg zurück zu finden zu seinem anderen Weltbild. Die Therapie, die er – ähnlich wie der Stiftersche Protagonist – sich verordnet, besteht darin, »möglichst getreu und ohne die in seiner Wissenschaft üblich gewordenen Schematisierungen und Weglassungen – Linie für Linie« alles nachzuzeichnen, so daß er, »wenn auch nur von sich selber, mit gutem Gewissen behaupten (kann), dagewesen zu sein«[33]. Der Mechanismus der Kunstproduktion zur Beruhigung des Gewissens, auf den damit verwiesen ist, erinnert auf eine nicht unproblematische Weise an den Stellenwert photographischer Abbilder in unserem Weltverständnis. Susan Sontag hat darauf aufmerksam gemacht, daß das Reisen – diese für Handkes Helden so bezeichnende Form, durch die Welt zu kommen – in zunehmendem Maß zu einer Strategie zur Akkumulation von Photographien geworden ist, die vor allem von den von einem rigorosen Arbeitsethos deformierten Nationen, von Amerikanern, Deutschen und Japanern, mit Vorliebe gepflogen wird.[34] Die entscheidende Differenz zwischen der schriftstellerischen Methode und der ebenso erfahrungsgierigen wie erfahrungsscheuen Technik des Photographierens besteht allerdings darin, daß das Beschreiben das Eingedenken, das Photographieren jedoch das Vergessen befördert. Photographien sind die Mementos einer im Zerstörungsprozeß und im Verschwinden begriffenen Welt, gemalte und geschriebene Bilder hingegen haben ein Leben in die Zukunft hinein und verstehen sich als Dokumente eines Bewußtseins, dem etwas an der Fortführung des Lebens gelegen ist.

Aus dieser positiven Intention heraus, die es Sorger und Handke erlaubt, sich als »Friedensforscher« und nicht wie die meisten Photographen als Kriegsberichterstatter zu sehen, entwickeln die hier zur Diskussion stehenden Texte die Idee eines auch angesichts des Schreckens noch realen Gefühls von Glück und Seligkeit; eines Gefühls, das hinaustendiert in einen transzendenten Bereich, in dem alle Räume und Zeiten aufgehoben wären, nicht aber im Sinn von Zerstörung, sondern im Sinn von Verewigung. So sieht Sorger im New Yorker Zentralpark in der endlosen Prozession der Passanten ebenso unvermittelt wie natürlich die Inbilder seiner Verstorbenen auftauchen. In dem versöhnten neuen Leben, das sich für Sorger in dieser Erfahrung auftut, stellt er sich »einen hellen Moment lang ... die Zeit als einen ›Gott‹ vor, der ›gut‹ war«[35]. Jedes einzelne Attribut des Raumes, in dem

Sorger, erfüllt von der wiedergewonnenen Zeit, sich zum erstenmal richtig am Leben weiß, erscheint transfiguriert von der Aura eines theosophisch gemeinten Lichts, und noch der Coffee-Shop, in den der heimkehrende Held einkehrt, kommt ihm »mitsamt den Blechaschenbechern und Zuckergläsern (die zu Prunkgefäßen wurden) saalartig glitzernd«[36] und durchdrungen vom Dampf der Kaffeemaschine und der Radiomusik vor wie ein himmlisches Emporium. »Was ich hier erlebe«, sagt sich Sorger, »darf nicht vergehen«[37], ein Postulat, das die Prosa Handkes reflektiert, indem sie ausschwenkt aus der endorientierten Dynamik der erzählerischen Literatur und ein Schriftbild verwirklicht, anhand dessen »die Wahrheit des Erzählens als Helligkeit«[38] erfahrbar wird.

Sorger breitete die Hefte mit den Aufzeichnungen über den Tisch, so daß jedes einzelne mit seiner besonderen Farbe erschien und die ganze Tischfläche gleichsam zu einer geologischen Karte wurde, wo bunte Flächen die verschiedenen Erdzeitalter bedeuten. Ein mächtiges, unbestimmtes Zartgefühl ergriff ihn: Natürlich wünschte er sich ein ›zusätzliches Licht‹! Und bewegungslos stand er über das vielfarbige, an manchen Stellen schon altersblasse Muster gebeugt, bis er selber eine ruhige Farbe unter anderen wurde. Er blätterte die Hefte durch und sah sich in der Schrift verschwinden: in der Geschichte der Geschichten einer Geschichte von Sonne und Schnee.[39]

Das theologische Präzept einer in der Geschichte der Natur und des Menschen und über diese hinaus fortschreitenden Verdrängung der Finsternis wird hier, in bewußtem Gegensatz zur apokalyptischen Disposition der Jetztzeit, zum Leitbild schriftstellerischer Arbeit. Fälschung, ja, das weiß Sorger selbst, doch versteht er die Fälschung, intentional wie sie ist, nicht als Schuldvorwurf, sondern als Heilsidee, die ihren Niederschlag findet in der tröstlichen Vision, »daß die Geschichte der Menschheit bald vollendet sein würde, harmonisch und ohne Schrecken«[40], wie eben die hier praktizierte Kunst. Zuletzt gerät Sorger, die vorgezeichnete Bahn für sich selber zuendegehend, noch in eine Sonntagsmesse.

Vom Kupferblech an den Opferbeuteln leuchteten die Antlitze der Gläubigen, und der mitspendende Sorger erlebte sich in der Gemeinschaft des Geldes, indes die Hände der Einsammelnden an den Stangen Geräusche von Bäckern machten, die Brot aus dem Ofen fischten. Ein Schwanken ging durch die Welt, als das Brot in den göttlichen Leib und, ›simili modo‹, der Wein in das göttliche Blut verwandelt wurde.[41]

Simili modo, so ließe sich hier fortfahren, verwandelt auch die Literatur das Fleisch und Blut der Wirklichkeit in eine ohne Beschwernis verzehrbare Speise vermittels eines Rituals der Transsubstantiation und dient zur Beschwichtigung eines schlechten Gewissens, das, wie wir am Fall Stifters sehen konnten, weniger im Herzen als im Magen des Autors seinen Sitz hat.

Der weitgespannte Bogen, den Sorger in seiner langsamen Heimkehr um die halbe Welt durchläuft, erinnert in vielem auch an die Exkursionen, die die Praxis des Schamanismus dem Adepten einer über die Logik des erdenschweren Daseins sich erhebenden Metaphysik vorschreibt.[42] Der Schamanismus ist seinem Ursprung nach eine arktische Erscheinung, die auf den Einfluß der extremen Umwelt auf die labilen Nerven des Polarmenschen zurückgeführt worden ist. Er besteht im Erlernen einer Ekstasetechnik, die es dem Kandidaten verstattet, in tranceartigen Zuständen seine Seele aus dem Körper zu Himmel- und Unterweltfahrten zu entlassen. Nach seiner Rückkehr aus dem hinter den höchsten Gebirgen gelegenen Jenseits erzählt der Schamane von den Fährnissen und Wundern, deren er durch das Überschreiten der profanen menschlichen Verfassung teilhaftig wurde. Die Erzählung folgt in aller Regel den Stationen eines Flugtraums und ist mit Bildern ausgeschmückt, in denen häufig gefiederte Kreaturen als Seelenführer des Schamanen erscheinen, weshalb dieser auch selber mit Federn sich schmückt und es in seiner Luftfahrt den Vögeln gleichzutun sucht. Nicht von ungefähr finden sich darum in der *Langsamen Heimkehr* und in der *Lehre der Sainte Victoire* emblematisch in den Text eingelassene Vogelbilder, die hinausdeuten über das Leben auf der Oberfläche der Erde. »Knapp über mir, fast zum Angreifen, schwebte im Wind eine Rabenkrähe. Ich sah das wie ins Inbild eines Vogels gehörende Gelb der an den Körper gezogenen Krallen; das Goldbraun der von der Sonne schimmernden Flügel; das Blau des Himmels.«[43] Die in diesen Sätzen buchstäblich ausgemalte Idee der Schwerelosigkeit wird für den Autor konkret freilich nur erfahrbar, wenn er, auf einer seiner vielen Flugreisen, die Erde unter sich ausgebreitet sieht in dem anscheinend unversehrten Farbenspiel, das dem Naturforscher von seinen geologischen Karten her vertraut ist. Doch der Leser begreift wohl, daß Sorger eine Zeitlang zumindest in einer ganz und gar anderen Welt gewesen ist, wenn er den Bericht seiner Rückkehr nach Europa beschließt mit den Worten: »Dröhnend brach das Flugzeug durch die Wolken.«[44]

In dem damit skizzierten Zusammenhang stimmt es auch, daß das von den Indianern zurückgekehrte *alter ego* des Autors in dem auf die *Langsame Heimkehr* folgenden Text sich zurückverwandelt in die Person des eigenen Ich und daß nunmehr der Modus der Fortbewegung sich ändert und überwechselt vom Fliegen zur Wanderschaft. Der Weg, der in der *Lehre der Sainte Victoire* beschrieben wird, ist darum weniger der des Kandidaten in den Bereich des Jenseits als der des Künstlers zur Kunst. Franz Sternbald und die Erzählfigur des *Nachsommers,* beide unterwegs zu einer Utopie der Kunst, in deren Zentrum Kreativität und Restauration zum Gedanken einer künstlichen Bewahrung der Schöpfung zusammentreten, sind die Paten des Wanderers Handke auf dem Weg zum Mittelpunkt der Welt, den er dort zu finden glaubt, »wo ein großer Künstler gearbeitet hat«[45]. Richtig ist jedoch auch, daß dem Schüler – eines der beständigen Abbilder, das Peter Handke von sich hat – die Meister der bürgerlichen Kunst als die »Menschheitslehrer der Jetztzeit«[46] erscheinen und daß so die Wanderschaft doch mehr bedeutet als eine bloß ästhetische Versinnbildlichung unserer säkularen Existenz. Nur die ins Metaphysische weisende Dimension des Textes vermag zu erklären, weshalb der Berg den Autor »anzog, wie noch nichts im Leben (ihn) angezogen hatte«[47]. Unter diesem Aspekt wird die Wanderschaft zur Kunst zu einer Art *Pilgrim's Progress* und ihre Stationen zu denen einer imaginierten Heilsgeschichte. Was in dem derart veranschaulichten Prozeß den Ausschlag gibt, ist aber nicht, wie sich aus einer der geheimnisvolleren Anmerkungen der Goetheschen Farbenlehre schließen läßt, das dem Wanderer vorschwebende Ziel, sondern vielmehr der Akt des Fortschreitens selbst. »Man mache sich auf den Weg zu irgendeinem Ziele, es stehe uns nun vor den Augen oder bloß vor den Gedanken, so ist zwischen dem Ziel und dem Vorsatz etwas, das beide enthält, nämlich die Tat, das Fortschreiten. Dieses Fortschreiten ist so gut als das Ziel: denn dieses wird gewiß erreicht, wenn der Entschluß fest und die Bedingungen zulänglich sind; und doch kann man dieses Fortschreiten immer nur intentionell nennen, weil der Wanderer noch immer so gut vor dem letzten Schritt als vor dem ersten paralysiert werden kann.«[48] Im ominösen Verweis auf die alle Zeit immanente Drohung der Paralyse hat das an sich hybride Unterfangen des Wanderers, vorzudringen in einen im Grunde heiligen Bereich, seine einzige Legitimation, ist doch die Erlösung schon in den ältesten Erzählmustern abhängig vom furchtlosen Bestehen äußerster Gefahr und Not, einer Gefahr, die in der *Lehre der Sainte Victoire* vorgestellt wird in dem Kapitel ›Der Sprung des Wolfs‹, wo Handke das schreckliche Erlebnis mit ›seinem‹ Hund beschreibt. Das Tier befindet sich auf einem zubetonierten, hoch mit Stacheldraht umgebenen Platz, der zu einer Kaserne der Fremdenlegion gehört. Es hat einen bunten, gelbgestromten Körper; Kopf und Gesicht aber sind tiefschwarz. Dem Wanderer vergehen in der Konfrontation mit dieser unsäglichen Kreatur, in der er sogleich seinen ureigenen Feind erkennt, schier alle Sinne. Verstehen wir den grausigen Hund als das traditionelle Symbol saturnischer Melancholie, dann wird deutlich, daß der auf dem Weg ins Licht begriffene Erzähler durch den fleischpurpurfarbenen Rachen des Tieres hinabsieht auf das, was an Angst und Depression in ihm selber begraben liegt. Nicht anders ergeht es ja auch dem Wanderer im ersten Canto der *Divina Commedia,* dem bei der Besteigung des *dilettoso monte* auf halber Höhe eine Wölfin auflauert, die seinen Mut erbleichen läßt durch ihren Blick, »drob ich vor Furcht erschauert, daß ich die Höh nicht hoffte zu erreichen: ch'io perdei la speranza dell'altezza«[49]. Wie dem Tier, das keinen fahrlos seine Straße wandern läßt, zu entgehen sei, das erfährt Dante, indem er sich seinem Vorbild und Meister Virgil anvertraut, der ihn von nun ab durch die ewigen Gründe führt. Ganz analog sind die Verhältnisse in der *Lehre der Sainte Victoire,* deren Text die von Cézanne vorgezeichnete Linie von den Bildern des Schreckens zur Repräsentation des Lichts durch die Farben nachvollzieht. Auch Cézanne, erinnert Handke, hat anfangs Schreckensbilder gemalt, und im Jeu de Paume erkennt er, daß in den Stilleben des Malers alles wie auf einer schiefen Ebene erscheint, daß die Birnen, Pfirsiche, Äpfel und Zwiebeln, die Vasen, Schalen und Flaschen so dargestellt sind, »als seien diese Dinge die letzten«[50].

Der Wechsel von dieser apokalyptischen Aussicht zu jenem helleren Begriff von der Endzeit, der dann in den Bildern der Sainte Victoire sinnfällig erscheint, ist nicht sowohl der längste als auch der kürzeste, so wie der Schritt aus der Trauer in den Trost nicht der größte, sondern der kleinste. Erst einem Bewußtsein, das gelernt hat, auf die Beschwörung der Katastrophe nicht bedingungslos sich einzulassen – und Handke hat immer wieder darauf verwiesen, daß es mit der Evokation des Schreckens allein nicht getan sei –, erst einem solchen Bewußtsein erscheint wie »durch einen Torbogen für die Ferne« und »in den hellen Farben des Himmels das Massiv des Sainte Victoire Gebirges«[51], dessen Felswände, wie es später heißt, als »eine stetige hellweiße Bahn bis hinten in den Horizont sich erstrecken«[52]. Die hellweiße Bahn markiert den Weg auf eine Anhöhe, von der aus der Wanderer gegen Nordosten im äußersten Hintergrund die Gipfelflur der Alpen aufleuchten sieht: »›wirklich ganz weiß‹«[53], wie er in Anführungszeichen staunend vermerkt. Nun ist absolut reines Weiß nach einem Notat Lichtenbergs etwas, das nur wenige Menschen je gesehen haben[54], und es gilt auch als die Farbe, wenn es um eine solche überhaupt sich handelt, von der Wittgenstein vermutet, daß sie das sei, »was die Dunkelheit aufhebt«[55]. Die theologischen und theosophischen Assoziationen, die mit diesen Thesen ins Bild rücken, sind von der weitläufigsten Bedeutung und führen zurück bis in die Farbschemata der Heiligen Schrift.[56] Sie sind die

Akzidenzien einer auf die Erlösung aus dem Schuldzusammenhang des Lebens gerichteten Hoffnung, die sich in der Kunst ephemer realisiert in der Erschaffung von Bildern, die es dem Autor und dem Leser erlauben, fast körperlich einzugehen in die doch immer fremde Natur aller Dinge.

Das Exempel hierzu entwickelt Handke in den Passagen, mit denen *Die Lehre der Sainte Victoire* an ihr Ende kommt. Sie setzen ein mit der Beschreibung des Bildes ›Der große Wald‹ von Jakob van Ruisdael, das im Wiener Kunsthistorischen Museum hängt. An dieser Stelle wird einsichtig, daß die Wanderschaft selber weniger eine Wanderschaft als eine Art von Komposition darstellt, in der die Welt für die Erzählfigur zu Bildern gerinnt, in denen es sich aushalten läßt. Das kunstvolle Bild des großen Waldes wird im Fortgang des Textes von dem eines wirklichen Waldes in der Nähe des Dorfes Morzg bei Salzburg überlagert. Auf dem Weg durch diesen wirklichen Wald verschwindet der Wanderer in seiner Phantasie wie jener sagenhafte chinesische Maler in der von ihm gemalten Landschaft. Auch zu Stifter, der seine Landschaftsbilder bekanntlich gern mit symbolischen Titeln versah, gibt es hier noch einen bedeutungsvollen Bezug. Am Ende seines Tagebuchs über Malereiarbeiten, in das er die fürs Malen aufgewendete Zeit auf Stunden und Minuten genau eingetragen hat, steht zuletzt, kurz vor seinem Tod, dreiundzwanzigmal der Satz »An der Ruhe gemalt«[57]. Das Bild, um das es sich hier handelt, stellt einen See dar, hinter dem ein Schneeberg aufsteigt, und es erschließt dem Beschauer, wie der Weg des Wanderers durch den Wald bei Morzg, die lautlose Sensation eines Übergangs in einen anderen Aggregatzustand. Die verhaltene Geste, die sich in derlei Bildern und Prosa ins Werk setzt, ist die Äußerungsform einer, wo nicht aufs Auslöschen, so doch aufs Ausatmen bedachten Haltung, die dem von der Kunst imaginierten, über das Profane erhabenen Niemandsland zwischen Leben und Tod angemessen wäre, einem Niemandsland, in dem der Wanderer an einem ehemaligen Flurwächterhaus vorbeikommt, »wo am Abend eines der Fenster von einem kaum wahrnehmbaren Innenlicht glimmt und ein stimmloser Gesang heraustönt«[58]. Von diesem Vorposten der Ewigkeit führt die Straße zu einem Friedhof, vor dem ein Wirtshaus steht, aus dem manchmal Betrunkene herausgestoßen werden, die dann noch eine Zeitlang im Trotzgesang vor der Tür verharren, um dann jäh zu verstummen und wegzugehen. Ferner bewegen sich durch die halb jenseitige Gegend »langsame Trauerzüge«, »wo bei Glockengeläute hinter einem Sarg einhergehende Fremde für einen Augenblick zu eigenen Angehörigen werden«[59].

Die Parabel dieser seltsamen Szene, die unklar läßt, ob sie aus der Perspektive des Fremden oder aus der des Toten gesehen ist, hat Hebel dem ins Ausland verschlagenen Kannitverstan auf den Leib geschrieben; sie zieht uns unweigerlich weiter hinein in die Tiefe des Textes. Hinter einem Hohlweg beginnt jetzt ein »lochschwarzes Dickicht«, ein finsterer Bunker »lockt zum Betreten«[60]. »Die Gesichter der spielenden Dorfkinder«, »seltsam von ihren Körpern getrennt wie auf alten Bildern die Gesichter der Heiligen«[61], tauchen hier und da auf und dazu noch ein keuchender Läufer, »dem bei jedem Schritt die Gesichtshaut, wie eine zweifache Maske, von tot auf lebendig springt«[62], arme Seelen sie alle, die sich, wie Benjamin schrieb, zwar viel umtun, aber keine Geschichte haben[63]. Von der Höhe der zuletzt erreichten Kuppe hört sich der Dialekt der weit unterhalb gehenden Menschen »wie alle Sprachen in einer an«[64], eben wie die *lingua franca* derjenigen, die nicht mehr durch die Grenzen von Raum und Zeit voneinander getrennt sind. Der Weg endet vollends an einem Weiher, an dessen Rand ein aus Türen gezimmertes Floß leise schaukelt. In der hereinbrechenden Dunkelheit, die den Wanderer, der nun das Ufer erreicht, zum Übersetzen verlockt, richtet dieser aber, eingedenk der seinem letzten Ausflug vorangestellten Lehren, sein Augenmerk auf einen Holzstoß, »das einzige Helle vor einem dämmrigen Hintergrund«[65]. Er sieht ihn so lang an, »bis nur noch die Farben da sind«[65]. »Ach, wenn ich so recht in die Farben hineinschaue«, heißt es bei Jean Paul, »die Gott der dunklen Welt gegeben und zu welchen er immer seine Sonne gebraucht: so ist mir, als sei ich gestorben und schon bei Gott.«[66] Das ist weniger Todeswunsch als eine widerrufliche Simulation des Sterbens. »Bis nur noch die Farben da sind ... Ausatmen. Bei einem bestimmten Blick, äußerste Versunkenheit und äußerste Aufmerksamkeit, dunkeln die Zwischenräume im Holz, und es fängt in dem Stapel zu kreisen an. Zuerst gleicht er einem aufgeschnittenen Malachit. Dann erscheinen die Zahlen der Farbentest-Tafeln. Dann wird es auf ihm Nacht und wieder Tag.«[67]

ANMERKUNGEN

Bis an den Rand der Natur
Versuch über Stifter

1 Sämtl. Werke, Briefwechsel 7. Bd., Reichenberg 1939, S. 37.
2 Zitiert nach U. Roedl, *Adalbert Stifter,* Reinbek 1965, S. 74.
3 Cf. Roedl, op. cit. S. 52 f.
4 Cf. *Re-Interpretations,* New York 1964, S. 361.
5 Abgesehen von den biographischen Arbeiten A. R. Heins *(Adalbert Stifter. Sein Leben und seine Werke.* 2. Aufl. Wien, Bad Bocklet, Zürich 1952), U. Roedls *(Adalbert Stifter. Geschichte seines Lebens.* 2. Aufl. Bern 1958) und H. Augustins *(Adalbert Stifters Krankheit und Tod,* Basel 1964), sind von der Stifter-Literatur eigentlich einzig die Studie F. Gundolfs *(Adalbert Stifter.* Halle 1931), diejenige P. Sterns (in *Re-Interpretations.* New York 1964) sowie die Monographien H. A. Glasers *(Die Restauration des Schönen.* Stuttgart 1965) und G. Mattenklotts *(Sprache der Sentimentalität. Zum Werk Adalbert Stifters,* Frankfurt 1973) besonders hervorzuheben. Die kritische Rehabilitation Stifters, die vor allem mit den letztgenannten Schriften in die Wege geleitet wurde, hat natürlich ihrerseits seltsame Blüten getrieben, wie sich leicht an der letzten Arbeit H. J. Piechottas *(Ordnung als mythologisches Zitat. Adalbert Stifter und der Mythos* in *Mythos und Moderne,* hg. v. K. H. Bohrer, Frankfurt 1983) zeigen ließe, wo die Jargonisierung der Literaturkritik tatsächlich ins Abstruse getrieben wird.
6 *Forschungen eines Hundes* in *Erzählungen,* Frankfurt 1971, S. 323.
7 Sämtl. Werke III/3, S. 164.
8 Ibd. S. 185.
9 Cf. hierzu H. & H. Schlaffer, *Studien zum ästhetischen Historismus,* Frankfurt 1975, S. 115.
10 Glaser, op. cit. S. 20.
11 Cf. hierzu den Essay über Stifter und Handke auf S. 165 ff. dieses Bandes.
12 *Die Mappe meines Urgroßvaters,* Sämtl. Werke XII, S. 274 f.
13 Sämtl. Werke XIII/I, S. 175 f.
14 Eines der eindringlichsten Beispiele für diesen seit der Romantik verbreiteten Topos findet sich in Robert Walsers Erzählung *Kleist in Thun:* »Unten, wie von einer mächtigen Gotteshand in die Tiefe geworfen, liegt der gelblich und rötlich beleuchtete See, aber die ganze Beleuchtung scheint aus der Wassertiefe heraufzulodern. Es ist wie ein brennender See. Die Alpen sind lebendig geworden und tauchen ihre Stirnen unter fabelhaften Bewegungen ins Wasser. Seine Schwäne umkreisen dort unten seine stille Insel, und Baumkronen schweben in dunkler, singender und duftender Seligkeit darüber. Worüber? Nichts, nichts. Kleist trinkt das alles. Ihm ist der ganze dunkelglänzende See das Geschmeide, das lange, auf einem schlafenden großen, unbekannten

Frauenkörper.« Zitiert nach R. Walser, *Romane & Erzählungen,* Bd. V, Frankfurt 1984, S. 11 f.

15 Cf. *Mein Leben* in: Adalbert Stifter, *Die fürchterliche Wendung der Dinge,* hg. v. H. J. Piechotta, Darmstadt und Neuwied 1981.

16 Cf. hierzu, G. Mattenklott, *Der übersinnliche Leib,* Reinbek 1982, S. 84 f.

17 Cf. *Der Mythos der Verdauung* in: *Die Bildung des wissenschaftlichen Geistes,* Frankfurt 1978.

18 Sämtl. Werke XII, S. 9.

19 Sämtl. Werke XII, S. 257.

20 Sämtl. Werke XIII,1, S. 198.

21 In: *Philosophische Kultur,* Leipzig 1911, S. 150.

22 Ibd. S. 154.

23 Cf. U. H. Peters, *Hölderlin,* Reinbek 1983.

24 Sämtl. Werke I,2, S. 290 und S. 292.

25 Den Hinweis auf diese Konstellation verdanke ich einem Vortrag, den Z. Reddick unter dem Titel *Mystification, perspectivism and symbolism in Der Hochwald* auf einem Stifter-Kolloquium in London gehalten hat.

26 Sämtl. Werke VI/1, S. 261 und S. 284.

27 Cf. *Die Mode* in op. cit.

28 Schriften V/1, Frankfurt 1982, S. 130.

29 Sämtl. Werke III/3, S. 157 f.

30 *Drei Abhandlungen zur Sexualtheorie* in: Freud-Studienausgabe, Frankfurt 1970, S. 63.

31 Sämtl. Werke III/3, S. 163 und S. 164.

32 Sämtl. Werke XIII/1, S. 203.

33 Sämtl. Werke XII, S. 210.

34 Ibd. S. 213 f.

35 Ibd. S. 216.

36 *Hochzeitsvorbereitungen auf dem Lande,* Frankfurt 1980, S. 64.

Das Schrecknis der Liebe
Zu Schnitzlers *Traumnovelle*

1 Cf. *Der übersinnliche Leib,* Reinbek 1982, S. 155 ff.

2 Cf. hierzu Georg Simmel, ›Zur Philosophie der Geschlechter‹ in *Philosophische Kultur,* Leipzig 1911, insbes. S. 112.

3 Cf. Niklas Luhmann, *Liebe als Passion – Zur Codierung der Intimität,* Frankfurt 1982, und Michel Foucault, *La volonté de savoir,* Paris 1976.

4 Walter Benjamins Essay zu den *Wahlverwandtschaften* und Heinz Schlaffers Studie zu Goethes ›Bräutigam‹ in *Der Bürger als Held,* Frankfurt 1976, könnten hierfür als Beispiele einstehen.

5 Nike Wagners Buch *Geist und Geschlecht – Karl Kraus und die Erotik der Wiener Moderne,* Frankfurt 1982, gibt hierzu den weitaus differenziertesten und intelligentesten Kommentar.

6 Und auch Freuds erster Brief an Schnitzler wurde erst durch die Glückwunschadresse ausgelöst, die Schnitzler Freud 1906, anläßlich seines 50. Geburtstags, zustellte.

7 Cf. hierzu Katharina Rutschky (Hrsg.), *Schwarze Pädagogik – Quellen zur Naturgeschichte der bürgerlichen Erziehung,* Frankfurt/Berlin/Wien 1977, S. 318 f.

8 *Die Erzählenden Schriften,* Frankfurt 1961, Bd. II, S. 434.

9 Ibd. S. 441.

10 Cf. etwa ›Bruchstücke einer Hysterie-Analyse‹ in Freud-Studienausgabe, Bd. VI, Frankfurt 1971, S. 83 ff.

11 Cf. Freud-Studienausgabe, Bd. IX, Frankfurt 1974, S. 352.

12 Schnitzler, op. cit., S. 444.

13 Ibd. S. 445.

14 Ibd. S. 443.

15 Ibd. S. 445.

16 Ibd. S. 436.

17 Auch Fridolin meint, er könne sich glücklich preisen, weil er »eine reizende und liebenswerte Frau zu eigen hatte und auch noch eine oder mehrere dazu haben konnte, wenn es ihm gerade beliebte«. Ibd. S. 446.

18 Reinbek (rororo) 1981, S. 7.

19 Schnitzler, op. cit., S. 448.

20 Ibd. S. 478.

21 Ibd. S. 435.

22 Edmund Bergler, ›Zur Psychologie des Hasardspielers‹, Imago XXII, 4, 1936, S. 439.

23 Cf. hierzu etwa Werner Sombart, *Liebe, Luxus und Kapitalismus,* Berlin 1983; Steven Marcus, *The Other Victorians,* London 1966; Heinrich Grün, *Prostitution in Theorie und Wirklichkeit,* Wien 1907.

24 Walter Benjamin, *Das Passagen-Werk,* Gesammelte Schriften VI, Frankfurt 1982, S. 637.

25 *Jugend in Wien,* Wien/München/Zürich 1968, S. 308 f.

26 *Erzählende Schriften,* Bd. II, S. 450.

27 *Jugend in Wien,* S. 86.

28 Ibd. S. 104.

29 Ibd. S. 176.

30 Luhmann, op. cit., S. 93.

31 *Erzählende Schriften,* Bd. II, S. 451.

32 Ibd. S. 455.

33 Ibd. S. 458.

34 Ibd. S. 464.

35 Ibd. S. 470.

36 Ibd. S. 456.

37 Ibd. S. 495.

38 Ibd. S. 500.

39 Peter Sloterdijk, *Kritik der zynischen Vernunft,* Bd. II, Frankfurt 1983, S. 490.

Venezianisches Kryptogramm
Hofmannsthals *Andreas*

1 Cf. Nike Wagner, *Geist und Geschlecht – Karl Kraus und die Erotik der Wiener Moderne,* Frankfurt 1982, S. 135.

2 Martinis Studie zu *Andreas* erschien in *Hugo von Hofmannsthal – Wege der Forschung,* hg. von S. Bauer, Darmstadt 1968. Die zitierten Stellen finden sich auf S. 315 ff.

3 *Andreas,* Bd. XXX der kritischen Ausgabe des Freien Deutschen Hochstifts, Frankfurt 1982, S. 108. Die eigenwillige Interpunktion und bisweilen auch Orthographie der zitierten Stellen entspricht der in der kritischen Ausgabe dankenswerterweise nicht adjustierten Form der Hofmannsthalschen Handschrift.

4 Cf. ibd. S. 99.

5 Ibd. S. 146.

6 Ibd. S. 64 und S. 115.

7 Freud, Studienausgabe, Bd. VI, Frankfurt 1971, S. 77.

8 *Andreas,* S. 99.

9 Œuvres Complètes, Bd. 2, Paris 1925, S. 404.

10 *Gesammelte Schriften,* Bd. VI, Frankfurt 1982, S. 432.

11 Zitiert nach Wagner, op. cit. S. 32.

12 Die Photographie ist reproduziert in W. Volke, *Hofmannsthal* (rororo monographie Bd. 127), Reinbek 1967, S. 98.

13 *Andreas,* S. 51 f.

14 Ibd. S. 41.

15 Edmund Bergler, ›Zur Psychologie des Hasardspielers‹, Imago XXII, 4 (1936), S. 441.

16 *Andreas,* S. 179.

17 Ibd. S. 68.

18 Olga Schnitzler, *Spiegelbild der Freundschaft,* Salzburg 1962, S. 84.

19 Hugo von Hofmannsthal/Eberhard von Bodenhausen, *Briefe der Freundschaft,* hg. von Dora von Bodenhausen, Düsseldorf 1953, S. 149.

20 Cf. Volke, op. cit. S. 31.

21 *Andreas,* S. 160.

22 Ibd. S. 23.

23 Mario Praz, *The Romantic Agony,* Oxford/New York 1983, S. 61.

24 *Andreas,* S. 165.

25 Ibd. S. 113.

26 Ibd. S. 150.

27 Cf. ibd. S. 113.

28 Ibd. S. 56.

29 Ibd. S. 59.

30 Ibd. S. 58.

31 Ibd. S. 57.

32 Zitiert nach Praz, op. cit. S. III.

33 *Andreas,* S. 55.

34 Ibd. S. 56.

35 Ibd. S. 20 und S. 201.

36 Cf. ibd. S. 151.
37 Cf. Praz, op. cit. S. 205 f.
38 *Andreas,* S. 18.
39 Cf. ibd. S. 9.
40 Ibd. S. 20.
41 Ibd. S. 19.
42 Cf. »Andreas und die wunderbare Freundin«, in: *Über Hugo von Hofmannsthal,* Göttingen 1958, S. 135: »Die Bedeutung dieses scheinbar spielerischen Requisits und seine etwaige Verflechtung mit dem bei Hofmannsthal weitverbreiteten und auch sonst im *Andreas* vertretenen Hund-Motiv ist nicht abzusehen.«
43 *Andreas,* S. 62.
44 *Journal,* Bd. II (30. August 1866), Paris 1956, S. 275.
45 *Andreas,* S. 64.
46 Ibd. S. 65.
47 Op. cit. S. 96.
48 *Andreas,* S. 138.
49 Brief an Louise Colet vom 7./8. Juli 1853, *Correspondances,* Bd. II, Paris 1923, S. 84 f.
50 *Andreas,* S. 45 f.
51 Zitiert nach Benjamin, op. cit. S. 422.
52 *Andreas,* S. 167.

Das unentdeckte Land
Zur Motivstruktur in Kafkas *Schloß*

1 *Das Schloß,* hg. v. M. Pasley, Frankfurt 1982, S. 492.
2 Ibd. S. 11.
3 Th. W. Adorno, *Moments Musicaux,* Frankfurt 1964, S. 25 f.
4 *Das Schloß,* S. 488.
5 Adorno, op. cit. S. 26 f.
6 *Handwörterbuch des deutschen Aberglaubens,* hg. v. H. Bächtold-Stäubli, Berlin 1938–1941, Bd. IV, Sp. 198.
7 *Das Schloß,* S. 21.
8 Zitiert nach Adorno, *Zweimal Chaplin* in: *Ohne Leitbild. Parva Aesthetica,* Frankfurt 1969, S. 89. Das Zitat stammt aus einer frühen, pseudonymen Schrift Kierkegaards mit dem Titel *Wiederholung.*
9 G. Janouch, *Gespräche mit Kafka,* Frankfurt 1968, S. 217.
10 *Das Schloß,* S. 317.
11 Ibd. S. 399.
12 Ibd. S. 65.
13 *Hochzeitsvorbereitungen auf dem Lande,* Frankfurt 1980, S. 188.
14 Cf. hierzu G. E. Lessing, *Wie die Alten den Tod gebildet.*
15 *Das Schloß,* S. 419.
16 *Illuminationen,* Frankfurt 1961, S. 357.
17 *Das Schloß,* S. 296.
18 *Hochzeitsvorbereitungen,* S. 117.

19 Th. Mann, *Doktor Faustus,* Stockholmer Ausgabe, Frankfurt 1967, S. 248.
20 *Das Schloß,* S. 296.
21 Ibd. S. 342 ff.
22 Cf. *Reise in Polen,* Olten und Freiburg 1968, S. 92 f., wo Döblin versucht, gegen Ende seiner Beschreibung eine Kategorie zu finden, in die sich das, was er erlebt hat, einordnen ließe: »Es ist etwas Grauenhaftes. Es ist etwas Urnatürliches, Atavistisches. Hat das mit Judentum etwas zu tun? Das sind leibhaftige Überbleibsel uralter Vorstellungen! Das sind Überbleibsel der Angst vor den Toten, der Angst vor den Seelen, die herumschweifen. Ein Gefühl, den Menschen dieses Volks überliefert mit ihrer Religion. Es ist der Rest einer anderen Religion, Animismus, Totenkult.«
23 *Das Schloß,* S. 49 f.
24 Frankfurt 1962, S. 150.
25 *Das Schloß,* S. 75.
26 Ibd. S. 29 f.
27 Cf. *Handwörterbuch des deutschen Aberglaubens,* Bd. IX, Sp. 987.
28 *Das Schloß,* S. 381 f.
29 Cf. *A la recherche du temps perdu. Le côté de Guermantes,* Edition Pléiade, Bd. 2, S. 133, wo Proust uns die uns nie zu Gesicht kommenden Fräuleins vom Amt ins Gedächtnis ruft: »Les Vierges Vigilantes dont nous entendons chaque jour la voix sans jamais connaître le visage, et qui sont nos Anges gardiens dans les ténèbres vertigineuses dont elles surveillent jalousement les portes; les Toutes-Puissantes par qui les absents surgissent à notre côté, sans qu'il soit permis de les apercevoir; les Danaïdes de l'invisible qui sans cesse vident, remplissent, se transmettent les urnes des sons; les ironiques Furies qui, au moment que nous murmurions une confidence à une amie, avec l'espoir que personne nous entendait, nous crient cruellement: ›J'écoute‹; les servantes toujours irrités du Mystère, les ombrageuses prêtresses de l'Invisible, les Demoiselles du téléphone.« Cf. auch die dieser Textstelle in vieler Hinsicht verwandte Passage in Benjamins *Berliner Kindheit um 1900* in: *Illuminationen,* S. 299 f.
30 *Das Schloß,* S. 417.
31 Abraham a Santa Clara, *Merks Wien.*
32 *Handwörterbuch des deutschen Aberglaubens,* Bd. IV, Sp. 194.
33 *Hochzeitsvorbereitungen,* S. 90.
34 Ronald Gray, *Kafka's Castle,* Cambridge 1956, S. 131. Übersetzung des Zitats von mir, WGS.
35 Rachilde, pseud. für Marguerite Valette (1862–1935).
36 Gesammelte Gedichte, Frankfurt 1962, S. 460 f.
37 *Hochzeitsvorbereitungen,* S. 44.
38 *Amras,* Frankfurt 1976, S. 18.
39 Gray, op. cit. S. 132.
40 Nach dem Druck von 1619 zitiert in: W. Zirus, *Ahasverus, der ewige Jude.* Stoff- und Motivgeschichte der deutschen Literatur, Bd. 6, Berlin 1930, S. 2.
41 *Das Schloß,* S. 215.
42 *Hamlet,* III,1.

Summa Scientiae
System und Systemkritik bei Elias Canetti

1 Canetti, *Masse und Macht,* Hamburg 1960, S. 510.

2 Ein Fall, an dem diese Komplexion sich studieren ließe, ist der des Wiener Schriftstellers Arthur Trebitsch (1879–1927), der mit den Ludendorffs assoziiert war und mit Ernst von Salomon und Arnolt Bronnen zu den Propagandisten eines nationalen Sozialismus rechnete. Trebitsch verfaßte zu seiner Zeit an die 20 Bücher sowie zahllose Aufsätze. Er gilt auch als einer der Mitverbreiter der berüchtigten »Protokolle der Weisen von Zion«, die in der Ideologisierung des politischen Antisemitismus eine zentrale Rolle spielten und zu den einflußreichsten Fälschungen der Geschichte gehören. Trebitsch glaubte sich ausersehen, das deutsche Volk vor den Juden zu retten. Sein gegen die eigene Herkunft gerichteter Antisemitismus entwickelte die These von der jüdisch-kapitalistischen Weltverschwörung zu einem allumfassenden paranoischen Wahnsystem. Trebitsch fürchtete die von seinen Feinden ausgehenden Strahlen und Gase und glaubte sich ihrem magnetischen Einfluß ausgesetzt. Er umspannte sein Arbeitszimmer mit Isolierdrähten und schlief zuletzt, um immer alles überblicken zu können, in einem eigens in seinem Garten errichteten Glashaus. Die Übersetzung seines Wahnsystems in die politische Praxis hat er nicht mehr erlebt. (Cf. hierzu Theodor Lessing, *Jüdischer Selbsthaß,* Berlin 1930.)

3 *Die gespaltene Zukunft,* München 1972, S. 8.

4 *Aufzeichnungen 1949–1960,* München 1970, S. 82.

5 Cf. *Die gespaltene Zukunft,* S. 8.

6 *Aufzeichnungen 1949–1960,* S. 82.

7 Cf. *Die Blendung,* Frankfurt 1965, S. 351.

8 Ibd. S. 30.

9 Ibd. S. 330.

10 *Masse und Macht,* S. 520.

11 Cf. *Prosa,* Frankfurt 1967, S. 44.

12 *Masse und Macht,* S. 526.

13 *Aufzeichnungen 1942–1948,* München 1969, S. 144.

14 Franz Jung, *Der Weg nach unten,* Berlin/Neuwied 1961, S. 119.

15 *Aufzeichnungen 1942–1948,* S. 145.

16 Ibd. S. 99.

17 Cf. S. 353.

18 *Aufzeichnungen 1942–1948,* S. 9.

19 *Aufzeichnungen 1949–1960,* S. 124.

20 *Aufzeichnungen 1942–1948,* S. 107 f.

21 Ibd. S. 135.

22 *Aufzeichnungen 1949–1960,* S. 10.

23 *Aufzeichnungen 1942–1948,* S. 107.

24 Ibd. S. 109.

25 Ibd. S. 30.

26 Ibd. S. 101.

Wo die Dunkelheit den Strick zuzieht
Zu Thomas Bernhard

1 *Der Keller – Eine Entziehung*, München 1979, S. 87.
2 *Als das Wünschen noch geholfen hat*, Frankfurt 1974, S. 74.
3 Theodor W. Adorno, *Prismen*, München 1963, S. 262.
4 Cf. hierzu Christian Enzensberger, *Größerer Versuch über den Schmutz*, München 1970.
5 *Verstörung*, Frankfurt 1976, S. 118.
6 Ibd. S. 119.
7 Ibd. S. 109 f.
8 Ibd. S. 114.
9 Ibd. S. 118.
10 Cf. hierzu Benjamins Differenzierung zwischen blutiger und unblutiger, menschlicher und göttlicher Gewalt in *Zur Kritik der Gewalt* in *Angelus Novus*, Frankfurt 1966, S. 42 passim.
11 *Verstörung*, S. 123.
12 Ibd. S. 122.
13 Ibd. S. 115.
14 *Frost*, Frankfurt 1972, S. 305 f.
15 *Forschungen eines Hundes* in *Erzählungen*, Frankfurt 1971, S. 336.
16 *Ungenach*, Frankfurt 1975, S. 17.
17 Cf. hierzu Franz von Baader, *Evolutionismus und Revolutionismus* in *Gesellschaftslehre*, München 1957, S. 216.
18 *Frost*, S. 153.
19 Ibd. S. 154.
20 *Verstörung*, S. 63 f.
21 Ibd. S. 117.
22 *Das Kalkwerk*, Frankfurt 1976, S. 70.
23 Ibd. S. 66.
24 *Verstörung*, S. 169.
25 Cf. *Karl Kraus* in *Illuminationen*, Frankfurt 1961, S. 385.
26 Cf. hierzu Winfried Kudszus, *Literatur, Soziopathologie, Double Bind* in *Literatur und Schizophrenie*, hg. von W. Kudszus, München 1977, S. 135 passim.
27 Op. cit. S. 395.
28 *Die letzten Tage der Menschheit*, Bd. II, München 1964, S. 234.
29 *Der Stimmenimitator*, Frankfurt 1978, S. 51.
30 *Verstörung*, S. 142.
31 In *Literatur und Karneval*, München 1969, S. 47 passim.
32 *Erzählungen*, S. 139.
33 *Politics vs Literature: An Examination of Gulliver's Travels* in *Inside the Whale and other Essays*, Harmondsworth 1974, S. 137.
34 DIE ZEIT, Nr. 27, 29. Juni 1979.
35 Op. cit. S. 142.

Unterm Spiegel des Wassers
Peter Handkes Erzählung von der Angst des Tormanns

1 Cf. hier vor allem Claus Conrad, *Die beginnende Schizophrenie – Versuch einer Gestaltanalyse des Wahns,* Stuttgart 1966, eine Studie, die die Konzeption von Handkes Erzählung entscheidend beeinflußt hat.

2 Cf. H. Kipphardt, *März,* Reinbek 1978, und ders., *Leben des schizophrenen Dichters Alexander M. – Ein Film,* Berlin 1976. Vor allem in dem Film und in dem nach einem ähnlichen Rezept gemachten Theaterstück, das 1980 in Düsseldorf zur Erstaufführung kam, verfiel Kipphardt in eine mit christologischen Ornamenten versehene billige Heroisierung der Geisteskrankheit, wie sie seit dem Expressionismus verbreitet ist. Die künstlerische ›Ausgestaltung‹ des Themas steht so in eklatantem Widerspruch zu Kipphardts aufklärerischer Intention und besonders zu dem Respekt, den das von Kipphardt so freizügig verwendete Werk Ernst Herbecks verdient hätte.

3 *Die Angst des Tormanns beim Elfmeter,* Frankfurt 1972, S. 23.

4 Ibd. S. 84.

5 Leo Navratil, *Gespräche mit Schizophrenen,* München 1978, S. 19.

6 *Alexanders poetische Texte,* hg. von Leo Navratil, München 1977, S. 113.

7 *Die Angst des Tormanns,* S. 7.

8 Ibd. S. 9.

9 *Das Gewicht der Welt,* Frankfurt 1979, S. 224.

10 Cf. *Die Angst des Tormanns,* S. 38: »Wieder kam es Bloch vor, als schaue er einer Spieluhr zu; als hätte er das alles schon einmal gesehen.«

11 Ibd. S. 21.

12 Ibd. S. 31.

13 Cf. *Imaginäre Größe,* Frankfurt 1981, S. 62.

14 Ibd. S. 200.

15 *Die Angst des Tormanns,* S. 108.

16 *Imaginäre Größe,* S. 56.

17 Ibd. S. 57.

18 *Die Angst des Tormanns,* S. 93.

19 Cf. ibd. S. 42.

20 Ibd. S. 51.

21 Ibd. S. 68.

22 Ibd. S. 63.

23 Ibd. S. 70 f.

24 Cf. Rudolf Bilz, *Wie frei ist der Mensch? – Paläoanthropologie,* Bd. I/1, Frankfurt 1973, S. 327.

25 Ibd. S. 201.

26 Ibd. S. 165.

27 *Die Angst des Tormanns,* S. 36 f.

28 Ibd. S. 32.

29 Ibd. S. 102.

30 Rudolf Bilz, *Studien über Angst und Schmerz – Paläoanthropologie,* Bd. I/2, Frankfurt 1974, S. 9 f.

31 Bilz, *Wie frei ist der Mensch?*, S. 166.
32 *Die Angst des Tormanns*, S. 35.
33 Ibd. S. 62.
34 Ibd. S. 107.
35 *Das Gewicht der Welt*, S. 204.

Eine kleine Traverse
Das poetische Werk Ernst Herbecks

1 Ernst Herbeck »wurde 1920 in Stockerau geboren. Er hat die Normal-schule und eine Klasse Handelsschule besucht, hat hierauf in einer Spedition und in einer Munitionsfabrik gearbeitet und war während des Krieges kurze Zeit eingerückt. Wegen einer Fehlbildung des Gaumens ist er zwischen seinem siebenten und seinem achtzehnten Jahr mehrmals operiert worden. Seit seinem 20. Lebensjahr leidet er an einer schizo-phrenen Psychose, und nach drei vorübergehenden Krankenhausauf-enthalten ist er seit 1946 dauernd hospitalisiert.« Diese Angaben zum Leben Ernst Herbecks sind dem 1978 in München erschienenen Band *Gespräche mit Schizophrenen* von Leo Navratil entnommen.

2 *Alexanders poetische Texte*, hg. von Leo Navratil, München 1977, S. 83 und S. 73.

3 Cf. hierzu Anmerkung 2 des Essays *Unterm Spiegel des Wassers*.

4 *Angelus Novus*, Frankfurt 1966, S. 212 f.

5 Leo Navratil, *Gespräche mit Schizophrenen*, S. 25.

6 Sigmund Freud, *Das Unbewußte* in: Ges. Werke, Bd. X, London 1940, S. 302.

7 *Alexanders poetische Texte*, S. 75 und S. 105.

8 Zitiert nach Freeman/Cameron/McGhie, *Studie zur chronischen Schizo-phrenie*, Frankfurt 1969, S. 92.

9 Ibd.

10 *Alexanders poetische Texte*, S. 7.

11 Konrad Lorenz, *Die Rückseite des Spiegels – Versuch einer Naturgeschichte menschlichen Erkennens*, München 1977, S. 47 f.

12 *Alexanders poetische Texte*, S. 84 und S. 156.

13 Rudolf Bilz, *Studien über Angst und Schmerz*, Frankfurt 1974, S. 292.

14 Zitiert nach Bilz, S. 290.

15 *Alexanders poetische Texte*, S. 98.

16 Ibd. S. 129.

17 Ibd. S. 61.

18 *Das wilde Denken*, Frankfurt 1973, S. 29.

19 Ibd. S. 30.

20 Ibd. S. 35.

21 *Alexanders poetische Texte*, S. 132 und S. 135.

22 *Das wilde Denken*, S. 30.

23 *Alexanders poetische Texte*, S. 128.

24 Navratil, *Gespräche mit Schizophrenen*, S. 15.

25 Cf. Bilz, *Die menschheitsgeschichtlich ältesten Mythologeme* in *Studien über*

Angst und Schmerz, S. 276 passim. Auch Herbert Read, *Icon and Idea,* London 1955.

26 *Alexanders poetische Texte,* S. 65.
27 Ibd. S. 150.
28 Ibd. S. 106.
29 Ernst Jandl, *Laut und Luise,* Neuwied/Berlin 1971, S. 74.
30 *Alexanders poetische Texte,* S. 126.
31 Ibd. S. 82.
32 Ibd. S. 159.
33 Ibd. S. 70.
34 Ibd. S. 40.
35 Gilles Deleuze/Felix Guattari, *Kafka – Für eine kleine Literatur,* Frankfurt 1976, S. 98. Die in dem Zitat inbegriffenen Stellen aus Kafkas Werk entstammen einem frühen Entwurf für eine Erzählung zum Thema des Junggesellen.
36 Ibd. S. 99.
37 *Alexanders poetische Texte,* S. 80.
38 Ibd. S. 46.
39 Ibd. S. 77.

Der Mann mit dem Mantel
Gerhard Roths *Winterreise*

1 *Winterreise,* Frankfurt 1979, S. 7.
2 Ibd. S. 8.
3 Ibd. S. 8 f.
4 Ibd. S. 8.
5 Ibd. S. 59.
6 *Ein neuer Morgen,* Frankfurt 1976, S. 50.
7 *Winterreise,* S. 29.
8 Cf. ibd. S. 5–18.
9 Cf. ibd. S. 69 und S. 83.
10 Ibd. S. 23 f.
11 Cf. hierzu S. Sontag, *The Pornographic Imagination* in G. Bataille, *Story of the eye,* London 1979, S. 100.
12 Cf. *Ways of Seeing,* London 1978, S. 45 ff.
13 *Winterreise,* S. 53 (Hervorhebungen von WGS).
14 Hierzu ließen sich vor allem aus der bürgerlichen Novellistik von Kleist und Hoffmann bis zu Mann und Schnitzler zahlreiche Beispiele zitieren.
15 *Women, Sex and Pornography,* Harmondsworth 1981.
16 Cf. hierzu vor allem die von B. Faust beschriebenen Schwierigkeiten bei der Vermarktung von Magazinen wie ›Viva‹, denen es immer noch nicht recht gelingt, den ›pin-up guy‹ an die Frau zu bringen.
17 Einen Begriff von der Größenordnung des Geschäfts mit der ›weiblichen‹ Pornographie vermittelt etwa die Tatsache, daß allein das kanadische Verlagshaus Harlequin Enterprises Ltd., das in 80 Ländern Romane für die Frau auf den Markt bringt, im Jahr 1978 125 Millionen Exemplare absetzen konnte.

18 Cf. hierzu George Steiner, *Night Words* in *The Case against Pornography,* hg. von D. Holbrook, London 1972.

19 Anfangs der *Winterreise,* Nagl sitzt im Zug, geht ihm folgende Reflexion durch den Kopf: »Draußen, die Welt war ausgestorben, es gab den Mythos der Arbeit nicht mehr, die voller Zwänge war, die ihn im Grunde immer erniedrigt hatte, die nichts mit seinen Wünschen, seinen Gedanken, seiner Phantasie und seinen Träumen zu tun hatte« (S. 12).

20 *Winterreise,* S. 79 bzw. S. 85.

21 Op. cit. S. 94.

22 Michail Bachtin, *Die Ästhetik des Wortes,* Frankfurt 1979, S. 275.

23 Op. cit. S. 106 und S. 108.

24 Cf. ibd. S. 22 und S. 35.

25 Ibd. S. 101.

26 Ibd. S. 102.

27 Cf. hierzu Frank Kermode, *The Genesis of Secrecy,* Cambridge/Mass. 1980, S. 52.

Helle Bilder und dunkle
Zur Dialektik der Eschatologie bei Stifter und Handke

1 *Der Nachsommer,* Bd. 2, Sämtl. Werke, Bd. VII, Hildesheim 1972, S. 200.

2 Cf. hierzu die Passage im *Nachsommer,* in der Stifter die Grundsätze der Aquarellierung erläutert und die mit den Sätzen schließt: »Immer aber waren die Farben so untergeordnet gehalten, daß die Zeichnungen nicht in Gemälde übergingen, sondern Zeichnungen blieben, die durch die Farbe nur mehr gehoben wurden. Ich kannte diese Verfahrensweise sehr gut, und hatte sie selber oft angewendet« (Bd. 1, S. 106).

3 *Der Nachsommer,* Bd. 2, S. 200.

4 *Mein Leben* in *Die fürchterliche Wendung der Dinge,* hg. von H. J. Piechotta, Darmstadt und Neuwied 1981, S. 8.

5 Ibd. S. 9.

6 Ibd.

7 *Der Nachsommer,* Bd. 1, Sämtl. Werke, Bd. VI, S. 23.

8 Ibd. Bd. 2, S. 197.

9 *Mein Leben,* S. 11.

10 Cf. *Das Gewicht der Welt,* Frankfurt 1979, S. 21.

11 Ibd. S. 204.

12 *Zur Farbenlehre. Didaktischer Teil,* dtv-Gesamtausgabe Bd. 40, München 1963, S. 44.

13 Cf. »Die Goethesche und Newtonsche Farbenlehre« in *Goethe im 20. Jahrhundert,* hg. von H. Mayer, Hamburg 1967, S. 430.

14 *Die Lehre der Sainte Victoire,* Frankfurt 1980, S. 9.

15 Zitiert nach Hermann Augustin, *Adalbert Stifters Krankheit und Tod,* Basel 1964, S. 96.

16 Ibd.

17 Ibd. S. 97.

18 Ibd. S. 98.

19 Hier sind keine besonderen Seitenangaben nötig, da sich diese Zeitanga-

ben durch den ganzen Roman hindurchziehen. Einmal auf diese Referenzen aufmerksam gemacht, wird deren seltsame Komik wohl keinem Leser mehr entgehen.

20 Cf. hierzu etwa Wilhelm Abel, *Massenarmut und Hungerkrisen im vorindustriellen Deutschland,* Göttingen 1972. Aus dieser Monographie geht hervor, daß zu der hier fraglichen Zeit je Kopf einer Arbeiterfamilie nur drei Pfund Butter, acht Pfund Hering, 16 Pfund Quark und 17 Pfund Fleisch pro Jahr verzehrt wurden.

21 *Der Condor* in: Sämtl. Werke, Bd. I,1, Reichenberg 1940, S. 6 f.

22 Ibd. S. 10 f.

23 Ibd. S. 11.

24 Cf. *Zur Farbenlehre. Didaktischer Teil,* S. 45.

25 *Aus dem bairischen Walde* in: Sämtl. Werke, Bd. XV, Reichenberg 1935, S. 338 f.

26 Ibd. S. 340.

27 Ibd. S. 344.

28 *Der Nachsommer,* Bd. 1, S. 184.

29 *Langsame Heimkehr,* Frankfurt 1979, S. 15.

30 Ibd. S. 19.

31 Ibd. S. 42 f.

32 Ibd. S. 98.

33 Ibd. S. 46.

34 Cf. *On Photography,* Harmondsworth 1979, S. 10.

35 *Langsame Heimkehr,* S. 165.

36 Ibd. S. 167.

37 Ibd. S. 168.

38 *Die Lehre der Sainte Victoire,* S. 99.

39 *Langsame Heimkehr,* S. 190 f.

40 Ibd. S. 199.

41 Ibd. S. 195.

42 Cf. zum Folgenden Mircea Eliade, *Schamanismus und archaische Ekstasetechnik,* Zürich und Stuttgart 1954.

43 *Die Lehre der Sainte Victoire,* S. 12.

44 *Langsame Heimkehr,* S. 200.

45 *Die Lehre der Sainte Victoire,* S. 45.

46 Ibd. S. 74.

47 Ibd. S. 41.

48 *Geschichte der Farbenlehre,* dtv-Gesamtausgabe Bd. 41, S. 162.

49 *Divina Commedia,* hg. von E. Laaths, o. O. und o. J., S. 64 ff.

50 *Die Lehre der Sainte Victoire,* S. 80.

51 Ibd. S. 29.

52 Ibd. S. 48.

53 Ibd. S. 66.

54 Zitiert nach Ludwig Wittgenstein, *Bemerkungen über die Farben,* hg. von G. E. M. Anscombe, Oxford o. J., S. 2.

55 *Bemerkungen über die Farben,* S. 15.

56 Cf. G. Scholem, *Farben und ihre Symbolik in der jüdischen Überlieferung und Mystik* in *Judaica III,* Frankfurt 1973.

57 Zitiert nach Augustin, op. cit. S. 108.
58 *Die Lehre der Sainte Victoire,* S. 122.
59 Ibd. S. 125.
60 Ibd. S. 131.
61 Ibd. S. 133.
62 Ibd. S. 128.
63 Cf. *Illuminationen,* Frankfurt 1963, S. 231.
64 *Die Lehre der Sainte Victoire,* S. 134.
65 Ibd. S. 138.
66 *Leben Fibels* in: Werke, Bd. II, München 1975, S. 539.
67 *Die Lehre der Sainte Victoire,* S. 138 f.

NACHWEISE

Folgende Arbeiten dieses Bandes sind, oft in etwas gekürzter und anderer Form, im Verlauf der letzten Jahre an folgenden Stellen erstmals erschienen:

Bis an den Rand der Natur – Versuch über Stifter, in: ÖSTERREICHISCHE PORTRÄTS, hg. v. Jochen Jung, Salzburg 1985.

Das Schrecknis der Liebe – Zu Schnitzlers »Traumnovelle«, in: MERKUR 2, 1985.

Das unentdeckte Land – Zur Motivstruktur in Kafkas »Schloß« unter dem Titel *Thanatos – Zur Motivstruktur in Kafkas »Schloß«,* in: LITERATUR UND KRITIK 66, 1972, und in englischer Sprache unter dem Titel *The Undiscover'd Country – The Death Motif in Kafka's »Castle«,* in: JOURNAL OF EUROPEAN STUDIES 2, 1972.

Summa Scientiae – System und Systemkritik bei Elias Canetti, in: LITERATUR UND KRITIK 177/78, 1983, sowie in ETUDES GERMANIQUES 3, 1984.

Wo die Dunkelheit den Strick zuzieht – Zu Thomas Bernhard, in: LITERATUR UND KRITIK 155, 1981.

Unterm Spiegel des Wassers – Peter Handkes Erzählung von der Angst des Tormanns, in: AUSTRIACA 16, 1983.

Eine kleine Traverse – Das poetische Werk Ernst Herbecks, in: MANUSKRIPTE 74, 1981.

Der Mann mit dem Mantel – Gerhard Roths »Winterreise« unter dem Titel *Literarische Pornographie? – Gerhard Roths »Winterreise«,* in: MERKUR 2, 1984.

Helle Bilder und dunkle – Eschatologie und Natur bei Stifter und Handke, in: MANUSKRIPTE 84, 1984.

W. G. Sebald

Fischer Taschenbuch Verlag

fi 555 033 / 1

W. G. Sebald

Die Ausgewanderten

Vier lange Erzählungen

Band 12056

Melancholische Erzählungen der Trauer und Erinnerung, über
Entwurzelung, Verzweiflung und Tod – Sebald bewegt sich in
seinem vielgerühmten Meisterwerk am »Rand der Finsternis«.
Mit großem Feingefühl schildert er die Lebens- und Leidensge-
schichten von vier aus der europäischen Heimat vertriebenen
Juden, die im Alter an ihrer Untröstlichkeit zerbrechen. Indem
er die Vergangenheit eines früheren Vermieters, eines ehemaligen Dorfschullehrers, eines Großonkels und eines befreundeten
Malers zu rekonstruieren versucht, erzählt Sebald indirekt aber
auch von sich selbst – von seinem Schmerz über das Schicksal
dieser Menschen, von seiner Trauer über die deutsche Vergangenheit. Entstanden ist eine ganz einzigartige, poetische Prosa,
geheimnisvoll verwoben und trotz aller Bezüge und raffinierten
Verunsicherungsstrategien doch bedrückend klar.

Fischer Taschenbuch Verlag

fi 2142 / 2

W. G. Sebald

Die Ringe des Saturn

Eine englische Wallfahrt

Band 13655

Ein Reisebericht besonderer Art. Zu Fuß ist Sebald in der englischen Grafschaft Suffolk unterwegs, einem nur dünn besiedelten Landstrich an der englischen Ostküste. Im August, ein Monat, der seit altersher unter dem Einfluß des Saturn stehen soll, wandert Sebald durch die violette Heidelandschaft, besichtigt verfallene Landschlösser, spricht mit alten Gutsbesitzern und stößt auf seinem Weg immer wieder auf die Spuren oft wundersamer Geschichten. So erzählt er von den Glanzzeiten viktorianischer Schlösser, berichtet aus dem Leben Joseph Conrads, erinnert an die unglaubliche Liebe des Vicomte de Chateaubriand oder spürt dem europäischen Seidenhandel bis China nach. Mit klarer und präziser Sprache protokolliert er jedoch auch die stillen Katastrophen, die sich mit dem gewaltsamen Eingriff der Menschen in diesen abgelegenen Landstrich vollzogen. So verwandelt sich der Fußmarsch letztlich in einen Gang durch eine Verfallsgeschichte von Kultur und Natur, die Sebald mit einer faszinierenden Wahrnehmungsfähigkeit nachzeichnet. Und ganz nebenbei entsteht eine liebevolle Hommage an den Typus des englischen Exzentrikers.

Fischer Taschenbuch Verlag

fi 2138 / 2

W. G. Sebald

Nach der Natur

Ein Elementargedicht

Band 12055

Der berühmte Meister des Isenheimer Altars Matthias Grüne-
wald, der Naturforscher Georg Wilhelm Steller von der Bering-
schen Alaska-Expedition und der Autor selbst – was steckt dahin-
ter, wenn Sebald diese unterschiedlichen Männer aus so weit aus-
einanderliegenden Jahrhunderten in einem »Elementargekeit von
Natur und Gesellschaft, die unweigerlich eine »lautlose Katastrophe« heraufbeschwört: die Naturzerstörung, welche längst im
Gange ist. Dem hellsichtigen, fortschrittskritischen Beobachter be-
schert sie ein einsames, gedrücktes Dasein sowie die Utopie einer
Natur, die den Menschen letztlich besiegen wird, um den Elemen-
ten, Pflanzen und Tieren wieder eine Existenz in Schönheit und
Frieden zu ermöglichen. Sebald hat mit seinem der Natur, im weiteren Wortsinn aber auch allem Wesentlichen zugewandten »Elementargedicht« gleichsam ein Triptychon geschaffen: ein hochpoe-
tisches Sprachkunstwerk, das mit den Lebensläufen dreier Männer
vertraut macht, die den Konflikt zwischen Mensch und Natur auf
jeweils eigene Weise schmerzlich empfunden haben.

Fischer Taschenbuch Verlag

fi 2141 / 2

W. G. Sebald

Schwindel. Gefühle.

Band 12054

Schwindelartige Gefühle der Irritation – in den vier durch wiederkehrende Motive und literarische Anspielungen kunstvoll miteinander verwobenen, geheimnisvollen Geschichten überkommen sie den Erzähler immer dann, wenn sich zwischen Erinnerung und Wirklichkeit eine bedrohliche Kluft auftut. Neben dem französischen Romancier Henri Beyle alias Stendhal ist es vor allem Franz Kafka, dem sich der Autor über die literarische Bewunderung hinaus verbunden fühlt und dessen ruheloser, lebendigtoter Jäger Gracchus durch alle vier Geschichten geistert. Es ist die Melancholie, die Sebald an diesen beiden Autoren interessiert und seinen eigenen Erfahrungen gegenüberstellt, denn wie der Erzähler selbst wurden auch Stendhal und Kafka von Eingebungen getrieben, von Träumen, Ahnungen und – »Schwindelgefühlen« geplagt.

Fischer Taschenbuch Verlag

fi 2140 / 3

W. G. Sebald
Unheimliche Heimat
Essays zur österreichischen Literatur
Band 12150

In neun Studien untersucht Sebald den Themenkomplex Heimat und Exil, der für die österreichische Literatur des 19. und 20. Jahrhunderts so charakteristisch ist. Seine Arbeiten setzen im frühen 19. Jahrhundert ein bei dem nur wenig bekannten Charles Sealsfield und schlagen den Bogen über die gleichfalls vernachlässigten Schtetlgeschichten Leopold Komperts, über den Wiener Fin-de-siècle-Literaten Peter Altenberg, über Franz Kafka, Joseph Roth bis hinein in die Gegenwart, die durch Jean Améry, Gerhard Roth und Peter Handke vertreten ist. All diesen Autoren ist gemeinsam, daß sie an der »Unheimlichkeit der Heimat« gelitten haben bzw. noch immer leiden. Behutsam macht Sebald deutlich, wie oft dieses Leiden an der Heimat sowie die vage Sehnsucht nach ihr für österreichische Autoren zum Thema, wenn nicht sogar Anlaß des Schreibens geworden sind.

Fischer Taschenbuch Verlag

fi 2210 / 4